みわもひ
Author / Miwamohi
イラスト 花ヶ田
Illust / Hanagata
1
The Reproducer of Creation Magic
創成魔法の再現者
無才の少年と空の魔女〈上〉

CONTENTS

KEYWORDS

ユースティア王国

魔法文明が高度に発達した国家。支配階級の貴族は一族相伝の強力な固有魔法『血統魔法』を血筋によって受け継ぐことができるため、魔法至上主義・身分至上主義の思想が色濃い。

血統魔法

かつてユースティア王国の魔法使いが開発した“魔法を血筋に埋め込む”というシステム。魔法は高度な技術であり、本来の性能を保持したまま後世に伝えることが困難であった。しかし血筋に埋め込むことで、子孫は強力な性能を持つ魔法を生まれながらにして行使可能となった。

汎用魔法

“誰にでも使える”をコンセプトにユースティア王国の魔法使いが開発した魔法。性能は低いが手軽に使えて汎用性が高い。民衆にも広まっており、王国の魔法文明を根底から支えている。

創成魔法

ユースティア王国の魔法に対する考え方に異を唱えた魔法使いが、独自の理論で開発した魔法。その効果は“魔法の再現”。視認した魔法の構造を分析し、分析結果を基に再構成することで同じ魔法を何度でも再現できる。しかし開発者が意図した真の効果は別にあるようで――。

「術式再演――
『魔弾の射手《ミストール・ティナ》』」
轟音に集まった兵士たちが
エルメスたちを視認し、
即捕らえようと包囲をかけてきた。
倒さなければ突破は無理。
そう瞬時に判断したエルメスは
『魔弾の射手《ミストール・ティナ》』を撃ち放つ。

アスター
Astor
ユースティア王国の第二王子。
圧倒的な魔法の才能により、王位継承の
最有力候補と目されている。
ローズ
Rose
エルメスの師匠。『空の魔女』と
伝説の魔法使いにして“歩く
現在は森の奥で隠遁生活
クリス
Chris
エルメスの兄。侯爵家に伝わる
強力な血統魔法を継承しており、
アスターの護衛に取り立てられた。
カティア
Katia
エルメスの幼馴染。
公爵家の令嬢で血統魔法を
継承しているが、なぜか上手く扱えず
『欠陥令嬢』と呼ばれる。
サラ
Sara
カティアの友人。その美貌と
優れた魔法の素質から『聖女』と称され、
アスターに婚約を迫られている。

創成魔法の再現者 1

無才の少年と空の魔女〈上〉

みわもひ

OVERLAP

——魔法を使ってみたい。そう思ったことはないだろうか。


御伽噺《おとぎばなし》のような力を我が物にしたい。

己の手に余る強大な自然現象を自在に操りたい。

人の身では、到底不可能な偉業を成し遂げてみたい。

そんな分不相応な願いを抱いた者は、古今東西枚挙に暇《いとま》がないだろう。


そして——願望が、欲望があればそれを形にしてしまうのが人間である。

故に、この度も彼らは。神話の、御伽噺の概念を現実に持ち込むべく奮闘を開始した。

崇高な意思と、途方もない欲望と、あとは狂気じみた何かに突き動かされて。恐ろしく、凄《すさ》まじいまでの努力をその生涯全てを懸けて行った結果——

——遂《つい》に、完成した。

常識を、概念を、法則を超えた力。すなわち、本物の魔法を作り上げたのだ。

彼らは狂喜乱舞した。生涯の目的が叶《かな》ったのだ、やむをえまい。

そして、その喜びが数日してようやく落ち着いた頃。

彼らは、こう思った。

これほどの力――果たして、自分だけのものにして良いのか？　と。

きっと、手にした力がもう少し弱ければ流石《さすが》の彼らも独占欲が働いたかもしれない。

だが、これは。魔法と呼ばれる力は己だけのものとするにはあまりに強大すぎた。

何より彼らは魔法を手にするために、生涯を懸けてしまった。その力を十全に振るうための時間は定命たる彼らには残されていなかったのだ。

――それはなんとも勿体《もったい》ない。

それに、彼らがこの力を生み出したのは誰もが空想する願望からだ。未来の――例えば自分の子孫たちが同じ願いを抱いた時、既に過去の人となった自分たちがその力となれないのは、ひどく悲しいことではないか。

よって彼らはそこから、魔法を作るのではなく、魔法を『伝える』努力を開始した。

一番良いのは、その魔法を作り上げるに至った過程を丸ごと記すことなのだが……何せ一生涯を懸けた大発明だ、それはあまりにも膨大すぎる。未来の人間がそれらを理解しきれるとも限らない。

理解できない、などという理由で自分たちの大傑作を使ってもらえないことに、彼らは耐えられなかった。

ならば、もっとコンパクトに分かりやすく。そう、それこそ細かい理屈を知らなくても使えるような、そんな形は何かないか――と、手法を探り続け。

そうして、彼らは思いついた。

魔法を、自分たちの血に埋め込んでしまえば良い、と。


血は、遺伝する。

故にそうすれば、少なくとも直系の子孫には十分な形で魔法が伝わる。自らの素晴らしい魔法を、血脈の続く限り伝え続けることができる。

更に、血に埋め込むことによって――つまり魔法を『体の一部』とすることによって。

子孫たちは、生まれながらにして魔法を扱えるようになる。それこそ意識せずとも呼吸ができるように、原理を知らずとも手足を動かせるように。自由自在に、十全に、自分たちの魔法を使ってくれるだろう。

そのアイデアに、彼らは沸き。即座に実行へと移すことにした。

まだ辛うじて子孫を残せる者は自らの血に。そうでない者は自身の息子や孫の中で、事情を説明して納得してもらった者の血に。

自分たちの集大成を、未来永劫《みらいえいごう》伝え続けるべく。磨き上げた技術と知識を余すところなく注ぎ込んで、魔法を血統に埋め込む一大事業を開始した。

それはつつがなく成功し。血脈の限り、彼らの魔法が伝わり続けることが保証され――

――かくして。魔法は、呪いとなった。

創成魔法の再現者

The Reproducer of Creation Magic

無才の少年と空の魔女
〈上〉

1

みわもひ
Author / Miwamohi
イラスト 花ヶ田
Illust / Hanagata

序章　無才の少年

「貴様は出来損ないだ」

ひどく冷たい声が、執務室に木霊《こだま》した。

「生まれた時からあれだけ目をかけてやったのに、このワシの期待を裏切りおって」

怒りと失望を等分に含んだ声が、部屋の中央に立つ十歳ほどの少年に浴びせかけられる。

「何の成果もなく、覚醒の兆しすら見えない。そんなただの無駄飯喰《ぐ》らいをこの家に置いておかなければならなかったワシの気持ちが、お前に分かるか？」

ダン、と苛立《いらだ》たしげに机が叩《たた》かれる。それに呼応してびくりと怯《おび》え体を震わせる少年。

ここで行われていること、そしてこれから行われることが、ただの叱責で終わらないことは彼も知っていた。

それでも、と一縷《いちる》の望みをかけ、少年は声をあげる。

「ち、父上。僕は――」

「黙れ！　最早《もはや》貴様に父と呼ばれる筋合いはない！」

けれど、そんな儚《はかな》い希望の灯火《ともしび》は大音声の言葉であっけなくかき消され。

「エルメスよ、本日をもって貴様を勘当する！

今後一切フレンブリードを名乗ることは許さん！　二度と我が家の敷居を跨《また》ぐなぁ!!」

エルメス・フォン・フレンブリード――否、既にただのエルメスとなった少年が。

父、ゼノス・フォン・フレンブリードの手によって、魔法の名門、フレンブリード侯爵家を追放された瞬間だった。


魔法国家、ユースティア。

その名の通り、魔法が国家の深いところまでに根付いていることが特徴の王国である。

この国の王侯貴族は、魔法の力で他国の侵略や自国を脅かす魔物の暴虐から民を守り、代わりに高い特権と地位を手にする。そんな魔法基準の身分制度が国の基盤となっている。

故にこの国において、王侯貴族たる人間は高い魔法の能力を持ち、例外はない。

そう、例外はない。

――何故《なぜ》なら魔法の能力を持たない人間は、その時点で貴族ではないから。


そんな魔法国家ユースティアの貴族の一角、魔法の名門フレンブリード侯爵家。

エルメスは、その家の次男として生を受けた。

「おお、この子は天才だ！」

エルメスを抱き上げ生誕を祝い、続いて生まれた子の簡単な魔力測定。それを終えたのちの父ゼノスの言葉は、狂喜と呼べるほどの喜色に溢《あふ》れていた。

「なんと澄んでいて、そして膨大な魔力か！　やはり、この子は我が一族を救うべく神が遣わした神童に違いない！」

……余談だが。

フレンブリード家は、古くを辿《たど》れば王家の一族――つまり公爵たる資格を持ち、事実百年ほど前まではフレンブリード公爵家と呼ばれていた。

しかし、ここ数代有用な魔法使いを輩出できなかったこと、領地の経営不振等が重なって侯爵に格下げ。今後の状況次第では伯爵家となってしまうことも考えられる、所謂《いわゆる》落ち目と呼ばれる家であった。

だから、莫大《ばくだい》かつ上質な魔力を持って生まれたエルメスは、現当主のゼノスにとって救世主のように見えたとしても不思議ではない。

「お前たち、この子は我が一族を救う存在だ。くれぐれも丁重に育てよ。この子の不利益となるような行為をしたものは即刻打首だ、そのつもりで扱え！」

横暴とも言える指示を周囲の使用人に出すゼノスの瞳は、野心と欲望でぎらぎらと醜い光を放っていた。


かくして、過剰なほどに甘やかされる幼少期を過ごしたエルメスであったが――周囲の予想に反して、我《わ》が儘《まま》放題のお坊ちゃんになることはなかった。

良心的な使用人に囲まれ育ったことが幸いしたのだろう。多少自信家なところはあっても、基本は素直で道理を弁《わきま》えた少年に成長した。

「ちちうえ、ちちうえ！　本日のまりょく放出くんれん、先生にほめていただきました！　これほどの出力は同年代ではれきだいさいこうだと！」

「おおエルメス、流石《さすが》は我が息子だ！　よし、褒美をやろう。何か欲しいものはあるか？」

「では、王家にひぞうされていると言われるまほうしょを！」

父との関係も、結果を出し続ける限りは優良であった。

エルメスはそれが喜ばしく――何より彼自身魔法が好きだったため、魔力操作や放出の基礎訓練に励み、神童の名を徐々に広めていったのだった。

「素晴らしいぞエルメス。いずれお前は一族最高の魔法使いとなるだろう。ああ、お前にどんな『血統魔法』が宿るのか、今から楽しみでならぬわ！」

血統魔法。

それは貴族が貴族たりえる象徴である、名の通り血統に受け継がれる魔法。

神より賜った魔法と考えられている、この国特有の魔法である。

その性能は、一言で言うと規格外。それ以外の誰でも使える魔法――所謂『汎用魔法』と比べると、天と地ほどに隔絶した性能差が存在する。

これを受け継ぐことができるから貴族は貴族でいられると言っても過言ではなく、どんな血統魔法を受け継ぐかによってその人間の地位が決まる、貴族にとっては冗談抜きに人生を左右する魔法だ。

「やはりワシや先代も受け継いだ魔法、或《ある》いは傍系の強力な魔法か。いやいや、我が一族は王家の血を引く。よもや失われた王家伝説の魔法が発現することも……！」

「楽しみですね、旦那様！」

「ええ、エルメス様ですもの。きっと素晴らしい魔法を授かるに決まっていますわ！」

皮算用を始めるゼノスと、それを全力で持ち上げる使用人たち。

エルメス自身、父親の語る未来を無邪気に信じていた。自分には優れた魔法の才能がある。そんな自分にはきっと、とても強力な血統魔法が発現するに違いない、と。

血統魔法が発現するのは、五歳から六歳。自分にとっては来年か再来年。

どんな魔法であっても自分は将来それを自在に操り、戦場を駆けて悪を滅する、御伽《おとぎ》噺《ばなし》の英雄のように偉大な魔法使いになる。

そんな未来を、何の疑いもなく信じ込んで——しまっていたのだ。

◆

「……あ、ありません」

エルメス・フォン・フレンブリード、七歳。

その日は、不吉な雨が降っていた。

「……何だと？」

信じられない、と言った声色で父ゼノスが問いかける。

「で、ですから、ないのです。エルメス様に、血統魔法の反応が」

ゼノスと同等かそれ以上に動揺した声色で返すのは、王家直属の鑑定士。

「血統魔法は、血に刻まれた魔法に耐えうるほどに体が成長すれば自然と授かります。エルメス様の成長はその点において十分、なのに反応は微塵《みじん》もない。ならば――」

大きな雷が鳴った。

「ならば、エルメス様は何の魔法も受け継いでいない。つまり――『無適性』です。王家の鑑定士として、この結果は保証せざるを得ません」

「ばかな……!!」

父ゼノスの絶望の声が、広間に鳴り響いた。

「そんなことがあり得るのか!?　エルメスだぞ、我が一族最高の神童、魔力の量も扱いも並ぶ者なき、紛れもなく神に愛されし子――それが、よりにもよって無適性だと!?」

「……私も信じられませんが……あり得ない話ではございません」

ゼノスの狼狽《ろうばい》を見て多少冷静になったのか、鑑定士が淡々と続ける。

「何の血統魔法を授かるか。これは血の濃さで多少左右こそされますが、基本的には天運次第です。魔力の多寡は然程《さほど》関係ございません」

「そんな――」

「故にエルメス様は、誠に残念ながら……真に、神に愛されてはいなかったのでしょう」

気の毒そうな視線をこちらに向ける鑑定士。

（え……？）

エルメスは、唖然《あぜん》としていた。

自分には、血統魔法が――この国の魔法使いとして最大で必須の魔法が、ない。

どれほど魔力が多かろうと、どれほど魔力の扱いに長《た》けていようと。

それを発揮するための魔法がないのであれば……宝の持ち腐れだ。

つまり、自分は。生まれてから散々言われてきた神童などではなく。

むしろその逆。どうしようもない、欠陥者だと――

「何と言うことだ……ワシの野望が、エルメスを使って再び公爵へと返り咲く計画が……これでは全て、台無しではないか……！」

ゼノスが床に膝をつき、失意の声がその口から溢れ出る。今の父が絶望に支配されていることは、誰が見ても明らかで。

「このワシがあれほど気にかけてやったのに……あれほど欲しいものを与えてやって、くだらない自慢話を毎日聞いてやったのに……！」

そして、その絶望が。

「……ふざけるなッ、この、出来損ないがァッ!!」

エルメスへの怒りと憎悪に変換されるまで、そう時間はかからなかったのである。

父の態度は、その日のうちに豹変《ひょうへん》した。

「貴様のような期待外れの出来損ない、本邸に置いておくことすら悍《おぞ》ましいわ！」

「っ！」

あの鑑定の後、エルメスが父ゼノスに首根っこを摑《つか》まれ、叩き込まれたのはフレンブリード家本邸より遠く離れた庭隅の地下。

光源と呼べるものは小さな蠟燭《ろうそく》のみの薄暗い部屋。

汚れた床に倒れ込む自分と、それを冷え切った目で見下ろす父との間には分厚い鉄格子。

そう、独房である。

本来ならば囚人を置いておくはずの場所、それがエルメスの新たな住処《すみか》だった。

「ふん。これまでこのような奴《やつ》と同じ家に住み、同じ空気を吸っていたと考えただけで吐き気がする」

「ち、父上！」

鑑定結果を告げられて以降、何処《どこ》か現実感のない思いでいたエルメス。

しかし、父の手で独房に叩き込まれてようやくショックから帰還し、現状を正しく認識し始める。

この先、ずっとこんな場所で過ごすのか。

その未来を想像したエルメスは激甚な拒否感を抱き、悲痛な声で父に懇願する。

「僕、もっと頑張ります！　魔法の鍛錬もこれまでの倍に増やしますし、何でも言うことを聞きます！　必ず父上の望むように偉大な魔法使いになりますから、どうか——」

「黙れ不良品ごときがッ!!」

だが、そんな願いも不快そうな一喝で撥《は》ね除《の》けられる。

「『偉大な魔法使い』だと？　血統魔法を持たない身でどうやってだ」

「それは――」

「良いか、血統魔法は星神より賜りし偉大なる天稟《ギフト》だ。それを授からなかったということは、すなわち貴様は既に星神に見捨てられているということ。青き血を継ぎながら無適性など言語道断。貴様は神童ではない、むしろ悪魔と同義と思え！」

知っている。この国の者、とりわけ貴族は魔法の出来でその地位の大半が左右されると言っても過言ではない。故に、低い爵位で生まれながら高い魔法の力で成り上がった人間の話には事欠かないほどだ。

……逆に自分のような、魔法に恵まれなかったため落ちぶれた人間の話も同様に。

「まったく、魔力だけは一丁前に持ちおって。無駄な期待にぬか喜びさせられたワシの身にもなってみろ！」

昨日まで優しかった父の豹変、生まれてから聞いたことのなかった憎悪まじりの怒声。

それを今日一身に受け、エルメスの心が徐々に暗い絶望に支配されていく。

「飯と寝床を用意してやるだけありがたいと思うんだな。貴様はそうやって一生、そこで蹲《うずくま》っているのがお似合いだ！」

「待っ――」

最後の言葉は聞き入れられることすらなく。

ガシャン、と過剰に大きな音を立てて鉄格子の扉が閉められる。

そのまま立ち去るかと思われた父だったが、そこでふと振り向いて。

「ああ、そうだ。……万が一お前が血統魔法を発現するようなことがあれば、そこから出してやっても良いがな？」

まあ無理だろうが、との呟《つぶや》きを最後に、今度こそ足音が遠ざかっていったのだった。


その日から、エルメスの生活は一変した。

まずは食事。朝夕の二回だけ用意されるのは、カビの生えかけた硬いパンと野菜クズをそのまま煮込んだだけのスープ。

フレンブリード家の食事からすれば、余り物で作ってもこうはならない。自分を消耗させるためだけにわざわざ手間をかけられている。まるきり囚人に対する扱いと同じだった。

そして寝床。でこぼこで硬い床に薄い毛布が一枚だけ。高級なベッドに慣れていたエルメスにとっては拷問に等しく、寝付けるようになるのですら数ヶ月を要した。

独房を訪れる人間はほとんどおらず、居たとしても大半が碌《ろく》な用件ではなかった。

例えば多かったのは、父ゼノス。

「ああ腹立たしい！　今日も夜会で嫌味を言われたわ！　毎度毎度ワシは大っ恥だ！　それもこれも全て、貴様の、せいだッ！」

どうも父はエルメスの才能を方々で自慢して回っていたらしく、エルメスが無適性との噂《うわさ》が広まって以降はそれが格好の皮肉の対象になってしまったそうだ。

「お前と同い年のアスター殿下は王家に相応《ふさわ》しい血統魔法に目覚め、既に次代の覇者たる片鱗《へんりん》をお見せになっている。それに引き換えお前は何だ！　本来ならその隣にお前が立ち、我が一族は栄華を取り戻すはずだったのに！　なぁ、聞いているのか出来損ない!!」

その苛立《いらだ》ちをゼノスはエルメスを嬲《なぶ》ることで発散し、多少の溜飲《りゅういん》を下げては一言も聞かずに去っていく。親子のやりとりは、あの日以降それだけとなった。

次いで多かったのが——エルメスの五歳上の兄、クリスだった。

「やあ愛《いと》しのエルメスよ！　今日も兄さんが可哀想《かわいそう》な弟のために魔法の授業をしてあげよう！」

わざとらしいほどに悲哀に満ちた声色。込められた意図が言葉通りでないことは、優越感と嘲りに歪《ゆが》んだ笑みを見れば明らかである。

「どうしたんだいエルメス。君が求めてやまない血統魔法を間近で見られるまたとないチャンスだよ！——ほら、起きろよッ！」

クリス・フォン・フレンブリード。

侯爵家跡取りとしては申し分ない魔法の才を持ち、本来なら長男として順当にフレンブリード家を継ぐはずだった少年。

——そして、エルメスの存在によってその未来全てを奪われていた少年だ。

エルメスが生まれてから七歳になるまで、クリスは父ゼノスに見向きもされなかった。

その間に積もり積もった不満、劣等感、弟への憎しみが、エルメスが無適性と判明し次期当主として返り咲いた瞬間に噴出したのだ。

「さあさあ見せてあげよう。これが君とは違って、神に選ばれし者の力さ！」

エルメスと違い、クリスはフレンブリード家に伝わる魔法を正しく受け継いでいた。

それを呼び覚ます起動詠唱、次いで魔法名の宣言を高らかに彼は唄《うた》い上げる。

「【六つは聖弓　一つは魔弾　其《そ》の引鉄《ひきがね》は偽神の腕《かいな》】！

血統魔法――『魔弾の射手《ミストール・ティナ》』！」

瞬間、彼の背後に現れたのは地下独房一帯を眩《まばゆ》く照らし出すほどの光弾の群れ。込められたエネルギーがどれほどのものかは、その光量で推し量れよう。

そしてその光弾を、クリスは躊躇《ちゅうちょ》なく。


「――僕の魔法はねぇ、こうやって使うんだよッ!!」


エルメスに向けて発射した。

「ッ！」

「その身でよく味わうと良いよ、この僕の魔法をさぁ！　そうすればショックで血統魔法に目覚めるかもしれないだろう？　だから避けちゃダメだよ、ちゃんと当たらないと！」

鉄格子の隙間を潜《くぐ》り抜け、宣言通り一発残らずエルメスに着弾。あっさりと吹き飛び、壁に叩《たた》きつけられる。

が、死にはしない。気絶もしない。そうなるよう、苦しむように手加減されているから。

「惨めだねぇエルメス、でもこれは当然の報いなんだよ。この僕を差し置いて、選ばれていなかった分際で調子に乗っちゃってさ。その罰を僕が代わりに執行しているだけ。君もそう思うだろう?」

「……あに……うえ……」

朦朧《もうろう》とした意識でエルメスは考える。……そうなのかもしれないと。

調子に云々《うんぬん》はともかく、自分は確かに兄を蔑《ないがし》ろにしていた。

兄が家の中で無視されていたのは知っていた。でもそれ以上に父の賞賛が喜ばしく、何より魔法に触れるのがこの上なく楽しくて、そればかりにのめり込んでしまった。

だから、報いとしてそれを恨んだ兄に今の扱いを受けるのならば、理に適《かな》ってはいるのかもしれない。

そう言おうとしたが……もう口が回るほどの元気が残っていなかった。

そんなエルメスの姿を、クリスはつまらなそうに一瞥《いちべつ》して息を吐く。

「……ふん、まあいいさ。そのまま君はここで見ているといいよ。選ばれた僕が君の代わりにフレンブリード家の当主になって、君のなりたかった偉大な魔法使いになる様をさ！あっはははははは！」

そうして、クリスは今までの鬱憤を晴らすようにエルメスに己の魔法を見せつけ、痛めつけて去っていく。

クリスの暴挙を、家の人間は誰も止めない。父ゼノスが黙認どころか推奨さえしている以上、止められる権利は誰にもない。

以前とは全く違う、最底辺の生活に、エルメスの精神は少しずつ磨耗していった。

◆

……良いことが、ないわけではなかった。

エルメスに同情的な使用人が、こっそりスープの中に干し肉を入れてくれたり、看守の目を盗んで物を差し入れてくれたり。

そして何より……『彼女』が、定期的に来てくれた。

「……エル、大丈夫？」

暗闇からひょっこりと顔を出したのは、エルメスと同い年ほどの少女。

夜空を閉じ込めたような鮮やかな紫紺の髪に、愛らしくも芯の強さが見える目鼻立ち。

この場に似つかわしくないほどに美しく気品を感じさせるその少女が、躊躇《ため》わず汚れた独房に駆け寄ってエルメスの手を取る。

「また傷が増えてる、ゼノスおじさまとクリスさんにやられたのね。……ごめんなさい。

治してあげたいけど、私の魔法はそういうのじゃないから……」

「ううん。気持ちだけでも嬉《うれ》しいよ、カティ」

彼女の名は、カティア・フォン・トラーキア。

フレンブリード家以上の名門であるトラーキア公爵家の長女、つまり公爵令嬢だ。

エルメスと同じく将来を嘱望された魔法の天才で、その共通点からエルメスとは幼い頃より親交のあった幼馴染《おさななじみ》。

……そして、エルメスと違って順当に、公爵家に相応しい血統魔法に開花した少女。

けれど彼女は周りと違い、エルメスが無適性と知ってからも変わらず接してくれ、今もこうやって会いに来てくれる唯一の人だった。

「おじさまもクリスさんもひどいわ。いくら魔法が重要って言っても、家族にこんな仕打ちをするなんて……」

「……そうかもしれない。でもね」

心からの憤りを乗せた彼女の声だったが、精神的に追い詰められた今のエルメスは素直に共感することができなかった。

「……僕は出来損ないなんだ。父上の言う通り、ご飯がもらえるだけでも充分だと思わないと。何をされても、文句なんて——!?」

しかし彼の自虐的な言葉は、カティアの両手に頬を挟み込まれたことによって強制的に中断させられる。そのまま、彼女はこう告げてきた。

「エル。私は信じてるわ」

「え？」

「こんなに魔力に恵まれてて、いつも頑張っていたあなたに。誰よりも魔法が好きなあなたに。私の魔法を誉《ほ》めてくれたあなたに血統魔法がないなんて、絶対に何かの間違いよ」

薄闇の中で、蠟燭《ろうそく》の光を反射して美しく輝く紫水晶の瞳。

「だから、私は信じるわ。あなたはこんなところにいる人じゃないって。絶対にいつか、すごい魔法使いになってまた私の前に立ってくれるって信じてるから」

その言葉と瞳の輝きに当てられたように、エルメスの瞳にも微《かす》かな光が戻る。

「……うん、そうだね」

ゆっくりと手を握り返し、彼は告げる。

「父上は、血統魔法が発現したら出してくれるって言ってた。諦めちゃ、だめだよね」

「そう。その意気よ」

「ちょっと弱気になってたみたい。また頑張るよ。……ありがとう、カティ」

何ヶ月ぶりかも分からない、屈託ない笑顔で礼を告げる。

すると彼女は一瞬面食らって、すぐにぷいと顔を背けてしまった。

「わ、分かればいいのよ。私が見込んだ人がこんなところで燻《くすぶ》ってるのは、私も我慢ならないもの。そうよ」

その後も若干早口で何かを言いかけたが、そこで二人の耳に階段を降りる音が響く。

「いけない、見つかっちゃうわ。もう行かないと！」

どうやら、彼女はお忍びでここに来ていたらしい。

「いーい！　絶対ここを出てまた会うのよ！　絶対の絶対、約束だからね！」

……そんなに大声で叫んだら結局見つかっちゃうんじゃないかなーと。

少しお転婆な彼女の振る舞いに苦笑しつつ、エルメスも控えめに手を振るのだった。


こうして、相も変わらずひどい生活だったけれど。

変わらず応援してくれるカティアと、血統魔法さえ身につけば出られるという微かな希望。その二つを心の支えにして、エルメスは独房の中で己の魔法を探り続けた。

辛《つら》くとも心の奥底は決して折れることなく、劣悪な環境でできることを必死に行った。

理不尽に耐え、報われることを信じ、ひたすらに努力を重ね。

そして、エルメスが十歳の時。

——その全てが、最悪の形で壊れることになる。


「……エル、いいかしら」

始まりは、カティアの訪問からだった。

ここ三年、人と会う楽しみは彼女に占められていたため、エルメスは笑顔と共に鉄格子の前に駆け寄って——

そして気付く。彼女が今まで見たこともないほど哀《かな》しげな表情をしていることに。

「……ごめんね、エル」

胸中を急速に占める嫌な予感。それを振り払う前に、彼女から決定的な一言が放たれた。

「私、もうここには来られないわ」

「……どう、して」

思考が真っ白になった。疑問を紡げたのは奇跡に近い。

続いてカティアから告げられたのは人名だった。

「第二王子のアスター殿下。知っているかしら」

当然知っている。時折ここにくる父ゼノスも話していた。

この国の王子様。自分たちと同い年で、見目麗しく聡明《そうめい》と言われる少年。今代最強との呼び声高い血統魔法を授かった、次期国王の最有力候補だ。

そして、エルメスもカティアも名門貴族の一員。次の一言は簡単に予想できてしまう。

「……まさか」

「ええ。婚約のお話が出たわ。私と、アスター殿下の」

不思議なことではない。王子の婚約相手として、トラーキア公爵令嬢は申し分ないどころか最も相応《ふさわ》しい相手と言っても良い。加えてカティアは魔法、容姿においても優れた少女、声がかかるのも当然だ。

「……その話を、受けるの？」

「受けるわ。この国の至宝たるアスター殿下を公私にわたってお支えする役よ。公爵令嬢として光栄に思いこそすれ、断る理由はどこにもない」

そう淡々と語るカティアの表情は読めず、エルメスは混乱していく。

「じゃあ……」

「これからは王宮に住んで、王妃教育を受けつつ殿下と行動を共にするわ。だから……」

もう、ここに来ることはできない。

それだけではない。こうなってしまった自分を今までずっと励ましてくれた女の子。壊れそうになっていた心を繋《つな》ぎ留めてくれた、返しきれない恩義と想《おも》いを持った子が。

うまく言えないけれど、とても、とても遠くに行ってしまう。

「で、でも！」

絶望の表情を見てか、カティアが慌てて言葉を付け足そうとした。

「一年――いえ、半年以内になんとか時間を作るわ！　それで、どうにかしてまた――」

「悪いけれど、それは無理だね」

しかしその瞬間、横合いから声がかかった。

「……クリスさん」「……兄上……」

そうして現れたエルメスの兄、クリス・フォン・フレンブリードを二人で見やる。

「クリスさん、どういうことかしら」

「カティア嬢。貴女《あなた》の婚約と同時に、我らフレンブリード家もアスター殿下の元に付くことになったのです」

クリスの声に隠しきれない愉悦が滲《にじ》み、さらに声が上ずる。

「そしてこの僕が！　殿下の護衛、右腕として取り立てていただくことになった！　ああ、やはり殿下は聡明だ。燻っている才能をきちんと発見する慧眼《けいがん》をもお持ちでいらっしゃる。これこそ王の器――」

「そんなことはどうでもいいわ！　どうしてエルに会うのが無理かって聞いてるのよ！」

当然の修正なのだが、語りを中断させられたクリスは不機嫌そうに唇を歪《ゆが》ませた。

しかしそれも一瞬、すぐに底意地の悪い笑顔をエルメスの方に向けて。

「フレンブリード家がアスター殿下派閥に付くにあたり、殿下はこう仰《おっしゃ》った。『この俺の配下に無能は要らぬ。無適性の人間など論外、早急にいなかったことにしろ』とね！」

カティアが息を呑《の》んだ。

それが何を指すか、エルメスも正確に理解してしまい血の気が引く。

「どういうことか分かるだろう、エルメス？　清々するよ、これでようやく君のような出来損ないと同じ場所で暮らさなくて済むんだからね！」

軽蔑と嘲弄に染まった表情でエルメスを一瞥《いちべつ》し、最後にクリスは手を挙げた。

「さあ、父上がお呼びだ。お前たち、エルメスを連れて行け！」

同時に左右から屈強な騎士たちが現れ、正しく罪人のようにエルメスを連行していく。

「待って！　おかしいわ！」

カティアが叫び近づこうとするが、それも騎士に止められた。

「いくらなんでもやりすぎよ、普通は十五歳まで待つはずじゃない！　待ってなさいエル、私が殿下に掛け合えば――――！」

「なりませんよカティア嬢。これから貴女様は殿下のために尽くすのです。あんなくだらない男にどうして拘《こだわ》って」

「あなた――――ッ!!」

カティアとクリスの言い争いが、ひどく遠くに聞こえる。

そのまま、呆然自失《ぼうぜんじしつ》のエルメスは父の執務室に連れて行かれ、そこで予想通り勘当の宣告を受け。

これまでの十年の努力全て虚《むな》しく――――実家を追放され、ただのエルメスとして野に放り出されてしまうのであった。

◆

追放時にエルメスに与えられたのは、今までの襤褸《ぼろ》切《き》れではないそれなりに真っ当な服装と多少の金貨。流石《さすが》に追い出すとは言え、かつて家族だった人間だ。すぐに野垂れ死にしないよう多少の手心は加えてくれたのか――

――と、思ったことが間違いだった。

「ひゃははは！　今日はついてるぜ！」

「しけた仕事だと思っていたが、こんなにいいカモが手に入るなんてなぁ！」

「この服もとんでもなく上等な代物だ。まさか貴族の坊ちゃんがあんなところを出歩いているとは、捕まえてくれって言ってるようなものじゃねぇか！」

元より、フレンブリード家にエルメスを生かしておく気など微塵《みじん》もなかったのだ。

エルメスが放り出されたのは、王都より遠く離れたやや治安の悪い平民の街。

そんな場所を一人で歩く、真っ当な――平民からすればとんでもなく上等な服を着て、多少の――平民にとっては目も眩《くら》むほどの大金を持った、見るからに弱々しい少年一人。

人攫《ひとさら》いにとっては、むしろ狙ってくれと懇願しているようにしか見えなかっただろう。

自ら手を下さないのは、あくまで身内を殺したという醜聞を避けるため。だから代わりに適当な下町の人間に始末してもらうための、手心のフリをした餌を持たせたのだ。

結果、案の定――ゼノスの予想通り、エルメスはあっという間に粗野な男たちに捕まり、身ぐるみを全て剝がされ人気《ひとけ》のない郊外に転がされていた。

「それで、このガキはどうする？　身代金を狙うか、それとも奴隷商に売るか」

「どっちもやめとけ。たまにいるんだ、こういう貴族様の捨て子がな。当然金は出ねぇし、こんな貧弱な坊ちゃんろくに売れやしねぇよ」

「ああ、後腐れなく殺しとけ」

そして、あっさりと。世間話のような気軽さで最悪の処遇を決定し、男のうちの一人が刃物を片手にこちらに近づいてくる。

「ひ――ッ」

死にたくない。そんな当然の恐怖に従い、エルメスは這《は》ってその場を離れようとするが。

「おいおい――手間をかけさせんな、よっと！」

「あぐッ！」

そんな無様な逃亡が許されるまでもなく、背中を踏みつけられて身動きを封じられる。

ついでとばかりに蹴り飛ばされ、近くの壁に叩《たた》きつけられた。

「聞いたぜ坊ちゃん。お前さん、いいとこの貴族様に捨てられたんだってなぁ」

下卑た笑みと共に、数人を従えて近づいてくる男。

「坊ちゃんは知らないようだから教えてやるがな。俺たち底辺の人間はよぉ――貴族様が、大っ嫌いなんだよッ！」

「捨てられたとしても、今まではいい暮らししてきたんだろ？」

「だったらよ、せめて最後に俺たち哀れな平民の鬱憤晴らしに付き合ってくれよ。それが貴族の責務ってやつだろぉ？」

そのまま代わるがわる、連続して暴行を受け。徐々に抵抗する気力もなくなっていく。

「それじゃあ」

――僕の人生は、なんだったんだろう。

遂《つい》に諦念に支配された脳裏に、これまでの出来事が走馬灯の如《ごと》く流れた。

輝いていた幼少期と、それが一転した少年期。いつか絶対報われると信じて続けた努力も虚しく、こんな場所で誰にも知られず命を散らす。それが自分の人生ならば――

何もかもが、無駄だった。人生にはなんの意味もなかった。そう結論付けざるを得ない。

（いやだ、なぁ……）

拒否感を抱いても、最早《もはや》どうすることもできず。

いよいよ抵抗がないことに飽きた男が、無造作にナイフを振りかぶる。

虚《うつ》ろな瞳で、それが自分の首筋に振り下ろされるのを――見ることは叶《かな》わなかった。

「ごばぁッ!?」

何故《なぜ》なら、その直前に男の横っ面に何かしらの魔法が炸裂《さくれつ》し。

珍妙な悲鳴をあげて男が目の前から吹き飛んでいったからだ。

「――おい、勘弁してくれよ」

少年のような口調をした、美しい女性の声で応えがあった。

「あたしなぁ、今日は久々に大暴れして、気分よーく家に帰ろうとしてたんだぞ?」

驚きと共にエルメスが目を向けた先にいたのは、夕焼けを背負う美女の姿。

「その帰り道で何やってんだお前ら?　大の男が寄ってたかって幼気《いたいけ》な少年に暴行なんざ

胸糞悪《むなくそわる》いったらありゃしない。せっかくのいい気分が台無しだ」

　夕焼けを受けてなお燃え上がるように豪奢《ごうしゃ》な赤の長髪。それと対照的に理知的な碧眼《へきがん》が、不機嫌そうな眼光を湛《たた》えて男たちを睨《にら》みつける。

「――と、ゆーわけで」

　その形良い唇から、敵意に満ちた言葉が紡がれる。

「憂さ晴らしにこれからボコるぞ、クソ野郎ども。文句は言うなよ？」


　そこから始まった戦いは、俄《にわか》には信じ難い光景だった。

　露骨な挑発に逆上した男たちは、一斉にその美女に向かって襲いかかった。

「正義の味方気取りに舐《な》めた真似《まね》してんじゃねェぞクソアマがぁッ！」

「調子に乗りやがって、俺らに楯突《たてつ》くとどうなるか体に教え込んでやるよ！」

　怒り、羞恥、或《ある》いは美女を前にしての欲望も混じった怒声をぶつける男たち。

　だがそんな声とは裏腹に、彼らの立ち回りは洗練されていた。魔法の心得があるものも数人いたようで、強化魔法を用いた素早い動きや強力な遠距離魔法も混じっていた。

　加えてこの人数差。恐らく血統魔法の使い手であっても生半可な実力では為《な》す術《すべ》なくやられてしまうだろう。

　だが。

「おお、怖い怖い」

彼女は余裕を感じさせる優雅な微笑と共に、その全てを捌《さば》いていった。

近接で突撃する男たちはそれ以上の強化魔法と武術で指先一本も触れさせることなくいなし、遠距離魔法は周囲に光の壁を張ってそよ風ひとつも届かせず防ぎ切る。

そして返す刀で放たれるのは、男たちの魔法が児戯に思えるほど強力な魔法の数々。

火球、風刃、氷塊。見せつけるように多種多様な魔法を展開し、飛び回ってそれを放つ。

その威力、動きに圧倒される。あまりにも一方的な蹂躙劇《じゅうりんげき》。

「そんな……」

最中、ふとこぼれた呟《つぶや》きはエルメスのものだ。

あまりの格の違いに驚いている——のもあるが、彼が何より驚愕《きょうがく》した点はそこではない。

「あの人は、一体、何の魔法を使っているんだ……!?」

ここで、血統魔法に関する性質を一つ述べる。

——血統魔法は、原則一人に一つしか発現しない。

故に一人の扱う魔法は基本一つの属性に偏るものなのだ。

無論例外はある。例えば汎用魔法と呼ばれる誰でも扱える魔法ならば一人一つという縛りもない。男たちが使っていたのはそれだろうし、それを使えば彼女のように多種多様な魔法を出現させることも不可能ではない。

しかし、そこには重大な矛盾が一つある。

「威力が、強すぎる……!」

そう、彼女の魔法はどれも汎用魔法の範疇《はんちゅう》を遥《はる》かに逸脱している。どころか、下手な血統魔法に迫るほどの性能を発揮しているのだ。エルメスだけではない、多少なりとも血統魔法を理解した貴族ならば、この光景を見て誰もが目を疑うだろう。

眼前に展開されているのは、それほどの理不尽の権化。それをエルメスは眺め——だが、すぐにそんなことは気にならなくなった。何故なら、

「……すごい」

見惚《みと》れていたからだ。

誰よりも自在に戦場を駆け、誰よりも深く魔法を理解し、そして誰よりも自由に魔法を振るう者。それはまさしく、彼が憧れた偉大な魔法使い。幼き日より夢見ていた憧憬の具現が、そこに存在していたから。

「なん……なんだこいつ!?」「強すぎる、俺たちの知ってる貴族様じゃねぇ！」

当初は威勢の良かった男たちも、彼女のあまりの強さに戦慄と恐慌の声を上げた後。

「……その髪、その口調、そして何よりそのふざけた魔法、まさか……！」

やがて男のうち一人——恐らくリーダー格が、何かに気付いて絶望の表情を浮かべる。

「お前ら、撤退だ！　こいつは『空の魔女』ローズ、歩く災害だ！　俺たちの知る貴族……元主人と同じと思うな！　相手するだけ無駄だ、これ以上被害が出る前に——」

「もう遅いぞ、馬鹿ども」

逃がさない。そう宣言するかのように、ローズと呼ばれた美女は周囲一帯を光の壁で囲

い、男たちを一人残らず閉じ込める。

「話を聞くに、元貴族お抱えの人攫いに味を占めた騎士団崩れってとこか？」

「ッ！」

「ろくなもんじゃないが、それなら納得できる。お前たち、如何《いか》にも下衆《げす》な見た目の割に意外と強かったからなぁ。だからめんどくさ――礼だ、あたしの魔法を見せてやるよ」

そして左手を天に掲げ、大きく息を吸って唄《うた》い上げ。

【天地《あめつち》全てを見晴るかす　瞳は泉に　頭顱《とうろ》は贄《にえ》に　我が位階こそ頂と知れ】

不敵な笑みと共に手を振り下ろし、高らかに宣言した。

「血統魔法――『流星の玉座《フリズスキャルヴ》』！」

直後。

天から降り注いだ、そうとしか思えない無数の光線が一面に着弾した。

まさしく切り札と呼ぶにふさわしい、彼女の扱う魔法の中でも尚《なお》規格外の威力。一挙に砂埃《すなぼこり》が立ち上がり、その中で男たちの悲鳴が響き渡る。

やがて悲鳴が全て止《や》み、砂埃が晴れた先には。

「殺しはしないぞ。わざわざゴミで手を汚したいとは誰も思わんだろ？」

倒れ伏した男たちと、その中心で依然華麗に佇《たたず》む美女の姿があった。

「……さて」

それを見届けると、彼女は肩の力を抜いて。

「そこの君。これでもう大丈夫――」

穏やかな微笑と共に駆け寄って来ようとした、が。

その瞬間、エルメスは遠くに微《かす》かな魔力の揺らぎを感知した。

「――お姉さん！　左後ろ、狙撃！」

「ッ!?」

直感のまま、残り僅かな気力を振り絞って叫ぶエルメス。

その言葉が終わるか否かのタイミングで、遥か遠くの建物から走る一条の光。

それが彼女のこめかみを直撃する――寸前。

「……やるじゃないか」

紙一重のところで展開された光の壁に阻まれる。

「今のが当たっていれば、あたしにかすり傷くらいは負わせられたかもしれないぞ」

返礼とばかりに彼女は光の先を指差し、直後建物に落ちる流星の光線。

「万一に備えて狙撃手を雇ってたのか。意外と用意周到じゃないか――まあ、どうでもいいけど」

無力化を確認した後、今度こそ彼女はこちらに歩いてきて、目の前で立ち止まる。

……改めて見ると、想像以上に若い。見た目だけなら二十歳前後だろうか。

微かに少女の面影を残す大きな瞳に、綺麗《きれい》に通った鼻筋。王都でも滅多に見ないほどの美貌だ。加えて完璧な黄金比を保つ肢体を包むのは、黒を基調としたシックなドレス、そこから伸びる長い手足の透き通るような白さとの対比が鮮やかに夕日に照らされている。

先の圧倒的な魔法の能力と合わせて、どこか隔絶した印象を与える外見をした彼女は、エルメスに目線を合わせてかがみ込むと。

「――君、すごいな！」

打って変わって童女のように目を輝かせ、こちらに顔を近づけてきた。

「油断してたとは言え、あたしが気づけなかったあんな遠くの魔力に気づくなんて、どんな感知能力してるんだ!?」

先の印象とのあまりの違い、加えて興奮に頬が紅潮し、可愛《かわい》らしさも加わった美貌を間近に近づけられ。エルメスは緊張やら動揺やらで体の痛みや疲労も一瞬忘れてしまう。

「しかもこの年で！　本当にすごいな。あたしより才能ある人は初めて見たかもだ」

そんな彼をよそに、彼女はにっこりと人懐っこい微笑《ほほえ》みを浮かべ、最後にこう告げた。

「興味が湧いたよ、可愛い魔法使いの少年。あたしはローズっていうんだが、君の名前は？」


エルメス・フォン・フレンブリード……否。エルメス、十歳。

七歳の時にどん底に叩《たた》き落とされる転機を迎えた少年は、十歳のこの瞬間。二度目の――一度目とは真逆の転機を迎えることになる。

その鍵となる人物である『魔女』ローズとの、これが初めての出会いだった。

◆

「……エルメス、です」

色々と疑問はあるが、とにかく名を聞かれたので素直にエルメスは返答する。

今までの暴行で受けた傷も彼女がついでとばかりに治してくれ、もう痛みは感じない。

「あの、助けていただきありがとうございました」

「ああ、気にすることはない。あの連中はあたしがムカついてボコっただけだからな」

先ほどの敵意も顕《あらわ》に大暴れした時とは打って変わって、友好的に話しかけてくるローズ。

ある種無邪気とも言える態度の変化に容姿の美しさも相まって、どこか浮世離れした印象を与える女性だ。

「でも、妙だな」

そんな折、ふと何かに気付いた様子でローズが小首を傾《かし》げる。

「君、さっきの感知能力から察するにかなり強い魔法使いだろ？　確かにあの連中はそこそこ強かったが、君ほどの人が大人しく捕まるようにも見えないんだが……？」

「っ！」

彼女の言葉に、悪気がないことは分かっていた。

けれど、その問いで彼は思い出してしまう。エルメスは、実家に捨てられてしまうほどの出来損ないの魔法使いであり、先ほど見惚れた彼女の魔法、夢見た偉大なる魔法使いの具現には——もう、一生かけても辿《たど》り着くことはないのだと。

「それ……は……っ」

「!?」

命が助かったことで気が緩んでか、或いは改めて自分の惨めさを認識させられてか。

理由を話そうとするが言葉にできず、終《しま》いには堪《こら》えきれなくなって涙を流してしまう。

「ど、どうした!? 傷が痛むのか!? 完璧に治したつもりだったんだが……」

「ち、ちが、違うん、です……」

狼狽《うろた》えるローズを前にして、嗚咽《おえつ》が混じりながらもなんとか言葉を発しようとする。

「僕は……僕も、あなたみたいな魔法使いになりたかった……でも、無理なんです……」

「……無理？」

「僕には……自分の魔法がないんです……！」

あの日、自分に血統魔法がないと言われてからも彼は諦めなかった。

きっといつか、きっとどこかに。自分の魔法があるんじゃないかと探り続け、その結果高い魔力操作能力と、先ほども見せた感知能力を得ることはできた。

でも——だからこそ、もういい加減分かってしまう。

自分の血の中には、魔法の気配が全くない。きっとこの先も、見つかることはない。

誰も知らなかった自分の中にある魔法が覚醒する……なんて甘美な空想は、夢物語でしかなかった。

研ぎ澄まされた感知能力故に、その結論に絶対の自信を持ててしまう。

皮肉にもこれまで鍛えてきたことが、この上なく己の絶望を担保してしまっているのだ。

「だから……どんなに鍛えても……どんなに魔力の扱いが上手《うま》くても、なんの意味もない！　ぜんぶ無駄なんだ……っ！」

一度口にしたことで、歯止めが利かなくなってしまったのだろう。

エルメスはそれからも、堰《せき》を切ったように話し続ける。家族に捨てられたこと、これまで受けた扱い、信じてくれた女の子も遠くに行ってしまったこと。

要領を得ない説明も多かっただろうが、ローズはその全てを真剣な顔で聞いてくれて。

「そっ……か……」

やがて、エルメスが一通りを話し終えてから。

「出会ったばかりのあたしが同情するのもアレかもだが……それは、辛《つら》かったなぁ」

彼女はゆっくりと、抱きしめてくれた。

「っ！」

久しく感じていなかった人の温《ぬく》もり。びっくりするほどに柔らかく優しい肌の感触と甘い花の香りが全身を包み込む。

ゆっくりと頭を撫《な》でられて、心がほぐされまた涙が溢《あふ》れてきた。

「気にすることはないさ、エルメス。あの貴族どもは所詮借り物の力で粋がっているだけの連中だ。……本当に、なんにも変わっちゃいないんだな、あいつら」

そのまま彼女は耳元で囁《ささや》く。前半は穏やかに、後半は少しだけ暗さを感じさせる声で。

「そんな連中の言うことなんざ真に受けなくていい。喩《たと》え血統魔法がなくたって………、……え？」

しかし、その時だった。

ローズの声が途中で止まり、わなわなと体を震わせ始めたのだ。

「いや待て待て待て。ちょっとひどすぎる生い立ちに気を取られてサラッと聞き流してしまったんだが……君、血統魔法を持っていないのか!?」

ぱっと体を離して、驚愕《きょうがく》の表情でローズが問い直す。

「え、ええ」

やっぱり、このすごい魔法使いさんからしても血統魔法を持たないのは致命的なのか……とエルメスの心が再度暗黒に支配されかけるが。

「――すごいじゃないか！」

だが直後、予想だにしないことが彼女の口から発せられた。

「おいおいおい、下衆どもに出会って今日は厄日かと思ったら人生最高の日だったぞ！」

そのまま何故《なぜ》か、ローズは目を輝かせエルメスの脇に両手を入れて持ち上げる。

「えっえっ」

「これだけ高い魔力があって操作や感知の基礎能力も一級品、そして極め付けは血統魔法を持っていないだと!?　最高だ、あまりに完璧な原石すぎて逆に罠《わな》を疑うぞこれは！」

揶揄《からか》われているのかと思ったが、子供の如《ごと》く輝く彼女の瞳にそのような色は微塵《みじん》もない。

「性格も素直でいい子、おまけに顔も可愛い！　理想すぎる、惚《ほ》れた！　あたし好みに育てたい！」

「えっええええ!?」

どころか、最後にとんでもないことを呟《つぶや》かれていよいよエルメスの混乱が極致に達する。

「あ、あの……何を言っているのか……」

「おっとすまない。ちょっと年甲斐《としがい》もなく興奮しすぎてしまった」

流石《さすが》に置いてきぼりにした自覚はあるのか、照れ臭そうにエルメスを地面に下ろす。

そしてローズは数歩下がって、咳払《せきばら》いを一つしたのち。

「そうだな……何を話そうか」

しばしの思考を挟んでから、穏やかな口調で問いかけてきた。

「……エルメス。君、魔法は好きかい？」

「え――」

少しばかり唐突な質問に面食らう。

けれど彼女の表情は、微笑を浮かべているものの今まで見た何よりも真剣で。

だから彼は、真っ向から返す。幸い、返答に迷うことはないのだから。

「――はい。大好きです」

魔法。

人の身で起こす奇跡。願いを叶《かな》える御業《みわざ》。

生まれた時から魅了されていた。何よりも美しいと思った。自分だけの素敵な魔法を見つけたかった。

人生の全てを懸けてもいいと思えるもの。それが、彼にとっての魔法だった。

彼の返答に、満足そうにローズは頷《うなず》く。

「でも、僕は……」

「血統魔法を持たない。だから優れた魔法使いにはなれない――」

続く彼のネガティブな言葉を拾ってから、彼女は夕日を背に不敵に笑って。

「――じゃあまずは、その誤解を正そうか」

「！」

どきりと、心臓が跳ねた。

「確かに血統魔法は凄《すさ》まじい代物だ。あたし自身持ってるからそれはよーく分かってる」

ローズが指先を横に向け――直後、ズドンと。空からの光線が地面を穿《うが》ち大穴を開ける。

彼女が先ほど見せた血統魔法――『流星の玉座《フリズスキャルヴ》』。

「これを、生まれた時から無条件に、なんの努力もなしに扱えるんだ。確かにとんでもない。『神から賜った』だなんて勘違いするのも分かるし、生半可な連中ならこれだけで満足してしまうだろう。それほどの力だ」

　しかし、とそこで彼女は声色を変えて。

「だが――これ以上のことは絶対にできない」


「え……？」

「貴族連中含め、ほとんどの人間は勘違いしている。魔法は神より与えられたものなんかじゃない、確かな理念と論理のもとに組み上げられた人の業。然《しか》るべき手順を踏めば誰だって、どんな魔法だって扱えるはずなんだ」

　――世界が、ひっくり返る予感がした。

「血統魔法は『天稟《ギフト》』なんて素敵なもんじゃない。生まれた時から無条件に、一つの魔法しか使えなくする『呪縛《カース》』なんだよ」

　魔法は本来、論理的に積み上げて習得するもの。努力の果てに身につけるもの。

　その習得の過程をすっ飛ばして生来使えるようにしたものが血統魔法。

　だが――血統魔法はその代償として、本来習得できたはずのそれ以外の魔法を制約する。可能性を犠牲に、無条件の力を得る禁忌。それこそが血統魔法という『呪縛《カース》』だと、彼女は語る。

衝撃の事実に驚愕するエルメスに、ローズは指先を突きつけた。

「そして、君は血統魔法を持っていない」

「！」

再度、心臓が跳ねた。

だが今度のそれは驚きだけではない。微《かす》かな――しかし確実な期待を含んでいた。

「分かるだろう？　君は神に選ばれなかったんじゃない。むしろ奴《やつ》らの言葉を借りるなら――君は唯一人神に呪われていない、全ての魔法を十全に扱える可能性を持った魔法使いだ」

続けてローズは、自身の周りに多種多様な魔法を展開する。光の壁、炎の球、風の刃など、どれも先ほど見せた凄まじい威力の魔法の数々。

「君は、さっきあたしが見せたこれら全てを扱える才能を持っている。いや……それどころじゃない。血統魔法のせいでここまでしか扱えないあたし以上に強くて、かっこ良くて、綺麗《きれい》な魔法を使える。世界で一番自由な魔法使いになれるんだ！」

彼の鼓動はもう、痛いくらいに脈打っていた。

家族に見捨てられ、才能に絶望し。

どん底を彷徨《さまよ》い続けた果てに出会った――これまでの何よりも大きな、希望。

「さっき言った通り、あたしは君のその可能性に惚れた。君がどんな魔法使いになるのか見たい。そして願わくは、その一助をぜひあたしにさせて欲しいんだ。……だから、さ」

最後に彼女は頬を染め、恋する乙女のようにはにかんで。

「君みたいな子を、探してた。君さえ良ければ……あたしの、弟子になってくれないか？」

……普通に客観的に考えれば、凄まじく胡散臭《うさんくさ》い誘いだと思う。

いくら危ないところを助けてくれたとはいえ、今まで生きてきた中での常識を根こそぎひっくり返す話をして最後の言葉が『弟子になれ』。裏があると思わない方がおかしい。

けれど、不思議とそのような思いは抱かなかった。

助けられたことや、魔法の素晴らしさに対する贔屓目《ひいきめ》がないと言えば嘘《うそ》になるけれど。

何より――魔法について語る彼女が、本当にとても生き生きとしていて。

エルメスは思ったのだ。

……ああ、この人も魔法が大好きなんだな、と。

彼にとってそれは、千の言葉より雄弁な説得だった。

だから、一瞬の迷いもなく、エルメスはこう答えたのだ。

「――よろしく、お願いします！」

かくして、家族と縁を切られた少年エルメスは『空の魔女』ローズの弟子となった。

それから五年。彼女の元で研鑽《けんさん》を積んだ彼は、再び王都へと舞い戻ることになる。

彼と、それに関わった者たち。全員の運命が大きく変わる時は、刻一刻と近づいていた。

第一章　原初の碑文

「……本当に、行くのか？」

エルメスがローズに弟子入りして、五年の後。

王都から遠く離れた人気《ひとけ》のない森の奥にて、響くのは師ローズの声。

彼女の外見は、出会った頃から変わらない。その若々しい美貌も均整の取れた肉体も、共に暮らす上で一切の変化を見せていない。

そもそも、彼は師匠の年齢を知らない。大凡《おおよそ》の当たりはついているのだが、その推理と外見があまりに一致せず彼自身未《いま》だ半信半疑なのだ。

そんな、五年経《た》っても相変わらず謎の多い師の厳かな問いに少年は答える。

「……はい。僕は、王都に戻ります」

一方の彼、エルメスは当然ながら五年で大きく変化を見せていた。

今年で十五歳。同年代の一般的な少年たちと比べれば見劣りするものの、体つきは逞《たくま》しく。顔つきも優しげな面影を残しつつ、かつての気弱さを抑えた一端《いっぱし》のものに。

そして雰囲気。こちらは逆に年齢よりも大人びた、落ち着きのあるものになっていた。

そんなエルメスは、翡翠《ひすい》の瞳に決意の光を宿して揺らぐことなく宣言する。

「師匠の教えを無駄にしないために。かつて失ったものを取り戻すために。そして——

『僕自身の魔法』を見つけるために。僕は王都で様々な魔法を見なければならない。何より、僕がそうしたいんです」

「……そうか」

毅然《きぜん》とした言葉を受けたローズは、何かを考え込むように俯《うつむ》いて。

やがて、ふるふると体を震わせたかと思うと。


「…………やっぱり嫌だぁあああああああ！」


全力で、こちらに縋《すが》り付いてきた。

恥も外聞もなく、離さんと言わんばかりに抱きついて、震え声かつ涙目で。

忌憚《きたん》なく言うと、先ほどまでの厳かな雰囲気が木っ端微塵《こっぱみじん》になるほど情けない姿だった。

「なぁエル！　やっぱり考え直さないか！　もうお前と離れるなんてあたしは耐えられそうにない！」

「いや、あの。……王都に戻った方が良いとそもそも提案したのは師匠ですよね？」

「そうだけどさぁ！　お前は知らないかもしれないが、お前が来るまでのあたしの生活はそりゃひどいものだったんだぞ!?」

「え、ええ知ってます。何せそのひどい生活を改善して差し上げたのは多分、僕なので」

彼の師、ローズは掛け値なしに素晴らしい魔法使いだ。

……いや、少し言い直そう。

魔法使いとしては掛け値なしに素晴らしい人だ。事実この五年、彼は多くの知識や技術を教わることができた。

だが――もう言ってしまうと、ローズはそれ以外が凄まじいまでのダメ人間だったのだ。

乱れた生活習慣や不摂生は当たり前。部屋は散らかり放題、片付けるという発想がそもそもない。

着替えや洗濯、魔法研究が捗《はかど》っていると風呂すら面倒だとサボる始末。『魔法で汚れは綺麗にしてるからいいだろー』とごねる師を強制的に浴槽に叩《たた》き込んだことは数知れない。

この師の生態に合わせるのは、どう考えても良くないと幼心ながら理解したエルメスは一念発起、これまで周囲の人間にしてもらっていた身の回りのお世話を、今度は自分がローズにしてあげるべきなのだろうと決意する。

そうして、今までやったことのなかった家事各種の努力、炊事における師の好みの把握などを修業の合間に行うこと五年。

我ながら人並みにはなったんじゃないかと自負できる程度には上達し、一方の師匠は。

「あたしは、あたしはもう、お前がいないと生きていけないんだよぉ！」

この通り、無事ただのダメ人間からエルメスがいないとダメ人間に進化を果たしたのであった。

出会った頃は、本当にかっこいい人だと思ってたんだけどなぁ……とエルメスは昔を懐かしみつつ縋り付く師をなだめる。

「あの、師匠。そこまで全力で引き止められてしまうと僕も出て行きにくいと言うか……」

「うぐっ、そう言われるのが一番辛《つら》い……！」

自分の方がわがままを言っている自覚があるのだろう。

若干抱擁を緩めて、けれどまだ名残惜しそうに至近距離で彼女は話す。

「でもなぁ……もうエルのご飯も滅多に食べられないし、エルの頭を撫《な》でたり、ぎゅってしたり、一緒に寝たりもできなくなるのか……寂しいなぁ」

「こ、後半はそろそろ恥ずかしいので、ここにいるとしても遠慮させて欲しいのですが」

幸い、そんな彼をローズは魔法以外の点でも大切にしてくれた。

ただ彼女の言葉通り想像以上に可愛《かわい》がられる時があり、年上の美女の過剰なスキンシップに思春期になり始めた頃から結構な気恥ずかしさを感じてしまっていたりもした。

けれど、それらも全部含めて本当に彼女にはお世話になった。感謝してもしきれない。

「ご飯に関しては、師匠でも手軽に作れるレシピをいくつか残してあります。家事も魔法で自動化できるところはしてありますし、できる限り帰るようにはするので――」

「ああもう、なんでお前はそんな健気《けなげ》で可愛くていい子なんだ！　いっそ小憎らしければ喜んで追い出せたのに！　いやでもそんなエルはあたし見たくない！　一体どうすればいいんだ……っ！」

「師匠、一旦落ち着くのがいいと思います……」

その後もローズは色々と騒いだり引き止めたりしたが、そうこうしているうちにようやく冷静になってきたのか。

「……分かってるさ。弟子の門出だもんな……」

体を離し小さく呟《つぶや》いたかと思うと、真面目な——魔法使いとしての顔を見せて。

「エル、お前も分かってるとは思うが。この五年あたしがお前に教えたことは、あくまで『種』だ」

「ええ」

「そこからどんな魔法を学んで、どんな魔法の花を咲かせるのか、選択するのはお前自身。そのためにはより優れた魔法——つまり、血統魔法をたくさん目にするのが良い」

だから、王都に向かう。多くの優れた血統魔法を持つ貴族たちの近くに行くことが、彼にとっては魔法の研鑽に繋《つな》がる。エルメスはそう、数日前に師匠自身から提案された。

「でも、血統魔法を目にするだけならば道はそれ一つじゃない。ここにいたってできることはいくらでもある」

「そう……ですね」

「それに、王都は正直言ってひどい場所だ。生まれた時から与えられたものに安住して何も自分で考えようとしない、怠惰で陰湿な連中の溜《た》まり場《ば》。きっとお前も、見たくないものを見ることになると思う」

その上で、ローズは再度問いかける。

「それでも、お前は行くのか？」

やはり返答は、迷わなかった。

「――はい、行きます。僕は王都でこそ、やりたいことがある」

あの場所には、かつて貴族として暮らしていた場所がある。ろくな思い出なんてほとんどなかったけれど、それでも少しだけ心残りはある。

かつて自分と関わった人たちが今どうしているのか、この目で確かめたい。

何よりあそこで失ってしまった、自分の魔法のために取り戻したいものだってあるのだ。

……そして、願わくは。

かつての自分がローズに救われたように、魔法で困っている人に新たな道を示したい。

それがきっと過去憧れた、そして今も憧れる偉大な魔法使いのあり方だと思うから。

「……そうか」

返答を受け、同じように彼女は呟き。

そのままもう一度強く彼を抱きしめてから――今度は、満面の笑みを浮かべる。

「じゃあ、行ってこい！　王都に行って大暴れだ！　かつてお前を無能と切り捨てた連中に、自分はここまで強くなったと見返してやれ！」

「――っ、はい！」

ようやく、師匠が背中を押してくれて。

心置きなく、彼は駆け出す。向かう先は森の出口、そしてかつて彼が追い出された場所。

「愛してるぞ、我が弟子――――！」

明るく美しい師の大声が、いつまでも森中に響いていた。


……そこから数日後。

ちょうど、エルメスが王都に辿《たど》り着いたころ。王都の辺境、人気《ひとけ》のない路地裏にて。

「はっ――はっ――」

少女の荒い息遣いが響いていた。

彼女は必死に駆けていた。何かを急ぐように……或《ある》いは、何かから逃げるように。

それを裏付けるかの如《ごと》く、少女の背後から声が響いた。

「あっははははは！　無駄です、この僕からは逃げられませんよ！」

声を聞いて、少女は全く振り切れていないと知ってさらに足に力を込める。

だが、疲労困憊《ひろうこんぱい》の体ではこれ以上の速度は出せず、そうこうしているうちに声が響く。

先ほどよりも近い場所で。

「いい加減、余計な抵抗は諦めたらどうです――カ、ティ、ア、嬢！」

「っ！」

逃げ切れないと悟り、けれど足を止めることもできず。

「どうして――」

少女──カティア・フォン・トラーキアは悲痛な表情で言葉をこぼす。

「どうしてですか、アスター殿下！」

運命の悪戯《いたずら》としか言いようのないタイミングで。

エルメスの間近に、かつての因縁が迫ってきているのだった。

◆

カティア・フォン・トラーキア、十五歳。

公爵家であるトラーキア家の令嬢であり、十歳の時第二王子アスターに見初められて婚約者となった少女。

そこから五年。彼女は王宮での教育と本人の不断の努力により、礼儀作法、政治、教養全てを完璧と言えるレベルで修め。見目もより美しく成長し、その紫紺の髪や紫水晶の瞳も相まって夜の妖精と言われるほど可憐《かれん》かつ気品ある美少女となった。

性格も真面目で誇り高い彼女は、『ある一点』を除き完璧な婚約者と言われていたのだ。

そのある一点も、何か致命的な罪禍であるとかそう言ったものではなく、故に。

「カティア・フォン・トラーキア嬢！　いい加減に観念してくださいよ、あなたには──『国家転覆を目論《もくろ》んでいる』という疑いがあるのだから！」

——そんな、本当に全く身に覚えのない疑いをかけられて。

クリス・フォン・フレンブリード——第二王子の右腕と言われる、本来ならば自分の味方だった人間に追われ。彼が指揮する兵士と共に、こうやって路地裏に追い詰められることになるなど想像もできなかった。

「……いい加減にして欲しいのはこちらの方よ」

クリスを睨《にら》みつけ、カティアは先ほど彼が唐突に現れた時と同じように反論した。

「そんな疑惑をかけられる謂《いわ》れはないし——何より。仮にあったとして、罪状は？　罪状もなしに兵を動かして、公爵令嬢を一方的に捕らえようとするなんて完全に越権行為、許されることではないわ」

「はは、如何《いか》にも追い詰められた悪役の台詞《せりふ》ですね！」

しかしクリスは同じように、正当なはずの主張を一方的な決めつけで切って捨てる。

「確かに罪状はありません、今はね。けれど先ほども申しましたよね——この件を命じたのは、紛れもないアスター第二王子殿下なんですよ！」

ぎり、とカティアが歯を鳴らす。

「殿下の素晴らしさは貴女《あなた》自身がよくお分かりでしょう？　見目麗しく文武両道、御歳《おんとし》十五にして既に数多くの魔物を討ち果たした英雄王子！　そのお方が仰《おつしや》ったのです、『カティアを捕らえろ』と！」

「……それがどうしたのよ」

「英雄とは、時に理《ことわり》には縛られないもの。あのアスター殿下が仰ったことならば、貴女を捕らえることには深遠な意味があり、絶対に正しいのです。その言葉の前に罪状の有無など些細《ささい》なことでしょう？」

ふざけている。

仮に王族と言えども、何の理由もなくこの国で定められた法を無視していい道理などあるはずがない。それを無闇に破ってしまえば、多くの人が暮らす上で必要な秩序が壊れることになる。当然の話だ。

……だが、同時に確信もあった。きっと、そのふざけた話は通ってしまうのだろうと。

それくらいに、あの王子様の発言権は絶対で、周りもそれを疑うことがなくて。

もし自分が大人しくクリスに捕まったならば——付いてきた、つまり任意同行をした、よって自分の罪を認めたも同じだとして。ありもしない罪状を後付けででっち上げられ、何の意図があるか分からないがあの王子様の思い通りになるのだろう。

今の貴族社会がそういうものだと、カティアはこの五年で痛いほど学んでしまっていた。

だから、ここで捕まることだけは絶対に回避しなければならない。そう考えて、カティアは腰を落として臨戦体勢に入る。

「おや、まだ抵抗する気ですか？　いいでしょう、いくら罪人と言えど足掻《あが》く権利くらいは認めてあげないとね」

それを見て、クリスは余裕を崩さないまま少しの愉悦混じりに口角を吊《つ》り上げて。

「お前たち、手は出すなよ。仮にも高位血統魔法の使い手だ、ここは僕に任せて彼女を逃さないことに専念しろ」

周りの兵士たちにそう告げてから、彼の魔法——複数の光球を背後に展開する。

血統魔法、『魔弾の射手《ミストール・ティナ》』。

クリスが第二王子アスターの右腕であることを保証する、強力な血統魔法。

それを見せびらかすように展開してから、彼は嘲りを乗せた声でカティアに呼びかける。

「さあどうぞ、抵抗してみてください。……もっとも、悪役の抵抗などたかが知れています。罪状がどうとか言っていましたが、どうせ法務大臣たるお父上に頼んで揉《も》み消してもらったんでしょう？」

「——取り消しなさい」

「はい？」

「私のことをどうこう言うのは勝手よ。だけれど——お父様の侮辱は、許さないわ！」

半ば挑発に乗る形で、けれどそれ以外道はないという確かな判断に基づいて、カティアも詠唱を開始する。

「【終末前夜に安寧を謳《うた》え　最早《もはや》此処《ここ》に夜明けは来ない　救いの御世《みよ》は現《うつつ》の裏に】

血統魔法——『救世の冥界《ソテイラ・トリウィア》』！」

かくして発動した、カティアの血統魔法。

呼び声に応じて現るは、冥府より出《い》でし死霊の群れ。実体を持たないそれらはしかし、やがて寄り集まり凝縮・変換され、高濃度の魔力塊となってクリスと同様背後に顕現した。

血統魔法、『救世の冥界《ソテイラ・トリウィア》』。その効果は死霊の操作。

死者の未練を媒介に冥府と現世を繋ぎ、死せる魂より莫大《ばくだい》な力を得ると言われる魔法。

本来、クリスの『魔弾の射手《ミストール・テイナ》』と比べても決して見劣りしないほど強力な血統魔法だ。

双方共に己の魔法を構え、クリスは嘲弄と共に、カティアは鋭い眼光でそれらを放ち。

二つの血統魔法が、中央で真っ向から衝突し――

――結果は一目瞭然だった。


「っ」


「あっはははははは！」

哄笑《こうしょう》を上げるのはクリス、その先で砂煙と共に己の体を押さえるのはカティア。

どちらの魔法が優《まさ》ったのかは、両者の態度を見れば明らかだ。

「なんと醜悪で――そして、なんと脆弱《ぜいじゃく》な魔法なんでしょうね！」

「ッ、この……っ！」

カティアは歯を食いしばって次弾を放つが、それもクリスが片手間に撃った魔法であっさりと掻《か》き消されてしまう。

技巧の差ではない。単純に、魔法の出力に絶望的なまでの差があるのだ。

「噂《うわさ》通りですね、カティア嬢！　優れた魔法を受け継ぎながら、何故《なぜ》かその魔法を十全に扱えない――『欠陥令嬢』との名は！」

そう。それこそが、先ほど述べた唯一のカティアの瑕疵《かし》。

カティアは六歳の時に血統魔法、『救世の冥界《ソテイラ・トリウィア》』に覚醒した。

それはトラーキア公爵家相伝の魔法の一つで、本来であればそれに相応《ふさわ》しい高い性能を誇る魔法のはずだったのだが——何故か。カティアが扱うその魔法は出力が極端に減少し、血統魔法の中でも最低レベルに威力が落ちてしまうのだ。

「魔法を見るだけでも明らかだ！　死者を操るという悍《おぞ》ましい効果、そしてその欠陥！　これだけで貴女は何か後ろめたい、神に叛《そむ》くような行いをしているに違いない！」

「その通りだ！　きっと天罰が降《くだ》ったんだ！」

「クリス様、やってしまってください！　愚かな令嬢に正義の鉄槌《てっつい》を！」

クリスの一方的な糾弾に、周りの兵士たちも追従し始める。

それを黙らせるようにカティアは再び魔法を展開するが、先ほどと同じ、いやそれ以上にクリスの魔法に歯が立たない。

自分の魔法に欠陥があるのは承知していたが、仮にも公爵家の血統魔法だ。どうにか逃げるくらいの隙は作れると思っていたが……想像を遥《はる》かに超えて、隔たりがありすぎた。

（……想像以上ね……）

「さあカティア嬢、もう抵抗は終わりですか？」

圧倒的に劣る相手を一方的に制圧する、その愉悦に浸る表情を隠そうともせずにクリスが問いかける。

その表情が腹立たしく、尚《なお》も魔法を展開しようとするが――そこでカティアは気づく。

魔法が、出ない。

（っ！　もう――）

「もう、魔力がないようですね。ここまでに魔法を使いすぎましたか」

薄ら笑いでそうクリスは指摘し、背後に特大の光球を展開して。

「では。殿下から、多少の手荒な真似《まね》は構わないと仰せつかっております。暴れられても面倒ですし、眠ってもらいましょうか」

躊躇《ちゆうちよ》なく、それをカティアに向けて撃ち放った。

（そん、な）

その一撃は、カティアの意識を刈り取るのに十分な威力を持っているだろう。

そして自分は彼らに連行され、その先の未来は牢獄《ろうごく》か身分の剝奪か。

（私が、今日まで、どれだけ――ッ）

あの日からひたすら、貴族としての責務を果たすために必死に努力してきた。

日々の訓練も勉強も手を抜いたことはない。後ろめたいことなど何一つしていないと胸を張って言い切れる。

なのに、こんな。

血統魔法。神から授かりし天稟《ギフト》。その出来だけでどんな理不尽も正当化され、どんな努力も踏み躙《にじ》られるのなら。

――一体、何のために自分たちはこの国で生きているのだろうか。

（……もう、そんなことを考えても意味はないわね）

光球は最早目前に迫っている。ここから自分がこの魔法をどうこうする手段はない。

その間際。緩やかな思考で走馬灯の如《ごと》く思い返すのは、かつて別れた一人の少年のこと。


『きれいな魔法だね、カティ』

血統魔法、『救世の冥界《ソテイラ・トリウィア》』に目覚めた自分を家族以外の周囲の人間は忌み嫌った。悍ましい、薄汚い魔法だ。こんなものは血統魔法ではないと。

そんな中、何の含みもなく純粋にそう褒めてくれた少年がいた。

彼は誰よりも、魔法の才能に溢《あふ》れていた。

だから彼に血統魔法がないと周りが言っても、カティアは決して信じなかった。

『私は信じるわ。あなたはこんなところにいる人じゃないって。絶対にいつか、すごい魔法使いになってまた私の前に立ってくれるって信じてるから』

『絶対の絶対、約束だからね！』


……そんなことも言ったっけと、苦笑まじりに思い出す。

(馬鹿ね、あの頃の私も)

そんなことなどあり得ないと今では分かる。事実、あれ以降一切彼の行方は知らない。

生死すら不明、どころか死んだ可能性の方が高いだろう。

そもそも——今更思い出すなんて虫の良い話だ。

だって、悪いのは自分だ。あの時の辛《つら》かった彼を、ひどい目に遭っていた彼を。そばにいながら何もできず……最後は立場を優先して見捨ててしまったのは、紛れもない自分で。

その時のことをずっと後悔しているとしても、贖罪《しょくざい》になんかならない。今更望む権利なんて、自分にはないと分かっている。

……ああ、でも。それでも。

この、もう自分一人ではどうしようもない状況で。

恨み言を百ほど言ってもいいくらいの理不尽の中で。

ほんの少しの奇跡を望んでもいいのなら——と。

諦め混じりの思いで、泣きそうな声で、彼女は心からの言葉を口にした。

「……助けてよ、エル」


「はい」


応えが、あった。

目を瞠《みは》るカティア。直後、その眼前に展開されたのは眩《まばゆ》いまでの光の壁。

一瞬後、そこに魔弾が着弾。両者の間に凄《すさ》まじい衝撃波が発生し、埃《ほこり》と風が舞い踊る。

――されど、その全ては壁の向こうにいるカティアに届くことはなく。

やがて煙が晴れた時、彼女の目の前には。

「その……正直状況はよく分からないのですが」

一人の、少年が立っていた。

歳《とし》のころはカティアと同い年ほど。銀の髪に翡翠《ひすい》の瞳。カティアを狙っていたクリスとよく似た面立《おもだ》ちに浮かべるのは、クリスとは似ても似つかない穏やかで優しげな表情。

「お困りのようでしたので。……ああ、それと」

見間違えるはずもない。

背丈も顔立ちも大きく成長していたし、あと何故か口調もちょっと違っているけれど。

彼のことを忘れたことは、あの日から一日たりとてなかったのだから。

「約束通り、『すごい魔法使い』になって帰ってきました。……お久しぶりです、カティア様」

そんな彼――かつてのエルメス・フォン・フレンブリードが。

今、あの時の約束を果たし、彼女の前に立っていたのだった。

◆

「エル……なの？」

「？　はい、エルです。エルメスです。先ほども僕のことをお呼びになりましたよね？」

信じられないものを見た。

そう言いたげな表情で問いかけるカティアに、エルメスはきょとんとした顔で返す。

とは言え彼自身、言った通り本当に状況は全く分からない。

ただ、王都に着いた瞬間遠くの方で覚えのある魔力がぶつかり合っているのを感知し。

思わず駆けつけたところ、何故か幼馴染《おさななじみ》のカティアと兄クリスが戦っているのを目撃。

混乱して一瞬足を止めたが、その直後クリスの血統魔法『魔弾の射手《ミストール・テイナ》』がカティアの方に放たれ。これはまずいと思ったのと、カティアが自分に気づいたのか助けを求めてきたので助太刀した次第である。

ちなみに口調が違うのは、単純に今は平民である身分を弁《わきま》えてのことだ。

そして再度エルメスの本人確認を行い、確信を得たカティアが。

「〜〜〜っ」

「!?」

ひどく頬を赤らめ、何かの感情を堪《こら》えるように俯《うつむ》いてしまった。

流石《さすが》のエルメスもこれには面食らい、いくら何でも五年越しの再会の割には軽すぎただろうかなどと考え、とにかく声をかけようとしたが。

「……おい。まさかとは思うが……本当にエルメスなのか」

不躾《ぶしつけ》な声が、二人の間に割って入った。

視線を向けた先には、先ほどとは打って変わって不機嫌そうなクリスの顔が。

「ええ、エルメスです。……兄上、と一応仮にお呼びしましょうか？」

「断るよ、もうお前はフレンブリード家じゃない。……生きていたのか、忌々しい」

敵意も顕《あらわ》に睨《にら》みつけるが、すぐにどうでもいいとばかりに鼻を鳴らす。

「まあ、もう僕には関係のない話だ。……おい、そこの貴様。隣の令嬢を僕に寄越《よこ》せ」

「何故《なぜ》、とお聞きしても？」

「ふざけるな！　血統魔法も持たないただの平民には関係のない話だ。英雄気取りはやめてそこの罪人を大人しく引き渡せ！」

「……罪人？」

騒ぎ立てるクリスから一旦目を離し、隣の少女に目を向ける。

「カティア様。兄う……元兄上はああ仰《おっしゃ》っていますが」

「誤解、言いがかりよ。私は公爵家の誇りにかけて道に背くようなことはしていないわ」

揺るぎない瞳でカティアはそう返すが――その後、何かを迷うように視線を彷徨《さまよ》わせ。

「……でも、クリスさんの言うことも正しいわ。貴方《あなた》はもう貴族じゃない、関係のない話よ。こんな……醜くてどうしようもない争いに巻き込まれる必要なんてない……」

クリスと同じ言葉のようで、その実真逆の優しさで彼を遠ざけようとする。

だから、エルメスは。

「……カティア様。僕は貴女《あなた》にとても大きな恩義があります」

「……え？」

　王都に来た理由の一つを、彼女に告げる。

「無適性と判明し、地下牢《ちかろう》に閉じ込められていた時。貴女が励ましてくれなければ僕の心は折れていました。ここに立っていることもなかったでしょう」

「あ――」

「その頃の、まだ貴族であった頃の恩をお返ししたいのです。お困り……なんですよね？」

　カティアとクリスの言い分は矛盾している。どちらが正しいか確かめる手段は今のエルメスにはない。

　ならばエルメスは、自分自身の意思に従って動こう。

　無適性と発覚してから、コンプレックスがあったとは言え過剰に手酷《てひど》く扱ったクリスと。

　それでも自分を信じてくれたカティアならば、どちらに味方したいかを迷う必要はない。

　そのまま、彼は笑顔で手を広げ。

「幸いあの後良い師匠に巡り会えまして。僕、結構強くなったんですよ？　それなりのことはできると思います。例えば――」

　笑顔を不敵な――師匠譲りのものに変えて、クリスの方に再度目を向ける。

「――あの貴族令息を倒してほしい、とか」

「ッ‼」

　その挑発を受け、クリスは今にもエルメスを視線で射殺さんばかりに睨みつける。

一方のカティアは、そんな彼の様子を驚きと共に見つめていたが、やがて。

「……ずるいわね、あなたは」

どこか切なげに笑った。先ほどとは別種の諦念と……抑えきれない期待を込めて。

「こんなタイミングで、こんなふうに現れて、そんな言葉を言われたら……縋《すが》りたく、なってしまうじゃない」

そして、彼女は。

「……助けて、エル」

改めて、エルメスに告げる。

「倒すのは、多分まずいわ。……だからどうか、ここから安全に私を逃がして欲しいの」

「お安い御用です。……ええ、仰せのままに」

それを聞いた瞬間、ついにクリスが爆発した。

「さっきから黙って聞いていれば——いい気になるにも程があるんじゃないかなぁッ!!」

眦《まなじり》を吊《つ》り上げ、怒りのままに魔力を解放する。

「どうやったかは知らないけれど、さっきの一撃を防いだくらいで調子に乗るなよ！　僕の本気はこんなものじゃない！」

その魔力に呼応するように、先と同等の大きさの光球が三つ、四つと増えていく。言葉通り、先の魔弾は全く本気を出してはいなかったのだろう。

逃げるにせよ何にせよ、まずはこの魔法を切り抜けなければ話にならない。

（……さて）

エルメスは軽く息を吐く。

……実の所、大見栄《おおみえ》を切るほどエルメスに自信はない。

現時点での全力を発揮した、元公爵家クラスの血統魔法の使い手。そのレベルと相対して確実に上回れると思えるほど彼は自分の強さにまだ確信を持てていない。

けれど、彼の師ローズは言っていた。『自信のない時ほど大言を吐け』と。

保険をかけ、負けた時の言い訳を用意するのは愚かなことだ。見栄を張り、自ら逃げ道を塞ぎ、目標に向かって全力で挑戦する。それを成すものだけが、膨大な経験値と確かな成長という名の報酬を得られるのだと。

ならば、ここで挑戦しよう。今、ここで——

「僕の魔法を、また一つ広げる」

それに、良かったと思う。

自分の目的の一つは、王都で多くの血統魔法を目にすることだ。

その意味で、この状況。早速強力な血統魔法が目の前にあり、しかもそれが自分にとって因縁深い魔法である『魔弾の射手《ミストール・テイナ》』。

僥倖《ぎょうこう》だ。幸先《さいさき》が良い。戦う上では最適の条件と言って差し支えないだろう。

何せ——自分の魔法は、そういった状況にこの上なく適している。

その意識と共に、宣誓の後彼は軽く息を吸って。

唄《うた》う。

「――【斯《か》くて世界は創造された　無謬《むびゅう》の真理を此処《ここ》に記す

天上天下に区別無く　其《そ》は唯一の奇跡の為《ため》に】」

エルメスを除くその場の全員が、息を呑《の》んだ。

何故なら、それは紛れもなく詠唱。己の内にある魔法を起動するための数小節。

血統魔法を持たないエルメスに唄えられるはずがないものを、彼は今口にしたのだ。

その認識は正しい。エルメスの中に血統魔法はなく、これからも発現することはない。

故に、これから見せるものは血統魔法に非《あら》ず。

神より賜った天稟《カース》ではなく、師に教わり自ら身につけた己の努力《フィート》、その結晶。

奇《く》しくも彼の瞳の色を冠した、これから彼の代名詞となる魔法。その銘は――

「創成魔法――『原初の碑文《エメラルド・タブレット》』！」

王都に戻って、始まった彼の伝説。

その始まりとなる彼の魔法が、遂《つい》に開帳される。

――銘を呼び、応えて現るは幻想的な翡翠の光を宿す半透明の緑板。

表面には不可思議な文字が羅列し、周囲には同じ光を持つ緑の立方体が躍っている。

神秘と叡智《えいち》、奇跡と原理。相反する二つのイメージを同時に抱くような、幻想の文字盤が彼の左手に収まっていた。

「エル、それは……？」

その魔法の美しさに目を奪われつつも、カティアが問いかける。

「『原初の碑文《エメラルド・タブレット》』。師匠に教えていただいた魔法で、僕の魔法の『種』と呼ぶべき――」

「――はったりだッ!!」

しかし、彼の返答はまたも甲高い声で遮られる。

「どんな代物かは知らないが、どうせろくな魔法じゃないんだろう！　お前が優れた魔法を持つことなんてあり得ないッ、あってはならないんだよ、魔法以外には何もかもが選ばれていたお前がッ!!」

信じない――と言うより、認めてはいけないとの思いを感じさせる声でクリスが喚《わめ》き立てた。それに呼応するように、背後の魔弾もよりその輝きを増していく。

「そうだ、僕が生け捕りを命じられたのはカティア嬢だけ。じゃあ、その過程でたかが平民一人が運悪く巻き込まれてしまったところで――誰も咎《とが》めなどしないよなぁ!!」

クリスの台詞《せりふ》が何を意味するか、分からない者はこの場にはいなかった。

血走った目に明確な殺意を乗せ、クリスはエルメスを凝視する。背後の光は既に臨界に達し、今にもその全てが殺意と魔力を十全に込めて放たれようとしていることは明らかだ。

だが、エルメスは動じない。

魔法を顕現させたまま静かに、そして注意深く。目の前にある魔法を観察していた。

何かを探るように――或《あ》いは、何かを読み取ろうとしているかのように。

同時に彼は思い出す。この文字盤の形をした魔法を、師から教えてもらった時のことを。

──遡ること五年前。

「これが創成魔法、『原初の碑文《エメラルド・タブレット》』。あたしが開発した最高傑作にして──最強の魔法だ」

「さいきょうの、まほう……！」

ローズに弟子入りしたエルメスは、まず師よりこれから学ぶことを教えて貰《もら》っていた。

その神髄。彼女が誇らしげに、楽しげに告げたその魔法に彼は目を輝かせる。

「男の子はそういうの好きだろー？　素直な反応ありがとう、今日も可愛《かわい》いなぁ我が弟子よ」

エルメスの反応に、ローズはご満悦の表情で彼の頭を撫《な》でる。

「この魔法の基本効果は、言うなれば『魔法の解析と再現』だ」

「解析と……再現、ですか？」

「そう。何度も言うが、魔法は天よりの授かり物ではなく人の業だ。全ての魔法には理屈があり、法則があり、確固たる因果と再現性がある」

つまり、その理屈と法則に従えば本来誰でも魔法は扱えるもの。そうローズは語る。

「この『原初の碑文《エメラルド・タブレット》』はそれに必要な解析をまず補助する。目の前の魔法はどういう魔力の流れで動いているのか、どんな術式がどこに刻まれ、どの順番で発動しているのか」

彼女の展開した文字盤、その表面の紋様が複雑な軌道を描く。

ローズの視線の先にあるのは、二人の間に置かれた魔法の炎が閉じ込められたランプだ。

「そして解析結果をもとに、この魔法に内蔵された『魔法の部品』と呼べるものを組み合わせ――再現する」

言葉の終わりに、ぱっと彼女の手のひらの上でランプと全く同じ色の炎が灯《とも》った。

「あたしはこの魔法を応用して、汎用魔法を更に『改造』することで血統魔法に近いレベルの魔法を複数操ってるってわけだ」

「へぇー！」

出会った時にローズが見せた多種多様の魔法。その種を知って、彼は称賛の声をあげる。

「師匠！　それ――僕にも同じことができますか!?」

「はっはっは。何言ってるんだ、我が弟子」

続けて予想通りの質問を受けると、ローズは楽しげな笑みを見せてから。

「お前は、『これ以上のこと』ができるようになるぞ？」

「！」

「身に宿る血統魔法《呪い》のせいで、あくまで血統魔法に『近い』レベルの魔法しか再現できなかったあたしとは違う。お前なら、お前だけはこの魔法の真の使い方をマスターできる。だからあたしは、お前にこれを託そうと思ったんだから――」

そして現在。

受け継いだ翡翠《ひすい》の魔法を発動した彼は――続けて、唄う。

「……【六つは聖弓　一つは魔弾　其の引鉄《ひきがね》は偽神の腕《かいな》】」

また、その場にいる全員が目を剝《む》いた。

何故《なぜ》ならそれは、今まさに放たれようとしているクリスの血統魔法の詠唱であり。

それが――エルメスの口から発せられていたからだ。

「まさか――ッ！」

その先に起こることを予感し、それだけは認められないとばかりに彼の魔法を撃ち放つ。

しかしエルメスは動じず、莫大《ばくだい》な魔力の高まりと共にその名前を口にした。

「術式再演――『魔弾の射手《ミストール・ティナ》』！」

『原初の碑文《エメラルド・タブレット》』の真の使い方。

血統魔法に呪われているローズでは届かない、無適性の彼だけが辿《たど》り着ける領域。

すなわち――『血統魔法の再現』である。

そして詠唱の結果。それは、あたかも鏡写しの如《ごと》く。

エルメスの背後にも巨大な光球が顕現し、クリスの光球を真っ向から迎え撃った。

二つの魔法が激突。先の倍以上に両者の間で荒れ狂う魔力の奔流。

やがてそれが収まる。結果は全く同じ魔法が逆方向からぶつかった以上当然の――均衡。

お互いに一切ダメージを与えることなく、二人の魔弾は綺麗《きれい》さっぱり消え去っていた。

（……ふう。どうにか上手《うま》くいった）

結果を見て安堵《あんど》の息を吐くエルメス。その様子からも分かる通り、彼とて今の結果を余裕で起こせたわけではない。

『原初の碑文《エメラルド・タブレット》』は理論上、全ての魔法を再現可能だ。

だが、それはあくまで理論上の話。実際に行う上では対象の魔法を正確に理解する観察力と知識、そこから再現する魔法をきちんと組み立てる構築力、更に分からないところは即興品で代用する応用力も必要になってくる。

詰まるところ、血統魔法クラスの複雑な魔法を初見で再現はまず不可能ということ。

エルメスがそれらの基礎をこの五年師匠にきっちり叩《たた》き込まれたこと、そして幼い頃より何度も見て、加えてその身で味わったこともある『魔弾の射手《ミストール・テイナ》』だからこそ例外的に、ぶっつけ本番での再現が成功したに過ぎないのだ。

……だが、そんな彼の事情など一方のクリスは知る由もなく。

「あり得ない……！」

体を震わせ、喚き始める。

「あり得ない、あり得ない、あり得ない！　この僕が、あいつと違って選ばれた存在である僕が！　よりにもよってあいつを相手にこんな、あり得るはずがない、何かの間違いに決まっているッ!!」

クリスはその怒りに任せ、続け様に大量の魔弾を放ってきた。

しかし今度はエルメスも動じず、再現したばかりの同じ魔法で以《もっ》て迎撃。

「抵抗するな出来損ないが！　お前は、お前は僕の知らないところでくたばるか、一生僕の下を這《は》いつくばっていればいいいんだよぉ!!」

「……」

喚くクリスに、冷静なエルメス。両者共に同じ魔法を扱っている以上、先ほどと同じく今度の撃ち合いも互角――とは、ならなかった。

徐々に、僅かずつだが。エルメスの扱う魔法の勢いがクリスを圧《お》し始める。

「そんな――!」

こうなった理由は単純だ。

使っている魔法が同じならば、差が出るのはそれ以外の部分。すなわち魔法の威力に影響する魔力出力、魔法変換の際に重要な魔力操作、魔法の動きを把握する魔力感知等。

幼い頃より鍛え続けてきたエルメスは、それら全てにおいてクリスを上回っている。

無適性と判明しても諦めず鍛錬を怠らなかったエルメスと、授けられた魔法に胡座《あぐら》をかいて研鑽《けんさん》を怠っていたクリス。

現在の撃ち合いの形勢は、そのまま二人の努力の差だ。

「ばかな……この僕が、よりにもよってあいつに――ッ!」

そして遂に、エルメスの魔弾がクリスの目の前に着弾し。衝撃でクリスが吹き飛んだ。

「なっ、クリス様!?」「ばかな、クリス様が敗れるだなんて……!」

固唾を呑んで見守っていた周りの兵士たちが、信じられない光景を前にして狼狽《ろうばい》する。

今だ、とエルメスは判断した。

「カティア様、今のうちです。包囲を脱出しましょう」

「あ――そ、そうね。でもクリスさんは……」

「大丈夫、直撃していないので倒してはいませんよ。どころか」

「ッ！　お前たち、何をしているッ！　殺せ！　さっさとあのふざけた出来損ないを殺すんだよぉッ！」

「……あの通りまだ戦意が漲《みなぎ》ってます。追われるのも厄介ですし、頃合いかと」

「……わ、分かったわ」

引きつり気味の顔でカティアが頷《うなず》き、二人はその場から駆け出す。

その後も、激昂《げきこう》するクリスと彼の命を受けた兵士たちの追撃に襲われたが。

王都の地理に明るいカティアと、ローズ直伝の強化汎用魔法を用いたエルメスの妨害や攪乱《かくらん》で、どうにかそれらを振り切り安全な場所まで避難することができたのだった。

◆

「撒《ま》けた……んじゃないかしら」

「そうみたいですね。こちらに向かってくる魔力反応はもうありません」

クリスを含めた追っ手が一人残らずこちらを見失ったことを、双方共に確認する。

そうしてようやく、カティアが荒い息を吐きながらその場に座り込んだ。

「だ、大丈夫ですか？」

「……平気よ……ただちょっとだけ、息を整えさせて……」

　血統魔法の使い手は、常人に比べて身体能力も高い。

　それでも、これほどの全力疾走は十五歳の少女にはきついものがあったのだろう。

　言われた通りしばらく周囲を警戒しつつ待っていると、一つ大きく息をついてカティアが起き上がり。

「……エル、なのよね。本当に」

「え、ええ」

　改めて、エルメスも真正面から落ち着いてカティアを見やる。

（……きれいだ）

　思わず心中でそうこぼしてしまうほど、エルメスから見ても彼女は美しく成長していた。

　逃げる際の汚れがついていてもなお輝きを失わない紫紺の髪、輝く瞳と控えめながらもしっかりと通った鼻筋に、小ぶりで形良い唇。総じて精巧な美貌と均整の取れた体つきも相まって、最高級の人形と見紛《みまが》うほどだ。

　比べること自体失礼かもしれないが、師ローズと並んでも決して見劣りしないだろう。

　そんな、見惚《みと》れてしまうほどの美少女となったカティアは、徐《おもむろ》に大きく息を吸い込むと。

「──この、お馬鹿っ!!」

　開口一番、思いっきりエルメスを叱責してきた。

「え？」

「え、じゃないわよ！　五年も音沙汰なしで何やってたの！　あの日の後私がフレンブリード家に行ったらあなたはもう追放された後で、誰に聞いても行き先なんて知らないって突っぱねられて手がかりもないし！」

「……それは、縁を切られ、行く当ても頼りもなかったもので……」

あの状況で自分を探し出すのは不可能だった、そう言って宥《なだ》めようとするが――

「『行く当ても頼りもなかった』？　ふざけないで」

その言葉が尚更逆鱗《なおさらげきりん》に触れてしまったらしく、カティアは更に距離を詰め顔を寄せると。

「私がいいたじゃない。――どうしてあの時、私を頼ってくれなかったの!?」

きっと一番言いたかっただろう言葉を、真《ま》っ直《す》ぐエルメスにぶつけてきた。

「――」

「トラーキア家に助けを求めればよかったのよ。そうしたら、いくらでもやりようはあったのに！　結局あの後も行方は全然知れないし、どころか誰かに話を聞くたびに追放された貴族子弟の末路を聞かされて、私がどれだけ……っ！」

叱責の言葉に、徐々に彼女の感情が混じり始める。

（……あ）

「死んでしまったかもって思ってどれだけ怖くなったと、ああしてれば良かったたって……どれだけ……後悔、したと思っ、てるの！……わたし……が……っ！」

そして、言っているうちに堪《こら》えられなくなったように、ぽろりと大粒の雫《しずく》がこぼれて。

その表情を隠すように、カティアはエルメスの胸に額を預ける。

「……生きててくれて、よかった。……心配、したんだから……！」

「……はい。すみませんでした」

……もし、五年前の追放された日に戻ったとしても。

カティアの言うように、彼女に助けを求めることはできなかっただろう。あまりに失意の底にありすぎて考える余裕もなかったし、自分を信じて励ましてくれた子にそんな情けない頼り方もしたくなかったから。

けれど、これほど自分を心配してくれていたのなら。

どうにかして、連絡の一つくらいはするべきだった。そう反省し、エルメスは胸元で嗚《お》咽《えつ》を漏らすカティアの肩に手を置く。

「ちゃんと会いにきてくれたから、許すわ。それと……私もあの時……なにもできなくて、ごめんなさい……っ」

そんな仕草に改めて、彼の存在を実感してか。

きっと……彼女自身もずっと言いたかった謝罪を嗚咽交じりに述べてから。

「……助けてくれて、ありがとう。……嬉《うれ》しかったわ」

耳を赤くしつつの、そんな言葉が小さく響いたのだった。

「……それで、エル。今あなた、どこで何をしているの？」

やがて、彼女の感情が落ち着いてから。

流石《さすが》に気恥ずかしかったのか、頬を赤らめてそっぽを向きつつ問いかけてくるカティア。

「王都にいるってことは、それなりの生活基盤があるのよね。住んでいるところは？　生計はどうやって？」

「え？　あ、えーっとですね……」

なるほど、どうやら彼女は自分が今王都で生活していると勘違いしているらしい。誤解を解くべく、これまでの経緯や今日王都に着いたことを簡潔に説明する。

「――えっ」

すると彼女は、何やらこちらが想像した以上の驚きの表情を浮かべた。

「つ、つまりあなた今……王都に来たばかりで、住むところも、職業も決まってないの？」

「そうなりますね」

「何か当てがあったりとかは？」

「一応いくつか考えはありますが……確たるものは、これと言ってないかと」

そこまで聞くとカティアは、表情を徐々に驚愕《きょうがく》から――何故《なぜ》か期待へと変換していく。

「ああ、でもご心配なく。それなりに魔法に自信はあるので、きっと何かしらの職業にはつけると思いま――」

「エル!!」

「はい!?」

突如大音声で名前を呼ばれ、反射的に大声で返事をしてしまった。

そんな彼を他所《よそ》に、カティアはガッ、とエルメスの肩を摑《つか》み、先ほど以上に顔をこちらに近づけてきて。

「じゃあ、今度こそうちに来なさい！　私があなたを雇うわ！」

「……ええ!?」

先ほどと違う理由——期待と興奮で紅潮した頰と共に、予想外の提案をされたのだった。


実のところ、カティアの提案自体は願ってもないものだった。

エルメスの目的は、多くの血統魔法を目にして自分の魔法を研鑽すること。

彼の魔法、『原初の碑文《エメラルド・タブレット》』が魔法を再現する魔法である以上、優れた魔法を目にすることのメリットが計り知れないことは明らかだ。

その目的のためには、貴族……できれば上級貴族との繫《つな》がりを作るのが一番良い。

だが、最初はエルメスも遠慮した。彼女が生活の目処《めど》が曖昧な自分を気遣ってこの提案をしてくれたのだと考え、そこまでの厚意を受けるわけにはいかないと思ったから。

なので生活基盤くらいは自分でなんとかすると言ったエルメスに、カティアは。

「甘いわエル、王都は怖いところなの。あなたみたいな純朴そうな子はすぐ悪い人に捕まって搾取されてしまうわよ」

「え」

「それに、あなたは幼少期に有名だった分まだ覚えている人も多い。下手をすると他の貴族に難癖をつけられないとも限らないわ」

「いや、その」

「同情だけで言ってるんじゃないわ、さっきのあなたの魔法は素晴らしかった。これほどの使い手、フリーな内に囲っておきたいって打算もある。だから遠慮しなくていいのよ」

等々、一応全て筋は通っているがなぜかかなりの早口でまくし立てられて。

「……あと」

そして、最後に。

「せっかく、幼馴染《おさななじみ》と再会できたんだもの。……もっと話したいと思うのは、そんなにだめなことかしら」

目を逸《そ》らして控えめに告げられたその言葉で、エルメスは同行を決めたのだった。


そうして、ちょうど近くに来ていた馬車に乗って揺られることしばし。

王都中心部にあるカティアの実家――トラーキア家に到着した。

一応幼少期に何度か訪れたことはあるのだが、改めて見ると……

（……大きいなぁ）

彼の実家であるフレンブリード家も名門なだけあって敷地の広さはそれなりだったのだ

が、やはり公爵家はさらに一回りサイズ感が違う。

加えてフレンブリード家のようにただ無駄に大きいだけではなく、その隅々まで手入れが行き届いており、何というか品のようなものが漂っている気さえしてくるのだ。

そんな思いでトラーキア家を見ていると……門が開いて中から人が飛び出してきた。

「――カティア様！」

名を呼んで駆け寄ってくるのは、メイド服に身を包んだ二十代半ばほどの女性。

「何処《どこ》に行っていたのですか!?　帰りが遅いから心配で――って、お召し物が汚れているではないですか！　一体何が、いやその前にお怪我《けが》は、というか隣の子はどなたで!?」

「……レイラ、そんないっぺんに聞かれても困るわ。順番に答えるからまず落ち着いて」

どうやらカティアの従者らしきこの女性はレイラと言うらしい。

心配そうに体に手を当てたり恰好《かっこう》に驚いたり、エルメスを見てさらに驚いたりと忙しい彼女をカティアは一旦両手で制する。

「帰りが遅くなったのはごめんなさい、少しトラブルに巻き込まれていたの。服が汚れたのもそれ関連で、大した怪我はないわ。あと、彼はエルメス。元フレンブリード家のエルメスよ。レイラ、あなたは昔何度か会っているはず」

「え？」

そうだったろうか、とエルメスも記憶を掘り返す。……確かに、遊びに来ていたカティアをよく迎えに来ていたメイドがいた覚えがある。あのお姉さんか。

「ああ、よくカティア様とお遊びになっていた！」

同じタイミングでレイラも思い出したようで、ぽんと手を打つ。

「エルメス様、ということはあの、無適性でフレンブリード家を追い出されたという……生きていらしたのですね」

「！」

その呟《つぶや》きに、少しエルメスの体が強張《こわば》った。

『難癖をつけてくる貴族もいる』という先ほどの言葉、加えて同じ流れから兄クリスに罵倒された件。それらのように、また心ない言葉が飛んでくるのかと身構える――が。

「……それはよかった……！」

彼の予想とは裏腹に、レイラは心からの安堵《あんど》で顔を輝かせた。

「いくら血統魔法を持たないと言っても家族を、それもあんな小さな子を追い出すなんてと当時は心を痛めましたが……生きておられたのなら、何よりです」

その微笑《ほほえ》みから、言葉に一切の裏がないことはよく分かった。

「安心なさい、エル」

続いて穏やかに笑って、カティアが声をかける。

「使用人含めてうちの家族は、フレンブリードと違って過去の件であなたを見下したりしないわ。……ようこそ、トラーキア家へ」

……彼女の言葉に従ってよかったと。

エルメスはそこでようやく、心から思ったのだった。

◆

その後、エルメスはレイラの案内に従って客室の一つを貸し与えられた。

カティアは汚れてしまった身だしなみを整えたりエルメスのことを説明したりするのに少々時間がかかるらしく、その間広い客室で手持ち無沙汰になってしまった。

けれど、丁度良い。

そう考え、彼は客間で先ほどの魔法を起動。翡翠《ひすい》の板が眼前に現れる。現在文字盤の表面に書かれているのは、先刻再現したばかりの血統魔法、『魔弾の射手《ミストール・ティナ》』の情報だ。

あの時は咄嗟《とっさ》の再現で時間がなかったが、今改めてそれをゆっくり見てみると――

「――やっぱり、血統魔法は綺麗《きれい》だ」

感心したように、憧れるように呟いた。

組み上げられた緻密な術式に、何層にも重ねられた魔力回路。

やはり血統魔法は汎用魔法と比べると構造の幅が桁違いだ。いくつもの魔法的要素が複雑に絡み合って、たった一つの素晴らしい効果に集約される。

さながらそれは、多様な楽器が個性を発揮して奏でる大合奏《オーケストラ》のようで。

（……こんな魔法を、僕も――）

己の目的を改めて再確認しようとしたところで、ノックの音が響いた。

「エルメス様、よろしいでしょうか？」

大丈夫と返答。すると扉を開けてこちらを窺《うかが》ってきたのは、先ほども案内してくれたメイドのレイラ。彼女は続けて入り口で穏やかに一礼し、こう言ってきたのだった。

「お待たせいたしました。カティア様、そして当主のユルゲン様が是非ともお話ししたいとのことです。応接室に案内いたしますので来ていただけますか？」


応接室の、重厚そうな扉をレイラが開く。

その先、手前のソファーに座るのは簡素なワンピースに着替えたカティア。

そして、奥のソファーで穏やかな、けれどどこか値踏みするような眼光でこちらを見る男性。長い紫髪に涼やかな碧眼《へきがん》、柔和な顔立ちと叡智《えいち》を感じさせる眼鏡との対照が特徴的。

理知的で、想像以上に若い印象を受けるが——彼がユルゲン・フォン・トラーキア。カティアの父親であり、トラーキア家の現当主だ。

そんなユルゲンがエルメスを認め、口を開く。

「やぁ。久しぶり——と言えばいいのかな、エルメス君。大きくなったね」

「……はい。公爵様は思った以上にお変わりなくて少し驚きました」

幼少期に家同士の交流があった以上、エルメスは当然ユルゲンとも面識がある。その時からの率直なイメージを伝えるとユルゲンは苦笑を返した。

その後、カティアに勧められてソファーの隣に着席し。ユルゲンが口を開く。

「話は大体娘から聞いたよ。……まず、カティアの窮地を救ってくれたことに礼を言うべきだね。ありがとう」

「い、いえ！　そんな！」

立場の高い人は軽々《けいけい》に頭を下げてはいけない。それにも拘《かか》わらず礼を言うべきところではきちんと言う。幼少期はユルゲンのそう言ったところに好感を抱いた覚えがあるし、それは今でも変わっていないらしい。顔を上げたユルゲンが続ける。

「それで、その時の魔法の腕を見込んで君を護衛として雇いたい、とカティアは言っていたけれど……そのためには、いくつか確認しないといけないね。まずは――」

「エル、悪いけれどあなたの魔法を起動してくれるかしら。今、ここで」

ユルゲンの言葉をカティアが引き継ぐ。よく分からないが、それが必要らしい。

それくらいなら、とエルメスは頷《うなず》き。

「……【斯《か》くて世界は創造された　無謬《むびゅう》の真理を此処《ここ》に記す
天上天下に区別無く　其《そ》は唯一の奇跡の為《ため》に】」

先ほどの客室に引き続き、幻想の文字盤を起動。ユルゲンが口を開く。

「綺麗だね。その魔法、銘は？」

「『原初の碑文《エメラルド・タブレット》』です」

「……うん。聞いたことも、見たこともない魔法だ」

少しばかりの驚きの表情でユルゲンが頷きつつ、質問を続けてくる。

「それは、どうやって手に入れたの？」

「ある人に教わりました」

「その人は誰？　この国の人？」

来た、と思った。

エルメスは回答する。彼が予《あらかじ》め用意していた答えを。

「……申し訳ございませんが、お答えできません」

これは王都に行く上で、彼の師ローズと交わした約束。

いくつかあるうちでも最も大きな一つ、『ローズに関わることは話さない』だった。

「……へぇ」

返答を受け、ユルゲンの目が細まる。

そして──引き続いて質問を発す。念押しをするような、強い声で。

「『トラーキア公爵家当主』が質問してるんだけど。それでも？」

「っ！」

その瞬間、ユルゲンから感じる圧力が急激に重くなった。

……穏やかな物腰から忘れがちになるが、彼は紛《まご》うかたなき名門公爵家の現当主。加えて王宮では法務大臣も務めている。この国でその地位につくためには、高い才覚と能力、そして魔法の力が必要不可欠であるはずだ。

そんな、実力と権力を兼ね備えた傑物の威圧《プレッシャー》。並の貴族子弟ならとうに口を割る、カティアですら冷や汗をかくほどの圧力を受けて、それでも彼は。

「はい。お答えできません」

泰然と、答えを繰り返した。

「それは、私よりも地位が上の人間から口止めされてるから？」

「いえ、それほど強く口止めはされませんでした。ですが……最も尊敬する師との約束を破る弟子には、なりたくないのです」

ローズは、血統魔法を扱うことや口ぶりからも分かる通りこの王都と深い因縁がある。ならばここでみだりに師のことを明かせば、自分だけでなく師にも迷惑がかかることは想像に難くない。……そのような真似《まね》をするくらいなら、今すぐ王都を出る。

そう思いを込めて、エルメスは真《ま》っ直《す》ぐに視線を返した。

「……うん、いいね」

そんな彼をユルゲンは感心したように見つめ、話を変える。

「じゃあ、それは一旦置いておこう。次にその魔法の詳細について。カティアから聞いた話によると、君はその魔法の効果によって、クリス・フォン・フレンブリードの扱う『魔弾の射手《ミストール・ティナ》』を使用した。その認識で良い？」

「はい」

「じゃあその魔法の効果は――『血統魔法のコピー』なのかい？」

「厳密にはコピーではありませんが……見た魔法を再現する、という意味ではそうです」

「……本当にそうなのか」

先ほど以上にユルゲンは驚きの気配を声に混ぜる。

「その『再現』に制限なんかはあるのかい？　例えば一度の魔法につき一回だけとか、絶対数に限りがあるとか」

「？　どちらもないです。一回再現した魔法は覚えていればいつでも扱えますし、別の魔法を覚えたら使えなくなるようなこともありません」

「——!!」「嘘《うそ》、そうなの!?」

今度はユルゲンだけでなくカティアまでも本気の驚愕《きようがく》を見せた。

彼の『再現』は無条件でコピーするのではなく、言うなれば魔法の作り方そのものを覚える類のものなので、言われたような制限は当然ない。

しかし、そこまでの反応はエルメスにとっても予想外だった。

確かに自分はこの魔法に自信こそ持っているが、流石《さすが》に血統魔法界の頂点である公爵家がそこまで驚くのは過大評価しすぎではないだろうか、と考える。

実際は、彼も血統魔法を過大評価している節があるので若干的が外れているのだが。

「あ、でも！　当然血統魔法ほど複雑だとすぐに再現はできません。幼い頃から見ていた『魔弾の射手《ミストール・ティナ》』が例外だっただけで、他の血統魔法だと相応に時間がかかってしまうかと」

「いや、それでも十分とんでもないわよ……」

「……そうだね。つまるところ彼は、魔法を再現すればするほど扱える魔法が無制限に増えていく、ということになるんだから……」

「いえ、理論上はそうですがそこまでにどれだけ時間がという話でして……」

その後も頑張って過大評価をやめさせようとするが二人の表情は変わらず。

「……これは、下手すると貴族社会が根底からひっくり返るぞ……カティア、彼を捕まえたのは正解だよ。良くやった」

「私もここまでとは思いませんでしたわ、お父様……」

最終的に、割とどんでもない評価に落ち着いてしまった気がする。

そしてその後、いくつかの軽い問いを挟んだ後に。

「……では、最後の質問だ。君がこれほどの魔法使いであると分かった以上慎重に聞かなければならないね」

空咳《からせき》を一つ入れて居住まいを正し、ユルゲンが厳格な雰囲気を取り戻して問いかけた。

「——君の目的は、なんだい？」

「目的……ですか？」

「そうだ。これほどの力を持つ君が、どうして王都に戻ってきたのか。それを知らないことには、君をこの家に置いておくことはできない」

普段なら、ここまで踏み込んだ質問をすることはないだろう。

だが、彼の持つ力が力だ。それに——

「君がなぜカティアを助けたのか、それも不可解だ。彼女の話では、あの時君は一切詳しい背景を知らないままカティアを助けたそうだね」

「それは……」

「貴族的な常識からすると、あまりに不自然だ。極論、君が兄君と一芝居打ってカティアを騙《だま》し、トラーキア家に取り入ろうとしている、ということも考えられる」

「！」

「お父様、それは――！」

「報酬はフレンブリード家への復帰かい？　そう考えれば辻褄《つじつま》は合うどころか最も自然だ。むしろ、その疑いがあるというだけでこちらは君をここから追い出す理由に足るんだよ」

いかなる虚偽も見逃さない。

そう言わんばかりの眼光と言葉、そして先ほど以上の威圧をぶつけてくるユルゲン。

「……そうですね。ではまず、僕の目的から」

その疑念は公爵家当主として、そして娘を心配する父親として当然だと思う。

だからエルメスも、偽らざる己の胸の内を話すことに決めた。

「僕の目的は、自分だけの魔法を見つける……これは少し迂遠《うえん》ですね。僕は、自分で魔法を、創りたいんです」

「魔法を……創る？」

「はい。多くの魔法を再現し、その理念を理解し――その先に、僕だけの固有魔法《オリジナル》を。血統魔法と同じかそれ以上に素晴らしく、美しい魔法を自らの証《あかし》として生み出したい」

贋作者《がんさくしゃ》ではなく創造者に。演奏家ではなく作曲家に。それが彼の願いだ。

多くの魔法を再現するのは、彼にとっては過程に過ぎない。

それを元に魔法が生み出される過程を理解し、己の魔法を見つけ、生み出す。

それこそが、彼が子供の頃から抱き——そして、師からも託された夢なのだ。

だからこそ彼、そして彼の師ローズは『原初の碑文《エメラルド・タブレット》』を『種』と呼ぶ。数々の魔法を肥料とし、固有魔法《オリジナル》の花を咲かせるための媒体として。

彼の言葉を聞き届け、偽りないと確信したユルゲンは微《かす》かな驚愕を滲《にじ》ませた声で告げる。

「……途方もない話だ。だが、君のその魔法があれば不可能ではないかもしれない」

「ありがとうございます。それで、カティア様を助けた理由ですが……」

実のところ、これは完全に成り行きだ。比較的強く恩義を感じているカティアの味方をしたくなった心情が、自分の中では一番大きい。

だが、それだけでない理由を挙げるとするならば——

「——『巻き込まれる必要なんてない』。そう仰《おっしゃ》ったんです」

そう、彼女と再会した時。誰がどう見ても劣勢で、間違いなく誰かの助けが欲しい状況だったのにも拘わらず、彼女はエルメスを遠ざけようとした。

その時に思ったのだ。……ああ、この人は変わっていない。かつて自分に声をかけてくれた優しい女の子のままなんだと。

「そんなお方が罪人と呼ばれるのは、きっと何かの間違いだと。そう思いたかったから助けました。僕の判断の方が間違っていたとしても、問答無用で連れ去ろうとするのはおかしいだろうと。……理由としては、弱いでしょうか？」

「――弱いね。というか甘い。そのような一時の印象で行動を決定するのは短絡的と言わざるを得ないよ」

本心からの理由だったが、ユルゲンはそれをばっさりと切って捨てる。

「……でも」

しかし、不意にその表情を優しげなものに変えて。

「そこまでカティアを信じてくれる人がいるのは、父親としては素直に嬉《うれ》しいよ。それに、自分が間違っている可能性をきちんと考えた上で行動したのならば、一概に責めようとは思わない。誰しもミスは犯すものだしね」

そこでユルゲンも威圧を解き、最初の穏やかな雰囲気に戻る。

「長々と聞いて悪かったね。それで、カティアが君を雇う件だけれど……うん、いいよ」

「！」

「むしろこちらからお願いしたい。君のような人が娘を守ってくれるのならば、こちらとしても安心だ。カティアもそれでいいかい……カティア？」

「……はっ、はい!?」

何やら返答がおかしかったので横に目を向けると、何故《なぜ》か顔を真っ赤にしたカティアがいた。彼女が慌てて返答する。

「えっと、エルがそんな風に思ってくれ……ではなく！　エルの雇用許可をくださりありがとうございますお父様！　これでエルが四六時中私のそば……で護衛をするということでよろしいですね！」

「……うん、気持ちは分かるけれど。公爵家の娘としてはもう少し感情を隠すことも覚えようね？」

ユルゲンが苦笑しつつ話を終え、こうして。エルメスは無事、トラーキア家の使用人兼カティアの護衛として王都での就職先が決定したのであった。

◆

「……予想外のことになったなぁ」

護衛として働くことが決まった後。

詳しい条件等の話し合いが行われたが——特段彼の意に沿わないことは言われなかった。

強いて挙げるならば、『原初の碑文《エメラルド・タブレット》』の力をみだりに使用するのを禁じられたくらいだろうか。少なくとも血統魔法を大勢の前で再現するのは、貴族社会に与える影響が大きすぎる、どころかエルメスにすら危険が降りかかりかねないからやめた方が良いとのこと。

王都を良く知るユルゲンの言葉だ、従っておいた方が良いだろう。元より彼が血統魔法を見る最大の目的は解析だし、さして問題はない。

続いて話したのは、カティアが今日遭ったクリスからの逃走劇。後ろにアスターの命があったことも含め、その辺りはきちんと法務大臣であるユルゲンが抗議してくれるそうだ。

一先《ひとま》ずはそれで向こうの動きも収まるだろう。危険が降りかかる可能性もゼロではないが、その辺りはエルメスが護衛としての仕事を十全にこなせば良い話。

ともあれこうして、立場は使用人とは言え名門公爵家の下につくことができた。加えて当主ユルゲンもエルメスの目的に対し可能な限りの協力を約束してくれた。

とりあえず王都に着いたら適当な日雇いでお金を稼いで、ある程度貯《た》まったら——くらいのことを考えていた彼にとっては良い方向に想定外のジャンプアップである。

そんな使用人兼護衛としてエルメスに与えられたのは、先ほども案内された客室の一つ。ここを丸々自室として使って良いらしい。まさか王都での生活初日で布団で寝られる、どころか最高級の衣食住を保証してもらえるとは思わなかった。

夜。部屋のベランダで、ここまで約半日の道のりを振り返ってエルメスは呟《つぶや》く。

「とにかく、カティア様に感謝だ」

「——あらエル、いたの」

すると噂《うわさ》をすればなんとやらだろうか。ベランダの向こう側からカティアが歩いてきた。

「丁度いいわ。もう少し話そうと思っていたところだったし」

彼女の装いは先ほども見た簡素なドレス。部屋着に近いものなのだろう、特殊な装飾はさほどないがそれでも彼女が着ると最高級品のように見えるから不思議だ。

何せ元の素材が抜群に良い。控えめな色合いも彼女の髪や瞳の鮮やかさを引き立て、夜空に溶けるような幻想的な美しさを醸し出していた。

しばし視線を固定しているのを不思議に思ったか、カティアが顔を傾ける。

「どうしたの、何か変なところでもあった？」

「ああいえ、むしろ逆です。……改めて、お綺麗《きれい》になられたなと思いまして」

「んな」

分かりやすく彼女の頬が朱に染まった。

「あなた、しばらく見ないうちに随分……と言おうと思ったけど、そう言えば昔から褒めるときは素直だったわね……」

顔に手を当てて俯《うつむ》きながら自己完結したかと思うと、じとっと半眼を向けてくる。

「というか。ずっと聞きたかったんだけど……何、その口調」

「口調？」

「そうよ、昔と比べると随分よそよそしいじゃない。……カティ、って呼んでくれないし」

「いや、それは」

流石《さすが》にまずいだろう、と判断しての常識的な対応のつもりだったのだが。

「僕はもう平民ですし、今は貴女《あなた》の使用人、従者になりましたし……流石に昔のままは体面上良くないかと」

「じゃあ二人だけの時は戻して」

「え」

「体面を気にしない場所ならいいでしょう？　従者なら主人の言うことは聞きなさいよ」

こちらを見ないまま要請が告げられる。……良く分からないが、断るほどでもないので。

「分かったよ、カティ。……これでいいかい？」

「い、いいわ」

ぴくりと肩を軽く震わせてから、ようやくこちらを向いてくれた。

少し緩んだ表情と、その頬に残る赤みの残滓《ざんし》は指摘しない方が良いだろう。

「うーん……でも慣れないな。丁寧じゃない口調で話すのは何年振りだろう」

「えっ、そうなの？」

「そうだよ。あの後はずっと僻地《へきち》で師匠と二人暮らしだったからね」

だから、昔のような口調で話すのはそれこそ別れた時以来、五年振りになるだろうか。

確かにこれは、懐かしさがある。

師匠、との言葉にカティアが興味を持ったようで、身を乗り出して問いかけてきた。

「その師匠って、どんな人だったの？」

「んー、さっきも言った通り身分とか名前とか詳しくは話せないんだけど……」

まあ、人となり程度なら良いだろう。

「ざっくり言うと、ダメ人間かな」

「だ、ダメ人間？」

「そう。本当に魔法以外一切興味ないって感じの人でね。基本的な生活のお世話は全部僕がやってた。三日ぐらい一切入るな、って僕を研究室から締め出して、三日後入ったら脱水症状で死にかけてたのには流石に呆《あき》れたなぁ」

「そ、それはとんでもないわね……」

思えばあれから師のエルメスに対する溺愛と生活面での依存が加速したように思える。

その後もいくつかローズのダメエピソードを公開し、最後に。

「でも、魔法に関しては本当にすごかった。今までも、多分これからも、僕にとって世界一の魔法使いは絶対師匠だって言えるくらい」

穏やかに、けれど揺るぎなく彼の中の真実を語る。

「……そう」

それを聞いたカティアは、どこか寂しそうに笑って。

「あなたは、その人に救われたのね。――私じゃなくて」

「？　師匠にも、だよ。師匠に出会う前の僕を繋《つな》ぎ止めてくれたのはカティだ」

「そうじゃないんだけど……まあ、今はそれでいいわ」

それからぽつぽつと、いくつか懐かしい話をして。

「――そう言えば」

ふと気になって、エルメスは問いかけた。

「カティはこの五年間、どうしてたの？　アスター殿下の婚約者だから、やっぱりそれ関連で色々あったりしたのかな」

瞬間、彼女の体が強張《こわば》った。

「か、カティ？」

「……そうね。色々あったわ」

今までとは違う雰囲気で、カティアは語り出す。

「ねぇエル、気づかないかしら？」

「え？」

「いくら幼馴染《おさななじみ》で使用人とは言え、同い年の殿方とこんな時間に二人になったりしないわよ。――婚約者がいるなら、ね」

「――」

明確な予感。

それが形を取る前に、決定的な言葉となって彼女の口から放たれた。

「そうよ。つい先月、婚約破棄されたの。……今の私は、ただの捨てられた令嬢に過ぎないのよ」

◆

同刻、王宮の一室にて。

「お許しください、お許しくださいぃ殿下ぁっ！」

銀髪翠眼《すいがん》の青年、クリス・フォン・フレンブリードの情けない声が響いていた。

「黙れ。誰が口答えを許した？」

それを断ち切るのは、美麗で自信に満ちた、けれど今はどこか不機嫌そうな声。

「俺はカティアを捕らえよと命じ、それを成すに十分な戦力も与えてやった──なのになんだ？　それをお前は、どこの馬の骨とも知れぬ魔法使いに邪魔されて失敗した、だと？」

「ひッ」

声の威圧に負け、クリスは悲鳴を上げて縮こまる。

正しく言えば、邪魔されたのはどこの馬の骨とも知れぬ魔法使いではない。紛れもなく彼の弟だった人間だ。けれど彼のなけなしのプライドがその事実を認められず。やむなく、更なる叱責を覚悟の上で自らの邪魔をした者の正体をぼかしたのだ。

……もっとも、仮に正直に開示していても沙汰は変わらなかっただろうし。

加えて、隠してしまったことで後々更に酷《ひど》い目に遭うことを今の彼は知らない。

「カティアは間違いなくこの国にとって害になる」

そんな彼の小さな打算に構わず、声の主は続ける。

「奴《やつ》は事あるごとに俺の覇道を阻もうとした、だから婚約を破棄した。それを諾々と受け入れていればいいものを、認められず更なる暴挙に出る始末」

自信に満ちた――より正しく言えば、自らを疑うことをそもそも知らない者の声。

「あれを野放しにしておけば、間違いなくこの国に災いをもたらすことになる。だから捕らえる。……と言うのに頭の固い老人どもは、未《いま》だ罪に問われてはいないから罪状を出せないと抜かした。俺の先見が分からんとは、これだからこの国は発展しないのだ」

「そ、その通りでございます殿下！」

このプレッシャーの中の無言に耐えられなくなったクリスが叫ぶ。

「殿下こそは誠に完璧な英雄たるお方！　殿下の判断が間違いだったことは一度もございません！　地位と権力にしがみつくだけの醜い老人が殿下の道を阻むなど――」

「露骨な持ち上げはやめろ、不快だ。俺の格まで疑われる」

だが、それも不機嫌そうに一蹴して。

「……ふん、まあいいだろう。皆が俺のように完璧に、間違うことなくできるなどと思ってはいけないな。これもきっと下の失敗を許容する王の器を神に試されているのだろう」

平謝りするクリスを一瞥《いちべつ》し、背を向ける。

「カティアを追うのは一旦やめだ。まずはお前の邪魔をしたという魔法使いを調べろ」

「はっ……は、はい」

早速今しがた隠したことのツケが回ってきそうで冷や汗をかくクリスを他所《よそ》に。

声の主――アスター・ヨーゼフ・フォン・ユースティア第二王子は、悠然とした足取りでその場を去るのだった。

トラーキア家で働くことになった、翌朝。

エルメスはまず、カティアの傍付《そばづ》きであるメイドのレイラに別室へと案内された。

「まぁ、とてもよくお似合いですわ！」

そこで使用人の服──つまりはこれからの仕事着となる服装の採寸と試着が行われた。

丁度今の自分と近い体格、やや小柄な男性用の服が余っていたらしく試しにそれを着てみたところ違和感もなくフィット。専用の服は改めて作ってくれるそうだが、それができるまでは一先《ひとま》ずこの服を通常の仕事着にして良いとのことだ。

「エルメス様、細身ですが体格はしっかりしているのでこういう服がとても映えますね。これならカティア様もお喜びになります！」

「ありがとうございます。でも……その、レイラさん」

かなりテンション高く喜んでいるレイラに苦笑と共に礼を返すと、そこでエルメスは気になっていることを告げる。

「なんでしょう？」

「僕に、そこまでかしこまる必要はないのでは？　一応僕は既に貴族の身分を失った身ですし、立場的にはこの家の使用人、つまり貴女の後輩です。なので──」

「まあ。……ふふ、昔通り礼儀正しい子ですわね。お気遣いありがとうございます、でもお気になさらないで」

　ネクタイを留め終えると、レイラは再度こちらに向き直って告げてくる。

「確かに貴方《あなた》は今日から我々と同じ使用人です。でも護衛でもありますし……何より、うちのお嬢様が直接雇った方ですもの。一定の敬意は払いますわ」

　そのまま、少しだけ目を伏せて。

「その代わり……と言っては何ですが、お願いしたいことがあります」

「お願い？」

「はい。……どうかカティア様の、良き理解者となっていただきたく」

　その口調に、今までの柔らかさに加えて真剣さが混ざり始める。

「お気付きとは思いますが……現在この家には、カティア様と歳《とし》の近い使用人は貴方を除いておりません。そもそも使用人自体がかなり少ないということもありますが」

「はい」

「なので……いないのですよ。あの方が屈託なく、自分の本音を言える相手は」

　それを聞いて、エルメスが首を傾《かし》げる。

「そうなのですか？　王都に、仲の良い友人の数人くらいは――」

「いませんわ。今、本当に何の屈託もなく『友人』と言える存在は」

「！」

「どうしても打算が入り込むものが近づいたり、当人同士にそのつもりがなくとも周りにはそう思われてしまったり。……公爵令嬢の肩書は、その程度には重いのです」

「……」

「特に今のあのお方は、色々と不安定な立場。後々ご本人からも語られるとは思いますが……どうかそれで、カティア様を見捨てないでいただけると」

「……承知しました」

エルメスは思い直す。

当たり前のことだが……自分がこの王都を離れていた五年間、カティアは王都で、トラーキア公爵家の令嬢として自分の知らない時間を過ごしてきたのだ。

それが順風満帆なものだけではなかっただろうことは——あの、昨夜の悲しげな独白である程度理解できてしまった。あの件について彼女が昨夜あれ以上語ることはなかったが……いずれにせよ、それを支えることも今の自分のやることとなのだろう。

そう意識を改めるエルメスだったが、一方のレイラは気を取り直すような明るい声で。

「とは言っても、そこまで気に病む必要はないと思いますわ。今まで通り……それこそ昔のように接してあげるだけで、今のカティア様には十分ありがたいと思いますので！」

「……流石《さすが》にそれは色々とまずいでしょう、きちんと主従の分別はつけますよ。あまり度が過ぎた言動をして、嫌われてしまいたくはありませんからね」

「……いやー、むしろその心配だけは絶対にないと思いますけど……」

エルメスの返答に、苦笑の気配を強く滲《にじ》ませてレイラが返す。

その辺りで服の調整も終わり、別室を出て二人で居間へと向かい、扉を開ける。

すると、そこであらかじめ待っていた彼の主人が振り向いて。

「エル！　遅かったじゃない、そんなに着付けに時間がかかって――」

言葉の途中で、固まった。

しばしカティアはそうしていたかと思うと――徐《おもむろ》に、片手で顔を覆った。

「え」

エルメス側からすると、中々心配になる反応だった。

「あの、似合っていませんでしたか？　お見苦しければ……」

「……いいえ。大丈夫、似合っていないわけではないから。だからその……しばらく近づかないでくれるかしら」

「ええ……？」

手で顔を覆い――何故《なぜ》かその隙間からやや紅潮した頬や耳を見せつつ――もう片方の手を制止するように突き出すカティア。あまりにも言葉と行動がちぐはぐすぎて、流石のエルメスも戸惑いを見せる。

そしてそんな様子を見かねたか、レイラが変わらず苦笑と共にフォローを入れた。

「……いえ、大丈夫ですわエルメス様。少なくとも見苦しくて目を逸《そ》らしたわけではないと思いますので、ここは私にお任せを」

その後、心持ち早足でカティアの方へと向かって小声で話しかける。

「カティア様、流石に今のは誤解を招きます。……似合いすぎて驚いたのですね？」

「うるさいわね……！　ちょっとレイラ、何してくれてるのよ！」

「……気持ちは分かります。エルメス様、顔立ちはお綺麗《きれい》ですし体格も非常にスマートで立ち居振る舞いも素晴らしい、ここまで執事服が似合う逸材とはと私も驚きましたが……にしても、初見でこの反応とは。これからどうするのですか」

「……せめて時間を頂戴、なんとか慣れてみせるから」

「慣れが必要なレベルなのですか……個人的にはお可愛《かわい》らしいので良いですが、エルメス様が困りますよ」

言い争いのようなものをしているが、流石に聞き取れるほどの声量ではない。

……実を言うと魔法を使えば聞き取れなくはないのだが、それはまずいだろうと思い至り、微妙に居心地が悪いまま話が終わるのを待つ。とりあえず見るに堪えないとの理由で目を逸らされたわけではないようなので、その点だけは安心しておくことにしよう。

その後、何故か瞑想《めいそう》をして黙り込むカティアを他所に、レイラはこう呟《つぶや》くのだった。

「……これで嫌われるなんてことは、ちょっと想像できませんわよねぇ」

そうして、カティアによる謎の精神統一の時間を挟んだのち。

「……ま、待たせたわねエル。それじゃあ早速始めるわ」

未だ頬を赤らめて時折こちらから目を逸らし気味になるが、どうにか正面から向き合えるようになったカティアがそう告げる。

そして始めるというのは——この公爵家における、エルメスの仕事について。今朝はそれを彼女から教授してもらうべく、ここにやってきたのだ。

カティアが咳払《せきばら》いを一つ挟み、ようやく真《ま》っ直《す》ぐこちらに向き直ってくる。

「……じゃあ、改めてよろしく、エル。この公爵家におけるあなたの仕事は昨日も言った通り、使用人と私の護衛よ」

「はい、こちらこそ」

「そのうち使用人の仕事は……まぁ、レイラから聞いた方が早いでしょう。そっちに関してはレイラの直属になると思うから、ちゃんと言うことを聞いてね」

「ええ。見たところエルメス様、ある程度の家事の心得もあるご様子なので心配はしていませんが。それでも、分からないことは何でも聞いてくださいね！」

にこやかに告げてくれるレイラに軽く会釈を返しつつ、本題に耳を傾ける。

「次に、護衛について。……まずエル、『貴族の責務』は何か、覚えているかしら」

そう問うてくるカティアは、これまでにないほど真剣な表情で。

つられて、エルメスも真っ向から答える。回答に迷う必要はなかった。

「——『民を守ること』ですよね。貴女《あなた》が、子供の頃良く言っていたように」

その答えに、カティアの表情がぱっと華やぐ。覚えていてくれたと心から喜ぶ様子で。

けれどすぐにはっと表情を引き締めると、咳払いを一つ。

「……そ、その通り。じゃあ──今のこの国で、最も民を脅かす存在は？」

「『魔物』ですね。あとは間接的ですが、『迷宮』もでしょうか」

これも迷う必要はなかった。回答を聞き届けたカティアが満足そうに頷《うなず》く。

別段特別なことではない。この国の──いや、恐らくはこの世界の常識だ。

魔物。

世界の至る所に存在する、異形の生物。

出生は不明。目的も不明。その生態や構造を分析する動きもないことはないのだが、個体ごとに余りに差異がありすぎて共通点すら全く見つけられていないのが現状だ。

だがそんな中でも、この世界の誰もが理解している唯一絶対の魔物の特徴が一つ。

奴《やつ》らは──人を襲う。執拗《しつよう》なまでに襲う。時には、自らの命を捨ててでも人類を殺戮しようと襲いかかってくる。

生き延び、子孫を残すという生物における絶対の法則すらも無視する、底知れぬ殺意。

それが如何《いか》なる生態から来るものなのかは先述の通り不明。その出自に関していくつか『魔法』に関わる諸説もあるが……今はそれを議論すべき時ではない。

そして『迷宮』とは、そういった魔物の拠点となる異形の建造物だ。

これも出自は不明。特徴としては、まず僻地《へきち》に多く存在する。加えて内部は複雑に入り組んでおり、網羅的な踏破は極めて困難。つまり──拠点にはうってつけだ。

その性質から、魔物の何割かは迷宮を住処《すみか》とする。そうして外敵《人間》の脅威から離れ、成長した魔物の大群は時に災害となりうる。これが、迷宮が魔物と並んで危険視される理由だ。

ともあれ。そうした人類の脅威が存在する以上、民を守ることが責務の貴族は率先して魔物を討伐する義務を負う。

そして――そのために、血統魔法が存在する。

故に血統魔法とは魔物を討伐し、護国の士たるべしと神より与えられた天稟《ギフト》。

それが、現在におけるこの国の貴族にとっての共通認識だ。

だからこそ、貴族は血統魔法を異様に重視する。血統魔法は彼らにとって、自己認識《アイデンティティ》であり、存在証明《レーゾンデートル》であり、身分価値《ステータス》なのだ。

血統魔法は貴族だけに与えられし、護国の特権。故により強力な血統魔法を持つものこそが貴族として相応《ふさわ》しく、逆に弱い血統魔法の持ち主が強い発言権を持つことはない。

極め付けは――血統魔法を持たなければ、そもそも貴族ではない。

そんな特権主義。行きすぎるあまり『貴族であること』そのものに異様なまでに固執する者も決して少なくない身分制度の極致。

全てとは言わないが、それがこの国を支配している主流の思考であり。

……エルメスが実家を追放された、最大の要因である。

「……」

その事実を改めて認識する――が、特段落ち込むようなことはない。

だって、もう悔恨はないからだ。あれはどうしようもないことだったし、何より――そのおかげで、魔法の真実を知れた。素晴らしい師にも出会えた。

そして何の因果か今は、恩義ある幼馴染《おさななじみ》の少女の従者として仕えることになって。

……恩を返すためにも、今はそちらに集中しよう。

「エル？　どうしたの？」

「いえ。貴女に拾われてよかったなと改めて思っただけですよ」

「え」

唐突な発言にカティアが困惑と羞恥のないまぜになった赤面を浮かべるが、流石に話を進めるべきだと思ったのだろう。一息つくと、

「とりあえず、よ。私たちは貴族である以上魔物を討伐する義務がある。そしてそれは魔法を持つ私たち自身が率先してやるべきこと……もちろん、公爵家の令嬢である私だって例外ではないわ」

真っ直ぐに、高潔に、彼女は告げる。

「そしてエル、あなたは私の護衛。当然その任務は通常時だけでなく、魔物を討伐しているときのものも含まれる」

そこまで言われれば、続く言葉も自《おの》ずと分かった。

「……ある意味で、丁度良かったのかもしれないわね」

彼の予感をなぞるように、カティアは話の締めくくりとして、こう命じるのであった。

「丁度、今日の午後。私主導でとある迷宮に潜って、そこの魔物を討伐しに行く予定なの。エル、それにあなたも同行して。──改めて、あなたの力を見せてちょうだい」

◆

かくして。そこからすぐに出発の用意を整え、馬車に揺られることしばし。

トラーキア領と他領との境、山地にある洞窟の入り口まで、エルメスたちはやってきた。

その見た目は、ただの洞窟。けれどそれが自然にできたものではないことは、周りの地形──そして、その入り口から漂う異様な魔力で察せられる。

こういった自領の中の自然物に擬態した迷宮をいち早く発見し、中で魔物が繁殖、溢《あふ》れ出す前に速やかに討伐することが貴族の任務である。

それに、迷宮攻略にはメリットも存在する。

生息する魔物を上手《うま》く倒せばそこから有用な素材が取れて財源となることもあるし。

何より、迷宮の性質か魔物の習性かは分からないが──稀《まれ》に、強力な魔物の背後や隠し部屋などで、希少な魔道具などを入手できる場合もあるからだ。

そういうわけで、職務と実益を兼ねた迷宮攻略をカティアは今日行う。

昨日の件もあるから今日は一応家にいた方が良いのではないかとも思ったのだが、どうも早急に攻略が必要な事情があるらしい。

ともあれ、その迷宮攻略における護衛の一人としてエルメスは同行していたのだった。

……そう。護衛の『一人』、である。

「カティアお嬢様、自分は反対です！」

この場には二人の他にも、五名ほどトラーキア家の騎士がついてきていた。恐らくはエルメスが来る以前に迷宮攻略の護衛だった者たちだろう。

そんな騎士のうち一人が、エルメスを胡散臭《うさんくさ》げに見て声を上げる。引き締まった体躯《たいく》に彫りの深い顔立ち、如何にも正義感の強い騎士と言った風体だ。

「新たに専属で護衛をお雇いになると聞いてどのようなものかと見てみれば、こんないかにも弱そうな細身の子供一人とは！　我々だけでは不満と申されますか！」

他の人間も表立って異を唱えはしないが、エルメスに向ける視線は似たり寄ったりだ。

「聞けばこの者、お嬢様の幼馴染とか。いいですか、迷宮攻略は戦場なのです！　足手まといを抱えることがどれほどの負担か――」

「……まあ、言われるだろうとは思っていたけれど」

そんな騎士の言葉をカティアは嘆息と共に聞き入れ、冷静に返答する。

「先に言っておくと、あなたたちの護衛能力自体に不満はないわ。その上で――彼がいれば迷宮攻略の効率が段違いに上がる。そう考えたから採用したまでよ。別に私情で護衛にしたわけじゃ……ないから」

最後に微妙な間があったのが気になるが。

「……ともかくエル、そういうわけだから。今日の攻略はあなたメインで進めるわ。あなたの力を見せてあげなさい」

「分かりました」

そして、理解した。今回の件は、どうしても外見上侮られがちなエルメスの実力をカティア以外にもお披露目する狙いも兼ねているのだろう。

騎士たちの意見も妥当だと思う。ユルゲンやレイラと違って彼らはエルメスを知らない上に、現場で直接カティアの護衛をする責任ある立場である以上警戒するのは当然だ。

むしろ職務をきちんと遂行しようとしている騎士たちにある種の信頼すら抱きつつ、彼らと共にいざ迷宮の奥地へと足を踏み出そうとした――その時だった。

「――おやぁ？　もしやそこにいるのはかの欠陥令嬢ではないか？」

迷宮入り口の方から、ひどく甲高い男の声が聞こえてきた。

その場にいる全員が振り向くと、そこにいたのは中年の男。

よく狭い入り口をくぐれたなと思うほどでっぷりとした体形に、首と顎の境界がなくなるほどの丸っこい顔。見方によっては可愛らしさすら感じるほど円形に近い男だが、こちらを嘲弄するその表情からするにそのような見方はできそうにない。

「……エルドリッジ伯爵」

小さく、その男の名をカティアが呟いた。

「エルドリッジ？」

「トラーキアの隣領よ。丁度この山が境界になっている、ね。……何の用でしょう、伯爵」

「決まっているだろう。見えないのかね、我が騎士たちが」

カティアの問いに、同様に十人ほどの騎士を連れたエルドリッジ伯爵が傲岸に答える。

「吾輩《わがはい》は今からこの迷宮を攻略するのだ。分かったらさっさと退くが良いぞ」

「なっ……ご冗談を。この迷宮はトラーキア領の管轄です。優先権はこちらにあるはず」

「ふん！　そんなカビの生えた約定など忘れたわ！」

反論を鼻で笑ってカティアを見下す伯爵。

「聞くところによると、この迷宮には強力な魔物が蔓延《はびこ》り、かの伝説の古代魔道具《アーティファクト》が眠っているという噂《うわさ》があるではないか！　そのような危険な迷宮、欠陥令嬢などに任せておけぬ！　吾輩が慈悲の心でもって迷宮攻略を手伝ってやろうと言うのだ、むしろ感涙に咽《むせ》び泣いて然《しか》るべきなのではないか？　ん？」

厭《いや》らしい笑みでこちらを窺《うかが》ってくる。

『手伝ってやる』の部分に本音がないのは見え見えだ。まず間違いなく狙いは古代魔道具《アーティファクト》があるという噂だろう。それをいち早く発見し、功績を横から掠《かす》め取るつもりだ。

魔道具自体が相当に貴重なもの、とりわけ現在の魔法で再現できない古代魔道具《アーティファクト》となればその価値は跳ね上がる。発見しただけで王宮から報酬が貰《もら》えるレベルの偉業だ。

噂があるだけでも、行ってみる価値は十分にあるほどの。

「……古かろうと約定は約定。越権行為として報告してもよろしいのですね」

「好きにするが良い！　どうせ貴様の言い分など誰もまともに受け取らんだろうがな！」

言って伯爵は、大仰に手を広げてバカにするように言い放つ。

「なあ、英雄王子に捨てられ、魔法もろくに扱えない欠陥令嬢！」

「……魔法が、使えない？」

「っ」

疑問を呈するエルメスに、カティアが歯噛《はが》みした。

エルメスは、実の所カティアに関することを詳しく聞かされていない。昨夜の第二王子に婚約破棄された話も結局、あの後彼女が黙り込んでしまいそれ以上は知らされなかった。きっと言いたくないのだろう。そうであるならエルメスは無理強いするつもりもない。

……でも、それはそれとして。

今、この醜く太った男が、カティアを侮辱しているのは疑いようのない事実だったから。

「かの英雄王子にも見限られた名門公爵家の面汚しが、何を貴族の真似事《まねごと》を続けているのだ？　余計なことをせずに大人しく、吾輩のような神に選ばれし魔法使いに任せておけば
――ッ!?」

べらべらと話し続けていたエルドリッジ伯爵が、唐突に口を引き攣《つ》らせた。

なぜなら、ごうっ、と。

自分の弛《たる》んだ頬の横を、すさまじい勢いで炎弾が通り過ぎていったから。

その炎弾は勢いのまま護衛の騎士の間も通り抜け――

「ギャンッ！」

伯爵たちの背後から忍び寄ろうとしていた狼《おおかみ》の魔物を直撃し、瞬く間に消し炭に変えた。

「なっ、魔物!?」「ばかな、いつの間に！」

「今の、この子が撃ったのか？」「かなりの威力だ……というか今、いつ詠唱した……？」

前半は伯爵の騎士たち、後半はカティアの騎士たちの言葉である。

そして、当の魔法を放って早速魔物を撃退したエルメスは。

「ああ、申し訳ございません、エルドリッジ伯爵様。御身の危機と思い僭越《せんえつ》ながら助力させていただきました」

不自然なほどの丁寧な口調で、にっこりと笑って。

「話の腰を折ってしまいましたね、どうぞ続きを。——あの程度の不意打ちにすら気づけない、い、自称神に選ばれし魔法使い様に任せておけばどうなるんですか？」

「え、エル……？」

余談だが。

彼は師ローズと生活する上で、師のずぼらな生活態度に流石《さすが》に耐えきれず苦言を呈したことが幾度かある。

その時を思い返したローズは、後にこう語ったという。

『普段温厚なやつがキレると怖いってマジどころか想像以上なんだな——』と。

「どうぞ、続きを。ご高説を披露してくださるんでしょう？」

まさしく慇懃無礼《いんぎんぶれい》。

かつそれでいて謎の迫力を醸し出すエルメスの言葉を受けて。

「なっ、なっ、なっ——何だ貴様は！」

伯爵は羞恥と怒りで丸い顔を真っ赤にしつつ、唾を飛ばしてエルメスを責め立てる。

「使用人のガキ風情が楯突《たてつ》きおって！　この吾輩を誰だと思っている！」

「存じ上げませんね、無学なもので。そして楯突いたとは心外です、むしろお助けしたのですから。伯爵様こそ感涙に咽び泣いて然るべきなのでは？」

意図的に、伯爵が先ほど述べた煽《あお》り文句《もんく》を一字一句そのままに返すエルメス。

対する伯爵は返す言葉を思いつかず、顔の形も相まって正に林檎《りんご》のように赤面した後。

「〜〜ふんっ!!　貴様の顔、覚えたぞ小僧。吾輩を侮辱するとどうなるか、後日たっぷりと知らしめてやるからな！」

陳腐な捨《す》て台詞《ぜりふ》を残し、ずかずかと騎士を連れて迷宮の奥へと進んで行った。

「貴様らも弛んどる！　あのような襲撃から吾輩を守るのが仕事だろう、クビにするぞ！」

「は、はいぃ！」

そんな伯爵の怒声が迷宮の奥に消え、残された者たちの間にしばしの沈黙が流れる。

「……あー、カティア様、すみませんでした。少し頭に血が上りまして」

そこで少し冷静になったエルメスは、流石にやりすぎたと反省しカティアに頭を下げる。

「えっ、いや、き、気にしなくていいわ」

謝罪を受けた彼女は、慌てて胸の前で手を振る。それから恥ずかしそうに目を逸《そ》らし、

「……むしろ、怒ってくれて、あ、ありが」

「――すまない少年!! 私は君を誤解していた!!」

何事かを言おう――とした瞬間横合いから凄《すさ》まじい音量で謝罪の言葉が届いた。

「今の素晴らしい魔法の腕前、そして主人への侮辱を許さず伯爵相手でも食ってかかるその勇気! 小さな子供と見た目だけで侮った己の不明を私は今猛烈に恥じているッ!!」

「え、あ、はい」

続けて音圧がすごい賞賛を述べるのは、先刻エルメスの同行に反対していた騎士だ。

「改めて先ほどはすまなかった、魔法使いの少年!」

「い、いえ、カティア様の身を案じてのことでしょうし、疑うのは当然です。怒りはしませんが……」

「なんと心の広い少年だ! これからは共にカティアお嬢様をお守りしよう!」

すびしっ、と手を差し出してくる騎士。

……いずれ彼らと和解する必要はあると思っていたが……まさか迷宮に入るより前に向こうから態度を改めてくれるとは思わなかった。どうやらこの人はエルメスが思っていたより数段思い込みが激しい類の方だったらしい。

しかしまあ、とにかく悪い人ではないと分かったので素直に握手に応じる。

「……そろそろいいかしら」

そんな心温まる――かどうかは少々怪しい光景の横から、今度はカティアが口を挟んだ。

「仲良くなれたのなら結構。さっさと行くわよ」

「あ、はい。してカティアお嬢様、何故《なぜ》そこまで不機嫌なので？」

「不機嫌じゃないわ。ほら、あなたが先頭でしょう！」

「は、はい！……やはり不機嫌では？」

こうして、むすりと口をつぐんだカティア以外はそれなりに良い雰囲気で、彼らも遅れて迷宮に足を踏み入れる。

「……エルがここまでしてくれるんだもの。……できる、やってみせるわ、私だって」

不機嫌さが抜けてからは、どこか覚悟を決めたような彼女の呟《つぶや》きと共に。

思わぬ競合の形となったが、ついにトラーキア家も迷宮攻略を開始するのだった。

◆

伯爵の態度を見る限り、迷宮での成果は全て自分の手柄にしてしまうつもりに違いない。

それを防ぐためには――単純明快、伯爵より先に迷宮を攻略しきってしまえば良い。

ちなみに、迷宮を攻略するには大抵の迷宮の最奥にいる主《あるじ》、その迷宮の魔物のリーダー格、一番強い魔物を倒せば良い。そうすれば統制を失った魔物は混乱し、繁殖は抑えられる。また新たな主が誕生するまである程度の安全が確保できるのだ。

そのためには、主を守るように存在している、迷宮の奥深くに行くほど強力になる魔物の群れに立ち向かう必要があるのだが――

「ギャッ！」「グオオォッ！」「ギイアアア！」

その道程は、驚くほどに順調だった。

「よっ、と」

原因は、言うまでもなく中心で魔法を振るうエルメスだ。

「エル。改めて聞くけど……それ、どうやってるの？　汎用魔法、なのかしら」

「ええ、正確には『強化汎用魔法』です。師匠が開発したり、僕が手伝ったりしたものもあるんですよ」

エルメスの手から縦横無尽に放たれる色とりどりの魔法の数々。

それらが正確に魔物たちを貫き、一切の無駄なく撃滅していく様は芸術的ですらあった。

「『原初の碑文《エメラルド・タブレット》』の応用でして。血統魔法には及びませんが結構便利なんですよね、これ」

「便利どころの話じゃないわよ……」

その名の通り、『原初の碑文《エメラルド・タブレット》』を用いて強化された汎用魔法。

確かに、威力だけで言うなら血統魔法に及ばない。

しかし、それを補って余りある手数の多さ。そして何より――詠唱を必要としないことによる出の早さ。加えて襲い来る魔物の弱点を的確につくその運用で、下手な血統魔法を凌駕《りょうが》する戦果を挙げている。基本的に生来の魔法による力押ししかしない多くの貴族たちと比べれば、段違いに効率的で美しい魔法の使い方だ。

「ほんと順調ね」

「騎士の皆さんがきちんと足止め、壁役をやってくれるからですよ。おかげでこちらは攻撃に集中できる」

「はっはっは！　君のその魔法の速さがあれば我々は必要ない気もするがな！」

例の騎士が苦笑と共にそう言うが、『必要ない』は流石に言い過ぎだ。

カティアが信頼するだけのことはある。彼らは個々の能力も高く、連携も見事だ。全方位隙なく中央のカティアとエルメスを守ってくれ、一切魔物をこちらに通さない。

あとはカティアが魔物の方角を指示し、エルメスがそこに効果的な魔法を撃つだけ。

壁と司令塔と砲台、まさしく要塞の如《ごと》き安定感で道中の魔物を難なく蹴散らし。

これまで詰まっていたところもあっさりと突破し、迷宮の最奥へと辿《たど》り着いたのだった。

「あれが……この迷宮の主かしら」

「感じる魔力からしても間違いないかと」

隘路《あいろ》を抜けた先の大広間。

そこに鎮座する巨大な魔物を遠目に見て、彼らは言葉を交わす。

真っ先に目に入るのは、甲羅だ。半球状に魔物を覆うそれに、刻まれた六角形の一つ一つが金属質でいかにも硬そうな輝きを放っている。

そんな甲羅の隙間から覗《のぞ》くは、同じく硬い鱗《うろこ》に覆われた爬虫類《はちゆうるい》の顔。切れ長の瞳孔は血のような赤い輝きを放っており、その下には凶悪にデザインされた顎、そして獲物を狩るためだけに存在しているような鋭い牙。

「……亀甲龍《トータス・ドラゴン》。古くは玄武とも呼ばれた、れっきとした竜種ですね」

「エル、あなた魔物にも詳しいの？」

「師匠によく迷宮攻略には連れて行っていただきましたから。流石に知識だけで実際に戦ったことはまだありませんが」

よく文献も読まされたので、魔物の外見と名前だけは知っていたのだ。

おまけに、その魔物の奥にちらりと見える、小部屋の奥から覗く輝きと魔力。

あれが噂《うわさ》通りの古代魔道具《アーティファクト》だとしたら、竜種レベルの魔物が守っているのも道理だ。

「まずいわね。まさか竜種クラスがいるなんて」

「間違いなく手強《てごわ》いでしょうな。どうなさいます、お嬢様」

騎士の言葉にカティアはしばし考え込んだが、

「……行くわ。伯爵のことも気になるし、何よりこれほどの魔物が表に出たらどれほどの被害になるのか想像もつかない」

「分かりました」

「ただし、みんなの命が最優先よ。勝てないと感じたら即撤退、お父様に指示を仰ぐわ」

彼女らしい指示と共に、一同は一斉に大広間へと飛び出す。

即座に気付く亀甲龍《トータス・ドラゴン》。血色の瞳が、自らに敵意を向ける存在を認めた瞬間――

跳んだ。

『!?』

その場の全員が度肝を抜かれた。

油断していたのだ。その外見から決めつけてしまっていた。

――流石にあの魔物が鈍重でないことはないだろう、と。

その予想をあっさりと裏切り、俊敏な動きで跳躍した亀甲龍《トータス・ドラゴン》がずしん、と見た目通りの重量で以《もっ》て着地。加えて都合の悪いことに、その位置は――

「入り口――まずい、塞がれたわ」

勝てないと感じたら即撤退。そのカティアの指示を嘲笑《あざわら》うように、難敵である演出と逃げ道の封鎖をワンアクションでやってのける。そんな強さと知性を兼ね備えた魔物と、いきなりエルメスたちは戦うことになってしまったのだった。


戦いは、予想通り相当の劣勢で始まった。

「こ、の――ッ！」

定石通り騎士たちが魔法使い二人を守ろうとするが、まずそれが相当の難関だった。

原因は言うまでもなく、亀甲龍《トータス・ドラゴン》の俊敏性。目で追えない、と言うほどではないがこの迷宮で出会ったどの魔物よりも素早く、油断すると即陣形を乱されてしまう。

カティアたちを守ることで精一杯で、魔法を当てる隙を作る暇《いとま》がない。

そして、どうにか見つけた微《かす》かな暇に魔法を打ち込もうとするも——

「……かったいな」

強化汎用魔法を打ち込んだ手応えに対するエルメスの反応である。

比較的装甲が薄そうな首の部分をわざわざ狙ったにも拘《かか》わらず、かすり傷程度のダメージしか与えられていない。何百発も当てればどうにか勝機は見えるかもしれないが……これだけ高速で動く相手のしかも当てにくい首部分。現実的ではない。

その現状の認識は他の人も同じだったらしく、騎士が攻撃を防ぎながら提案する。

「カティアお嬢様！　エルメス殿の魔法では有効打を与えられません！　血統魔法を、お願いします！」

「でも、私の魔法は遅いわ！　こいつに当てられる気が——」

「手伝います。『血の鎖《アルセラム》』」

提案に素早くエルメスが呼応した。己の指を切って血液を飛ばす。それが亀甲龍《トータス・ドラゴン》の手前で光を放ったかと思うと、赤い鎖となって首に絡みつき、地面に縫い付ける。

「っ、これなら——『救世の冥界《ソテイラ・トリウィア》』！」

亀甲龍《トータス・ドラゴン》はそれも難なく引き千切るが、どうにかこれまでよりも大きな隙を作ることができた。それを見逃さず、カティアが予《あらかじ》め詠唱しておいた己の血統魔法を解放。幽冥より現れし霊魂の群れが、巨大な魔力塊となって殺到する。

原因不明の理由によって十全に扱えないものの、それでも血統魔法は血統魔法だ。ここまでのエルメスの魔法を上回る威力、体勢を崩された亀甲龍《トータス・ドラゴン》に避《さ》けることは不可能――

――だったが。

「……うそでしょ」

確かに直撃したはずの魔法、その先を見やってカティアが絶望の表情で呟く。その原因、視線の先にあるものを……彼女が愕然《がくぜん》と述べた。

「素でもそれだけ硬いのに――結界魔法まで使えるっての!?」

亀甲龍《トータス・ドラゴン》は、避けなかった。

代わりに、首の周りに幾重にも張られた結界がカティアの魔法を完璧に受け止めていたのだ。当然、本体は欠片《かけら》のダメージも受けてはいない。

……これが、魔物の魔物たる所以《ゆえん》、通常の獣と違う点だ。

魔物とは、魔法生物の略称。魔力を動力とし、高い魔力に引き寄せられる性質を持ち。

そして――魔法を扱う個体が存在する。

今回の障壁のように、高位の魔物が扱う魔法は時に血統魔法すら上回ることがある。これが民に恐れられる理由、貴族が魔物の討伐を最重要命題として掲げているわけである。

尋常ではない敏捷《びんしょう》性と防御力。加えてさらなる鉄壁を誇る結界魔法。

更に、その防御力は攻撃力としても機能する。硬い鱗に覆われた尻尾や前腕を利用した凄《すさ》まじい勢いの薙《な》ぎ払《はら》いで、既に幾度となく騎士たちは危機に追い込まれている。

間違いない。この魔物――複数の家が合同で討伐に当たるべき難敵だ。

「カティアお嬢様！」

カティアの血統魔法も有効打にはなり得ない。そこから判断した騎士が叫ぶ。

「自分たちがどうにか奴《やつ》を崩します。その隙に――エルメス殿と共に撤退してください！」

「な――」

言葉を受け、カティアが動揺する。何故ならそれは、つまり。

「できるわけないでしょう！　貴方《あなた》たちを置いて逃げるなんて――」

「逃げるのではありません！　援軍を求めに行くのです！　他の家、業腹ですがエルドリッジ伯爵の助勢も期待せざるを得ないでしょう！」

「っ！」

確かに、現状ではそれが最も合理的な判断だ。

だが、今即座に助力が期待できるのはこの迷宮のどこかにいるエルドリッジ伯爵のみ。そして隣領の領主なのだ、伯爵の実力も大まかには理解している。

そこから判断するに恐らく、伯爵の協力があってもこの魔物を討伐するには至らない。ならば迷宮の外まで助けを――だめだ。この迷宮があるのは山奥、すぐに援軍を連れて戻ってくることは不可能だ。……間違いなく、その間に騎士たちが死ぬ。

「それは――」

認められない。

守るべき民を見捨てて逃げるような真似《まね》はできない。

それこそ、あの日からカティアが己に課している責務の一つなのだから。

だから、彼女は。

「……エル、あなたにばかり頼ってごめんなさい」

彼に、助けを求めた。彼はユルゲンから無闇に血統魔法の再現はするなと言われているが、今はそれを言っていられる状況ではない。

「何か、ないかしら。あなたの使える血統魔法の中で、あいつに効くようなものは」

「……血統魔法の中では、これといったものはないですね」

しかし、エルメスはそう答える。

唯一可能性がありそうなのは『魔弾の射手《ミストール・テイナ》』だが、『救世の冥界《ソテイラ・トリウィア》』と同じく結界魔法で弾《はじ》かれる公算が高いだろう。他にもいくつか血統魔法のストックはあるが、直接攻撃系でなかったり狭い場所では使えなかったりと、どれもこの場では決定打になり得ない。

「そんなっ」

「でも」

そこで彼は言葉を区切り……希望を述べる。

「『血統魔法に限らない』のであれば——あの結界を貫ける一撃は、あります」

「！」

「ただ、カティア様の魔法以上に溜《た》めがいる。詠唱も必要です。……五秒、奴の動きを止めていただければ」

五秒。

あの敏捷性と硬さを持つ魔物相手に、それは尋常ではない難題だ。だが、

「……それで、確実に奴を倒せるの？」

「少なくとも、全員逃げられる程度の痛打は与えられるかと」

なら、とカティアは。

「やるわ。具体的な内容は聞いている暇がないけど……きっと、あなたに賭けるのが全員生き残る最善の策よ」

そう判断し、騎士たちに向けて指示を伝える。

……ならば、応えるべきだろう。

ここ五年の間、彼はローズと共に多くの迷宮を回ってきた。

ない、い、い、い、い、いか。

なんのためにそうしたのか。その成果、『原初の碑文《エメラルド・タブレット》』の可能性を見せるときだ。

◆

「申し訳ありませんが無理です！」

亀甲龍《トータス・ドラゴン》の動きを五秒間止める。そのカティアからの指示に、騎士が正直に答えた。

「お二人を守るだけで精一杯！　歯痒《はがゆ》いですが、今の自分たちの実力では――ッ！」

「じゃあ、僕は守らなくていいです」

しかし、間髪入れずエルメスが新たな提案を示す。

「僕に向かう攻撃は防がなくていいです、動きを止めることだけに集中してください」

「し、しかしエルメス殿、それでは」

「ご安心を、伊達《だて》に師匠と二人だけで迷宮を回っていません」

基本的に、戦闘における魔法使いの役割は砲台役だ。

己の騎士に身を守らせて、後方から高火力の一撃を敵に叩《たた》き込む。魔法の使用に詠唱や起動といったアクションが必要な以上近接に弱くなる魔法使いにとって、それがオーソドックスな戦い方となる。

だが、ローズやエルメスは違う。

そもそも身を守る騎士など用意しようがない身分であった以上、自分で近接でも敵を捌《さば》く術《すべ》を身につけている。無詠唱で素早く起動できる強化汎用魔法もその一環だ。

……まあ、ローズはまた別の方法でその弱点を解決していたりしたのだが、それは今語っても詮ないことだ。

ともあれ、エルメスにそこまで過剰な守りは必要ない。あるに越したことはないが、ここまで切羽詰まれば捨てても構わない。

「あの魔物はかなりの知性がある。むしろ、狙いが分かれば僕を集中的に攻撃してくるでしょう。そこを側面から押さえれば」

「そ、それなら確かになんとか――分かった、君を信じよう！」

最も守るべきカティアから狙いが逸《そ》れる、という意味もあるだろう。騎士たちがエルメスに従って離れると同時、彼は己の魔力を高める。

案の定、察知した亀甲龍《トータス・ドラゴン》がエルメスに突進。硬い上腕が破城槌《はじょうつい》の如《ごと》く迫り来るが――

「よっ、と」

ひらり、と彼は軽やかに飛んでそれを躱《かわ》す。

その後も怒りのままに暴風の如く振るわれる腕や尾の薙ぎ払いを時に躱し、時にいなし、時に強化汎用魔法で防ぐエルメス。

「なんだと……！」

「あの身のこなし、魔力による身体強化の精度、本職の騎士にも引けを取らないぞ！」

騎士たちが驚愕《きょうがく》の声を上げる。元より魔力操作の精度は一級品だった彼だ、あとはローズに体術を仕込まれればこのくらいの動きはすぐにできた。

忘れることなかれ。彼は、『ただ血統魔法を持たないだけ』の天才なのだ。

「グオオオオオオオ！」

一向に攻撃が当たらないことに業を煮やした亀甲龍《トータス・ドラゴン》が怒りの咆哮《ほうこう》を上げ、やたらめったらに腕を振り回してくる。……こうなればむしろ、より動きが単調になって読みやすい。

流石《さすが》に反撃を挟む暇はなく、このまま避け続けていればいずれ捕まるだろうが――

「させんッ！」

そうはさせじと差し込まれる騎士たちの攻撃。カティアの魔法も飛んできており、亀甲龍《トータス・ドラゴン》はそちらに意識を割かざるを得なくなる。どうにか寸前で結界を展開して魔法を防ぐが体勢が崩れ、そこに拍車をかけるような後ろ足を狙った剣撃。

ズン、と亀甲龍《トータス・ドラゴン》が膝をつく。更なる騎士たちの追撃が入る。

それらの攻撃も有効打にはならず、いずれは体勢も強引に回復されるだろうが、

「お見事。十分です」

そんなことをしていれば、五秒などとうに過ぎる。

『原初の碑文《エメラルド・タブレット》』を展開。その魔法に蓄えられた叡智《えいち》より、一つの魔法を紡ぎ出す。

エルメスがローズと共に多くの迷宮を回った、その目的は何か。

それは勿論《もちろん》、魔法の研鑽《けんさん》に他ならない。

『原初の碑文《エメラルド・タブレット》』は理論上、全ての魔法を再現可能。それは汎用魔法然《しか》り、血統魔法然り。

——魔物の扱う魔法だって、例外ではない。

「【集《シュ》いて穿《ライエン》て　炎の顎《フェルド》】」

高位の魔物が操る魔法は、時に血統魔法すら凌駕《りょうが》する。

その再現は生来の血統魔法以外を扱えないローズが見出《みいだ》し、エルメスが昇華させた新たな可能性。『原初の碑文《エメラルド・タブレット》』が再現する、第三の魔法の像《かたち》。

彼女はそれを、外典魔法《オルタネイト》と名付けた。

「術式再演——『外典：炎龍の息吹《ドラゴンブレス・オルタ》』！」

応えて現るは、渦を巻く灼熱《しゃくねつ》の息吹。猛《たけ》り荒れ狂い、されど掌《てのひら》に収まる極小の炎獄。

それはかつて師と共に訪れた迷宮の一つ、その最奥に鎮座していた炎龍の切り札。

激戦の末自らの力で打倒し、再現に成功した最強の外典魔法《オルタネイト》をエルメスは撃ち放った。

「ガ――――!!」

本能で危険を察知したのか、亀甲龍《トータス・ドラゴン》は今まで見せたことのない全力の防御を取った。

首も手足も縮め切り、まさしく亀のように無傷の甲羅に籠る。加えてその甲羅の周りに無数の結界魔法を展開。身を守ること以外の全てを捨てた完全防御体勢。

だが、この魔法を前にそれは悪手だ。まず彼の魔法が結界に着弾――した瞬間一瞬にして結界を焼き尽くし、そのままの勢いで甲羅すらあっさりと貫通。

そして甲羅の中で、魔法が爆発した。

「ッッ!!」

声にならない悲鳴が中で轟《とどろ》く。皮肉にも硬い甲羅が熱の逃げ場をなくし、より内部の地獄に拍車をかけているのだろう。いくら鉄壁の防御を誇った亀甲龍《トータス・ドラゴン》と言えど、ああも内側から焼かれ続ければどうしようもない。

やがて、内部の悲鳴も尽きて。甲羅の隙間から立ち上る煙を合図に、沈黙が辺りを包む。

「やった……のか……?」

「なんて、魔法だ……」

「起き上がってこないぞ、やったんだ!」

そして、騎士たちが歓声を上げた。

誰よりも前線で戦い死の危機にあっただけに、喜びもひとしおの様子だ。彼らの健闘がなければ勝利はなかった、その感謝と共にエルメスは彼らに回復魔法をかけようとするが。

「カティア様？」

その途中で、俯《うつむ》いたままのカティアの様子が目に入った。

「どうしました？　どこかお怪我《けが》でも――」

「……いいえ。怪我はないし、全員生きてこの場を切り抜けることができたことは素直に喜ばしいと思うわ。あなたの魔法のおかげよ、エル。……ほんとうに、すごい魔法使いになったのね、あなたは」

顔を上げた彼女は、言葉通り無事な騎士たちを見て安堵《あんど》の表情を浮かべるが。

言葉の後半でまた表情を暗くして体を震わせ、

「――それに比べて私は！　また、何もできなかった！」

堪《こら》えきれなくなったような慟哭《どうこく》が、響いた。

聞き届けた上で、エルメスは冷静に告げる。

「……何もできなかった、というのは言いすぎですよ。最後の敵の崩しには間違いなく貢献していました」

「でもそれ以前に突入の判断を下したのは私よ、あれは間違いなくミスだった。それに比べればあの程度の貢献、罪滅ぼしにもならないわ」

「それは……」

――否定はできない。今回犠牲を出さずに勝てたのは運が良かったからだ。特に前線の騎士たちはいつ誰が死んでもおかしくなかった。

突入前、外見の時点で相手が手強《てごわ》いのは分かっていた。万全を期すならばあそこは引くのが正解だっただろう。そう思う彼に、カティアが続ける。

「エル、私が魔法の使えない欠陥令嬢、って呼ばれているのは知っているかしら」

「……ええ。正しくは先ほど初めて聞きましたが」

「その原因があれよ。見たでしょう、さっきの戦いで私の魔法を」

あの、亀甲龍《トータス・ドラゴン》の結界魔法に傷一つつけられなかった彼女の血統魔法。

「『救世の冥界《ソテイラ・トリウィア》』は、トラーキア公爵家相伝の中でも最強の血統魔法の一つ。本来なら竜種だろうと倒せるくらい強い魔法なの。……なのに、どうしてか分からないけど、あの程度の威力しか出せないのよ！」

己の掌を、カティアは恨めしげに睨《にら》みつける。

「そのせいで、私はずっと馬鹿にされてきたわ。他は完璧なのに魔法だけは、って。何度不利益を被ったか分からないし、挙げ句の果てにはアスター殿下にも見限られて！」

「……」

「あなたは捨てられた後も必死に努力して、約束通り素晴らしい魔法を身につけて帰ってきてくれたのに。一方の私は公爵家の面汚しとまで言われて！　それをあなたに知られたくなくて隠した結果が今日の醜態よ。……馬鹿よね、隠し通せるわけがないのに」

だから、彼女は再会してから自分のことを語りたがらなかったのか。

「……失望、したかしら」

悲しそうな瞳で、カティアはエルメスに問いかける。

きっとこれまでにアスター第二王子を筆頭として、多くの人に見限られてきたのだろう。今度はエルメスも自分を見限るだろう、そうされても仕方ない。そんな悲壮な思いに支配された表情で。

その瞳を受けた上での——彼の返答まで、さしたる間はなかった。

「……かつて、僕が無適性と判明して周りからの扱いが一変した時。——貴女《あなた》は、僕に失望しましたか？」

「！」

それが答えだ。

「で、でもそれはあなたが優れた魔法使いじゃないなんてあり得ないと思ったから……」

「それも同じことです。貴女ほど真《ま》っ直《す》ぐに理想であろうとしている人が、優れた魔法使いでないなんてあり得ない」

これは断言できる。

エルメスは、他の人より少しだけ魔法に詳しい。だからこそ、カティアのような精神性は魔法を扱う上で非常に有用であると知っている。

しかし現実問題として、カティアの魔法に何らかの障害が起きていることは事実。

――なら、エルメスのやることは決まっている。

「カティア様」

かつて、絶望に折れようとしていた自分を繋《つな》ぎ留めてくれた恩を返すために。

かつて、魔法のせいで失意の底にあった自分が魔法で救われたように。

今度は、自分が魔法のせいで折れてしまったこの子を魔法で救う番だ。

だから彼は、己の目的のため。

魔法で人を助けるために、そして己の魔法を先に進めるために、こう提案したのだった。

「貴女の魔法を――『救世の冥界《ソテイラ・トリウイア》』を、僕の魔法で再現させていただけませんか？」

◆

「『救世の冥界《ソテイラ・トリウイア》』を再現……？　それが、何になるの……？」

エルメスの提案に、カティアは純粋な疑問をぶつける。

彼の魔法を詳しく知らないのならば、もっともな問いだ。彼は頷《うなず》き、説明を始めた。

「何度か言いましたが、僕の『原初の碑文《エメラルド・タブレット》』の効果は魔法の再現。これはただのコピーではなく、魔法の構造、理念、効果を一定以上把握した上での『再構成』に近いものです」

「ええ。だから再現に時間がかかる代わり、一度再現した魔法は何度でも使える、よね？」

その言葉に、エルメスの魔法を初めて聞いた背後の騎士たちが驚愕する。

が、それに今は構わずエルメスは続けた。

「ざっくり言うと、魔法を再現するためには対象の魔法を深く理解する必要があるんです。

……その魔法を生まれ持っていたカティア様では気づけなかったところまで、深く」

「！」

これは、血統魔法の欠点の一つだ。

人間が構造など知らずとも手足を動かせるように、原理など把握せずとも呼吸ができるように。

血統魔法の持ち主は、その魔法のことを何も知らないまま魔法を扱えてしまう。

構築と蓄積の極致である魔法を、生来のものにしてしまうという矛盾。

だから、往々にして気づかない。自らの魔法の隠された効果や、本質の勘違いなどに。

「カティア様が魔法を上手《うま》く扱えない原因は、恐らくそこにあります」

けれど、エルメスならば分かる。

魔法は神より与えられたものではなく叡智の結晶。血統魔法のせいで歪《ゆが》んでしまった魔法の認識を正しく持つ彼ならば、彼女の魔法を見通しあるべき姿に導くことができる。

「つまり、貴女の魔法を僕の魔法で解析させていただくことで、貴女の魔法が機能不全を起こしている原因を突き止めます。……多分、そう難しい原因ではないと思いますよ」

「……本当に、できるの？」

そこまで聞いたカティアの顔に浮かぶのは、疑念と期待。

感情が入り混じった表情で問いかけた彼女に、エルメスは頷く。

「というか、何となくの当たりでいいならもう原因に目処《めど》はついているんです。……そうですね、では現時点でも分かる簡単なことを」

そう告げて、彼はとある魔法の性質をカティアに耳打ちする。

ある意味で意外な原因にカティアが瞠目《どうもく》し、それならば、と早速試してみようとして。

その瞬間。

「おお！　やはり噂《うわさ》は本当だったのか！」

──またも、耳障りで甲高い声が響いてきた。

声のした方を見ると案の定、どう狭い迷宮を抜けてきたのか疑問に思うほど丸い体形の男、エルドリッジ伯爵がそこにいた。

「間違いない、これがかの古代魔道具《アーティファクト》であろう！」

伯爵が見ているのは、亀甲龍《トータス・ドラゴン》と戦った大広間の脇にある小部屋、丁度亀甲龍《トータス・ドラゴン》が最初にいた位置の裏側に当たる場所。その中にある、白銀の輝きを放つ一振りの杖《つえ》だ。

輝きの元である銀杖《ぎんじょう》には二匹の蛇を模した精巧な彫刻が巻きつき、頭には一対の光の翼。複雑で美しい意匠と言い、迸《ほとばし》る魔力と言い──確かに古代魔道具《アーティファクト》に相違ないだろう。

「ふははは、やはり天は吾輩《わがはい》に味方していたようだ！　これは吾輩が最初に見つけた、吾輩の功績、吾輩だけのものだぁ！」

同様の確信を得たエルドリッジ伯爵は、喜びと欲望で顔を歪ませて高らかに笑う。

「これを王室に提出すれば、莫大《ばくだい》な報酬がもらえるであろう！　宝物か領地か、あるいは爵位の昇進も……！」

「……お待ちを。エルドリッジ伯爵」

だが当然そんなことを見過ごすわけにはいかず、カティアが口を差し挟む。気分良く未来を想像していたところを邪魔されてか、伯爵は不機嫌そうにこちらを振り向いた。

けれど、すぐにその口が嗜虐《しぎゃく》的に歪み。

「おやぁ？　誰かと思えば欠陥令嬢ではないか。一歩遅かったようだな、この古代魔道具《アーティファクト》は吾輩が最初に発見した！」

「ご冗談を。向こうの魔物が見えないのですか？」

カティアが指さす先には、未《いま》だに細い煙が立ち上る亀甲龍《トータス・ドラゴン》の焼死体。

「隠し部屋でもない場所にこれほど目立つ魔道具、先に辿《たど》り着いていた私たちが気づかないはずがないでしょう。あくまであの魔物の討伐を優先したまでで、発見者は私たちです」

「後付けの理由だ、怪しいものだな」

「だとしても、この迷宮を攻略したのは私たちです。迷宮攻略の取り決めに照らし合わせても、優先権はこちらにあると思いますが」

複数の家が合同で迷宮攻略をする場合、その迷宮で得られたものの取り分はあらかじめ決めておく場合が多い。

今回のような件はイレギュラーだが……それでも、カティアの言う通り古代魔道具《アーティファクト》を先に発見したのはこちらだ。戦いの最中に部屋があることはエルメスも気づいていた。加えて実際魔物を倒したのもこちらとなれば、優先権がどちらにあるのかなど疑いようもない。

だが、褒賞がよほど魅力的なのか伯爵は食い下がる。

「ふん、だから何だと言うのだ！　貴様ら程度に倒せる魔物など吾輩でも倒せた！　運よく先に辿り着いただけで調子に乗るな小娘が！」

「誤魔化さないでください。魔物をこちらが撃破したのは事実、あの死骸を魔力鑑定すれば証拠にもなります。道理に合わないのは――」

「ええい、やかましいやかましいッ！　欠陥令嬢ごときが生意気に口答えするな‼」

ついに伯爵は激昂《げきこう》し、同時に己の魔力を高め――魔法を起動する。

「【集うは南風《ノトス》　裂くは北風《ボレア》　果ての神風無方に至れり】！

血統魔法――『天魔の四風《アイオロス》』！」

途端、伯爵の周りに立ち上るは大嵐。なるほど、それなりの強さの血統魔法だ――とエルメスは推察した。

「見よ、これが真なる血統魔法！　選ばれし者の特権だ！」

それを見せつけるように嵐を漲《みなぎ》らせ、伯爵は優越感に満ちた声で告げる。

「良いか、この国は魔法が全てだ！　つまりろくに魔法も使えぬ貴様のような令嬢は最底辺。何かを言う権利もない、貴様の言うことなど誰も聞きはしない！　そんな分際で吾輩に逆らうこと自体が罪だと知れ!!」

その言葉を伯爵は心から信じ、疑っている素振りは微塵《みじん》もない。

——これが、血統魔法が存在する故のこの国の歪みだ。

行きすぎた身分主義、過剰な上下関係。血統魔法が優れているものは劣っているものに何をしても良いという考えの人間は、決して少なくない。

その例に違《たが》わず、伯爵は続ける。

「死骸が証拠になるだと？　ならばその死骸ごと我が嵐で裂き、砕き、バラバラにしてしまえば良い。ここは山奥の迷宮、他に目撃者などおらんのだからなぁ！　そもそも、貴様らが魔物を倒したこと自体怪しいものだ！　あまりにも弱すぎたか、どうせ卑怯《ひきょう》な手でも使ったに違いない！」

「っ、撤回を。この魔物は竜種でしたし、止《とど》めを刺したのは紛れもなくエルの、エル自身が積み上げた魔法です！」

「はっ、やはり貴様自身ではないのか！　従者の力頼りとは情けないなぁ！」

我が意を得たりと調子に乗る伯爵、しかし事実故《ゆえ》反論できず今度はカティアが黙り込む。

「悔しければ貴様も魔法を見せてみろ！　聞いたぞ？　見るに悍《おぞ》ましい死者を冒瀆《ぼうとく》する魔法、おまけに血統魔法と呼ぶのも憚《はばか》られるほどお粗末なものだとな！　吾輩の素晴らしい魔法との差に打ちひしがれるが良いわ！」

「ッ！」

「万に一つでも貴様の魔法が吾輩に優《まさ》っていたなら、言い分を認めて引き下がってやろうではないか！　まぁ無理だろうがな、ふははははははは!!」

我こそ正義とばかりに高らかな哄笑《こうしょう》を上げる伯爵。

カティアは奥歯に力を込める――されど、ここまでの挑発を無視するわけにもいかず。

半ば以上の諦めと共に前に出て魔法を起動しようとするが。

「カティア様」

そこに、エルメスが声をかける。

「……エル、止めないで。ここばかりは私自身が出ないと――」

「ええ、承知しております」

自分自身の魔法を見せろと挑発されているのだから、ここでしゃしゃり出るような真似《まね》はしない。故に、彼は告げる。

「僕からは一つだけ。先ほどの言葉を思い出してください、カティア様」

「あ……」

「大丈夫ですよ、貴女《あなた》の魔法は素晴らしい。あんな力任せに劣るはずはございません。……貴女は今、何を思ってその魔法を使いますか？」

　エルメスが、先刻カティアに告げた魔法の性質。それは、

「魔法はその成り立ち上、術者の感情に左右される部分が多くございます」

「術者の、感情……？」

「ええ。そしておそらく、カティア様の『救世の冥界《ソテイラ・トリウイア》』は特にその傾向が顕著です。貴女が魔法を上手く扱えない原因の一つはそれかと。魔法を扱う感情が乱れているのです」

「で、でも！　私は毎回真剣に魔法を起動しているわ！」

「真剣であることも大事ですが、感情を乗せることとは少し違うんですよ」

「……どういう、こと？」

「大事なのは、想《おも》いの『純粋さ』です。人は存外、自分の中の感情をしっかりと把握できていません。建前に乱されたり、理想が先行しすぎてがんじがらめにされていたりね」

　だからこそ、彼はそういった人には今一度問うのだ。

　純粋な想い。つまり、『何を思ってその魔法を使うのか』と。

　それを受け、カティアは己に問う。

（……私は今、何のために魔法を使うのかしら）

　多分少し前の自分ならこう即答していただろう。

『エルドリッジ伯爵に挑発されたから。伯爵の暴虐を止めるため』と。

　そして苦笑する。

（なるほど。建前ね、それは）

ならば、『配下への侮辱を許さないため』『貴族として正しくあるため』。

どれも嘘《うそ》ではない。けど……今現在この瞬間の感情かと言われると違う気もする。

するともっと純粋で……言い換えると、単純な。

（……ああ、そうか）

確かに、自分はこの思いに蓋をしていたかもしれない。

ひどく個人的で、我儘《わがまま》な。

けれど確かに純粋な、今の思い。それは――


「腹立たしいわね」

空気が変わった。

「私たちがどれほど苦労して倒したかも知らずに、横からしゃしゃり出てきて好き放題」

静かで、けれど苛烈な魔力が彼女の裡《うち》から迸る。

「おまけに自分では何もせず手柄だけを掻《か》っ攫《さら》おうとする卑しさ。誇りというものがないのかしら、あなたには」

その圧に呑《の》まれ、これほど言われているにも拘《かか》わらず伯爵は何も返すことができず。

「――エルたちのことも、馬鹿にして！　恥を知りなさい、エルドリッジ!!」

そして彼女は、高らかに宣誓する。

「【終末前夜に安寧を謳《うた》え　最早此処《もはやここ》に夜明けは来ない　救いの御世《みよ》は現《うつつ》の裏に】

血統魔法──『救世の冥界《ソテイラ・トリウィア》』！」

そして顕現する、死霊の群れ。けれどそこには、これまでとは決定的に違う点が。

「な……なんだ、その魔力は……！」

霊魂の、質だ。

これまでの乱雑な塊ではない。その全てが『怒り』という名の圧倒的な感情の力を伯爵に向けてきていた。

そも、彼女の魔法は死霊をこの世への未練……つまり、強い感情を媒介に呼び出すもの。よって、その感情に霊たちが共感できる一定の志向を与えること。それによってより強力に、より大量に呼び出すことが可能となるのだ。

広間に溢《あふ》れ返る荒ぶる霊魂の群れ。その前では伯爵の嵐もひどく頼りなくなるほどで。それら全てを従える彼女は、この場において冥府の女王のごとき風格を漂わせていた。

「──それで」

カティアが、口を開く。

「『私の魔法があなたに優っていたら言い分を認めて引き下がってくれる』のよね？　これでどうかしら、伯爵」

「み……み、見掛け倒しだろうどうせ！　外面だけを取り繕って誤魔化しているだけだ！　吾輩《わがはい》の目はご、誤魔化《なお》せんぞ！」

けれど、伯爵は尚《なお》も抵抗した。

「そ、それとも、その魔法で吾輩を攻撃でもするつもりか!?　そんなことをすれば大問題だ、ただでさえ低い貴様の評価は更に地に落ちるぞ！　そ、それでもいいのかッ!?」

おまけに、どう考えても伯爵より強くなった彼女の魔法を使わせないようそんな弁論まで持ち出し始める。自分は優れた魔法を盾に好き放題やったのに、いざ劣勢になれば今度は自分が規則を持ち出すとは大した変わり身だ。

……そして、そろそろ良いだろう。

「なら、バレなければいいんですよね？」

格付けは済んだ。ならもう自分が出ても問題はないと考えエルメスが口を挟む。

「な、なんだ貴様。また使用人のガキが――ひッ!?」

途中で悲鳴を上げたのは、見てしまったからだ。

近寄るエルメスの頭上。そこに魔法の力で持ち上げられた、巨大な亀甲龍《トータス・ドラゴン》の甲羅を。

「確かにカティア様の魔法で貴方《あなた》を殺せば魔力で足がつきますね。……でも、これで押し潰せばどうでしょう？」

「はっ、早くどけろそれを！」

「ああ、吹き飛ばそうとしても無駄ですよ。これすっごく重くて硬いので、その程度の魔法じゃどうにもなりません。だからこれで潰れれば、きっと皆さん憐《あわ》れにも魔物の犠牲になったと勘違いしてくれるでしょう」

「ひッ、ひぃ！」

「『ここは山奥の迷宮、他に目撃者などいない』。これも貴方の台詞《せりふ》ですよね？」

「お、お前たち！　何をしている、早くこの無礼者を――!?」

追い詰められた伯爵は、連れていた騎士たちに助けを求めるが。

「すまないな伯爵の騎士たちよ！　貴殿らに恨みはないが、我々も主《あるじ》をここまでコケにされて怒りが溜《た》まっておるのだ！」

既に全員、カティアの騎士たちに制圧されていた。迷宮入り口の時点で双方の練度の差は分かっていた、順当な結果だ。

そして遂《つい》に、味方がいなくなった伯爵に対して。

「た、助け――」

「て欲しければ、どうすればいいかお分かりでしょう？」

にっこりと問いかけるエルメスの笑顔の迫力と、後ろから睥睨《へいげい》するカティアの圧力に。

伯爵が項垂《うなだ》れ、折れて報酬を譲るまで……そう時間はかからなかった。


巨体を揺らし、伯爵が慌てて逃げ帰ってから。

「……いま、の」

魔法を解いたカティアが、信じられないような表情で己の掌《てのひら》を見つめる。

「え、エル、あなた今何かしたの？」

「いいえ、紛れもなく貴女の力です。……昔見た通り、きれいな魔法でしたよ」

恐らく、今の王都にはこんな事例が溢れている。

自分の魔法の真価を把握できない者、その価値を理解できていない者。

エルメスならば、それが分かる。それをあるべき方向へと導ける。

「こんな簡単に、魔法が強くなるなんて……」

「貴女がちゃんと研鑽《けんさん》を続けたからですよ。それに──貴女の魔法はまだ、こんなものではない。貴女もお分かりでしょう？」

「……そうね。今のも強かったけれど……公爵家相伝としては、まだ、足りない」

彼女が顔を上げて、エルメスを見つめる。

「あなたなら、それも引き出せるの？」

「自信はあります。ぜひやらせていただきたいですし……個人的な望みですが、僕も、貴女のその素晴らしい魔法を使ってみたい」

むしろ、そっちの方が主目的だったりする。彼にとって魔法の解析は魔法の取得と同義だ。彼は、魔法に関しては非常に貪欲なのだ。

「……いいわ。それが報酬なら安いものだし、遠慮する必要もないわね」

くすりと笑って、カティアが了承し。エルメスが再現する魔法が、また一つ増えて。

波乱に満ちた迷宮攻略が、終了したのだった。

──確かな彼女の、進歩と共に。

第三章　英雄王子

無事迷宮攻略を完了し、公爵家へと戻ってきたエルメスたち。

そこから数日は、公爵家でのゆっくりとした日が続いた。

同行した騎士たちの治療と休養に時間をかけているのもあるが、何よりエルメスたちが持ち帰った古代魔道具《アーティファクト》。王室に提出したそれの分析と莫大《ばくだい》な功績に対する報酬やらなんやらで、公爵家全体がバタバタして迂闊《うかつ》にカティアたちも動けないという理由もあった。

カティアは性分ではないのかそんな中でも何かと仕事を見つけたがったが、流石《さすが》に迷宮攻略ほどの大きな任務はすぐにあるものでもない。

そういうわけで、エルメスも数日は護衛としての仕事はなく。

「カティア様、お茶が入りましたよ」

もう一つの使用人としての仕事をこなしていたのだった。

「ええ、いただくわね――って、美味《おい》し」

彼の淹《い》れた紅茶に口をつけたカティアが、思わず目を見開いて率直な感想を述べる。

「それは良かった。カティア様のお好みが分からなかったので師匠基準で淹れてみましたが、お口に合ったなら何よりです」

「いえ……好みとか以前にエル、あなた純粋に紅茶淹れるのすごく上手《うま》いわ。どこで身につけたの？」

「？　師匠の所ですかね。家事はほとんど僕がやっていましたから、五年もすれば人並み程度にはなったと思いますが……」

「人並みどころではありませんよ、エルメス君」

苦笑気味の口調で告げてきたのはカティアの傍付《そばづ》きメイドであり、彼にとっては直属の上司であるレイラ。彼女には現在使用人としてのあれこれを仕込まれているところである。

「家事はうちのメイドたちと比べても遜色ないほどに完璧、新しいお仕事もすぐにコツを摑《つか》んで吸収する。理想の生徒ですわね、すぐに教えることもなくなるでしょう」

「光栄です。拾っていただいたのですから、早くお役に立てるようにならなければ」

お墨付きをいただいたので、多少の自信と共に微笑《ほほえ》んでエルメスは告げる。

「というわけで。なんでもお申し付けください、カティア様」

「んぐっ」

すると、何故《なぜ》かカティアがむせた。

「だ、大丈夫ですか？」

「へ、平気よ……少し紅茶が変なところに入っただけ……」

「……今のはエルメス君が悪いですわね」

そして何故か責められた。

ともあれ、このように時折カティアが挙動不審になることはありつつも、概《おおむ》ね使用人としての仕事も順調にこなせており。

「あ、お砂糖が切れてしまいましたね。取りに行ってきます」

早くも慣れた口調でそう告げると、迷いない足取りで彼は部屋を出ていくのであった。


「…………はぁー」

エルメスが扉を閉め、数秒ほど沈黙が続いてから。

カップを一旦机に置いたカティアが溶けるようにソファへと崩れ落ちた。

当然、その顔は真っ赤である。

「カティア様、大丈夫ですか？」

「……辛うじて耐えられたわ」

「真っ赤になってむせるのは果たして耐えられていると言えるのでしょうか……」

初めて彼が使用人服を着た時は直視にすら多少の慣れを必要としたことを考えると、まあ確かに進歩と言えないこともないのかもしれない。

それに、とレイラは頷《うなず》きつつ告げる。

「……気持ちは分かりますよ、カティア様」

何故ならここ数日で改めて、彼女もカティアとエルメスの間にあった幼少期からの出来事や因縁、それらをカティアから聞いていたのだから。

「婚約者に捨てられ、失意の底で悪漢に襲われそうなところに颯爽《さっそう》と現れた幼馴染《おさななじみ》の男の子！　幼き日の約束を胸に立派に成長した彼が華麗に悪漢を撃退！　そりゃー惚《ほ》れます。聞いてる私ですらキュンキュンしたんですもの。直《じか》に味わったカティア様はひとたまりもなかったでしょう」

「……悪漢は言いすぎよ……あと私がちょろい女みたいな言い方はやめなさい」

「それはあながち間違っても……失礼致しました」

　思わず素直な感想が出かけたが、カティアから立ち上る黒いオーラを素早く感じ取って口をつぐむ。

「でも、本当にいい拾い物をなさいましたねカティア様。エルメス君、すっごく素直でいい子ですよ。あの傍若無人な王子様とは大違い！」

「……第二王子殿下よ、悪く言うのは良くないわ」

「知りません！　カティア様を捨てたような見る目のない殿方に向ける敬意は持ち合わせておりませんので！」

　ふい、と子供っぽくそっぽを向くレイラ。

　だがすぐに気を取り直すと、今度は悪戯心《いたずらごころ》を含んだ笑顔で。

「もう誰がどう見ても明らかなのではっきり言いますが、お好きなんでしょう？　どうでしょう、いっそ想《おも》いの丈《たけ》を告げてみては」

「んなっ！　で、できるわけないでしょう!!」

　ようやく引きかけた頰の紅潮を再発させ、カティアが身を乗り出して反論した。

「何か問題でも？」

「問題しかないわよ！　もう身分も違えば立場も違う、彼の見ている場所もきっと昔とは違うわ。……それに……」

「それに？」

黙り込んだカティアに問い直すと、彼女はどこか言いたくなさそうに視線を彷徨《さまよ》わせたが、結局弱々しい声で。

「……私は、先月婚約者を失ったばかりの身よ。なのにいきなりそんな……気移りの激しい女だってエルに思われたらどうするのよ……」

「……カティア様。可愛《かわい》すぎます」

「ってレイラ、何故私に抱きつくの」

「可愛すぎるからです」

あまりに唐突な行動に、先ほどの態度から一転して半眼を向けるカティア。

なんか色々と馬鹿らしくなったので、いっそ気になっていたことは全部言うことにした。

「あとね」

「まだ何かご心配が？」

「……なんだかエル、大人っぽすぎるのよ」

「ほう？」

レイラが抱擁を解いてカティアに向き直る。

彼と再会して以降、一番気がかりなのはそれだった。

昔はそれこそ年相応の子供らしく、素直に感情を表に出す子だったと記憶している。

だが五年ぶりに会った彼は、非常に淡々と落ち着いた性格となっており。大人びたと言われればそれまでだが……悪く言ってしまえば、色々な感情が希薄なように思えるのだ。

先の迷宮の件では怒ってくれたりと感情がないとまでは行かないのだろうが、どうもその点が気がかりで。

……できればもっと自分に興味を持って欲しい――なんて、これは完全にわがままだけれど。

「私のことも、きれいだ、って褒めてくれたけどすごくあっさりだったし。……だから、その……」

「なるほど。もっと照れたり戸惑ったり、そういう反応が見たいと！」

「……まあ」

「王都一の美少女カティア様の魅力にどぎまぎしている、年頃の少年らしい初心《うぶ》で可愛い反応が見てみたいと！」

「そ、そこまでは……って、それはあなたの感想でしょう」

「それは否定しません！」

昔から思っていたことだが、このメイドは色々と明け透けすぎる。

「でも本心ですよ。カティア様は贔屓目《ひいきめ》なしに見ても王都でトップクラスに可愛い女の子です！　そして、そういうことなら――手は一つです」

カティアの悩みを受け止めた上で、レイラはびしりと指を立てて、極めて真面目な表情でこう語った。

「――デートをしましょう」

「何て？」

その表情からあまりに軽薄な単語が出てきたので、思わずカティアは問い返す。

けれどレイラは一切顔を崩さないまま真剣に語り続ける。

「ですからデートです。カティア様とエルメス君が。年相応の少年少女らしく、仲良く王都を回りましょう。そうしてカティア様の魅力を改めてたくさん知ってもらうんです！」

「え、その」

「口実はそうですね……まだ王都周りの地理をよく知らないエルメス君を案内するため、でどうでしょう。実際彼に今後お使いを頼むこともあると思いますので、完全な建前にもなりませんしね」

急な話に戸惑うカティアを他所《よそ》に、レイラは話を進め。加えて軽いスケジュール案まで出し終えた彼女は……再度カティアを正面から見て、案じるような表情を作ると。

「……あと。私からも一つ忠言させてもらうと……働きすぎです、カティア様」

「！」

「今の休憩だって、私が言い出さなければ取るつもりはありませんでしたよね？　真面目に貴族の責務を果たそうとするのは素晴らしいことだと思いますが……時にはきちんと休むことも大事ですよ。旦那様もそう仰《おつしや》っていました」

……流石に父ユルゲンの、当主の名を出されるとこれ以上異を唱えることは難しい。

それに、彼女の個人的な感情を言うのならば。彼と昔のように——無邪気な幼馴染同士だった頃のようにまた王都を回るというのは……正直、すごく楽しみに思えてしまう。

「…………分かった、わ」

若干の葛藤を見せつつも、欲求に従い頷くカティア。

レイラは主人の律儀な様子に苦笑しつつも、休んでもらえること、そしてカティアが年相応の態度を見せてくれることを喜ばしく思う表情を見せる。

そして、直後にエルメスが帰ってきて。

今の話を最初はカティアが切り出そうとしたが緊張のあまり全く伝わらず、見かねたレイラが全力でサポートを入れながらの提案を受け、エルメスが素直に頷いて。

こうして急遽《きゆうきよ》、エルメスとカティアは共に王都を回ることになるのだった。

◆

ユースティア王国は、近隣諸国と比べても頭一つ飛び抜けて大きな国だ。

故に、その中心都市である王都は相応の発展を見せている。

「……久しぶりだなぁ」

何故か突如として、主人カティアと共にそこを回ることになったエルメスは、ある意味で七、八年ぶりにゆっくりと見て回ることになる王都を前にそう呟《つぶや》く。

改めて久しぶりの王都の景色を見回すが──なるほど確かに、朧《おぼろ》げな記憶と比較しても一致しない場所が多々ある。公爵家で働く以上はここに用がある機会も多いだろうし、一度案内してもらうことは必須だっただろう。

休養がてらとは言え、これはきちんと地理を覚えて帰らなければな、と軽く気合を入れつつ、傍らの少女を見やるが。

「……カティア様？」

その主人であり案内役のカティアだが──何故か少し様子がおかしい。

軽く頬を紅潮させ、どことなく挙動がずれており、気を抜くと右手と右足が同時に出ている。師匠に教わった格闘術の一環としてそういう特殊な歩法があるが、よもやその練習中というわけでもあるまい。疑問に思って声をかけるが、

「な、なんでもないわエル。さあ行きましょうか、大丈夫よ、今日回る場所は全部ちゃんと頭の中に入ってるから、安心してついて来なさい！」

カティアはそう早口に返すと、やや急ぎ気味に歩き出す。

……疑問を抱きつつも、エルメスはその後を追いかけるのだった。

（……もう！）

気を抜くと色々な意味で緩んでしまいそうな頰を必死に引き締めつつ、カティアはエルメスを引き連れて街道を歩く。

いくら相手がエルメスでも、流石《さすが》に二人で王都を回る程度ではここまで緊張はしない。にも拘《かか》わらず現在こうなってしまっているのは……あの気が良くてお節介などこぞのメイドに色々と吹き込まれたからである。『自分の魅力を伝える方法』とやらを、本当に色々と。具体的にどんなものかは——思い出すと更に平静ではいられなくなるので割愛する。

とにかく、このままの状態でいるのは確実にエルメスに不審がられる。既にそう思われているかもしれないという可能性は除外しよう。

なので何かしら会話でもして紛らわそうと、今度はカティアの方から声をかけた。

「……そ、それでエル。久々の王都はどうかしら」

「え？　ええっと、そうですね……やっぱり忘れているところ、変わっているところが多いのではほとんど知らないところという印象です」

中々急な質問だったが、戸惑いつつもエルメスは素直に回答する。

「後は——やはり、賑《にぎ》やかですね。見たところ治安も良いし、とても平和だ」

「……そうね」

会話を繫《つな》ぐべく、幸い彼女にとっても馴染《なじ》み深い話題だったのでカティアは答える。

「辺境だと手が回っていないところも多いけれど……少なくとも人の多い場所では、平和な暮らしを守れているわ。民を脅かす魔物をきちんと排除できている――私たちが、ちゃんと頑張れている証拠よ」

言い聞かせるように、そして誇るようにカティアは告げる。

「でも、油断はできないわ。魔物相手では、いつ何が起こってもおかしくないもの。そのためには、それが全てではないけれど……やっぱり強い魔法があるに越したことはない」

「ええ」

「……そう言えばエル、私の魔法に関する研究って今どうなっているのかしら？」

話の流れで気になったので、カティアは質問してみた。

先日の迷宮での一件で決めた、カティアの『救世の冥界《ソテイラ・トリウィア》』を解析、再現して彼女の魔法の真価を発揮できるようにする研究。それを問われた彼は、

「思ったよりも難敵ですね。流石は公爵家相伝の魔法、術式の複雑さが段違いです。想像以上に時間はかかってしまいそうですが……」

穏やかに、けれど先ほど以上に饒舌《じょうぜつ》に回答する。

「それでも、着実に解析を進められている実感はあります。それに何より――これほど緻密に組み上げられた美しい魔法を見るのは、純粋に楽しい。有用な解析結果をお届けできるようにしますので、もう少しお待ちいただけると」

「……そう」

魔法について語る彼の様子は――やはり普段の落ち着いた彼とは少し違う、言葉通りの

楽しそうな雰囲気を宿している。

……それこそ、カティアと一緒にいる時、カティアと話している時以上に。

今の自分にそれを言う資格はないのかもしれないけれど……やっぱり、なんとなく悔しい。というか話すにしても、どう考えてもこれはデートでする会話ではないだろう。

出かける前に話したような不満が、また彼女の中で鎌首をもたげてきた。

同時に、メイドのレイラに言われた言葉が思い出される。

『……別に、そこまで気にする必要はないと思いますよ』

いくらなんでも、婚約者を失ったばかりの身で――と想《おも》いを抑えていたカティアの背中を押すような声で。

『あの王子様との間に愛情がなかったことは誰もが知るところ。しかも婚約自体が向こうの申し出で、破棄したのも向こう。カティア様が気に病むことは一切ございません』

出かける前、カティアに向かってレイラは悪戯《いたずら》っぽく笑い、こう言ったのだった。

『それに……『想いに素直なほど魔法は強い』。そう彼に教わったのでしょう？』

（…………ああ、もう！）

最後にそれを思い出し――彼女は、意を決して。

「――っ！」「！」

レイラに言われた……吹き込まれた方法とやらの一つを実践してみることにする。

ぱっと細い左手を伸ばして、彼の右手に。

すなわち——手を繋ぐ、という極めて控えめなアプローチを。

「……ええと、カティア様？」

「え、エルはこの辺り詳しくないんでしょ。今日の王都は人通りが多いわ、はぐれでもしたら大変じゃない。だから、その、安全上の措置的なあれよ」

戸惑うエルメスに何故《なぜ》か求められているわけでもない言い訳をしてから、一周回って何を言っているんだと冷静になって押し黙る。

「……」

そうしてじわりと熱が伝わってくる彼の手は……記憶にあるものよりずっと大きくなっていて。小さく、細く柔《やわ》い自分の手とは対照的な『男の子』であることを強く感じさせる。

にも拘わらず緩やかに握り返してくる感覚はひどく優しく、それ故にこそばゆくて。

……別の意味で気恥ずかしくなってきた彼女は、またその美貌を赤く染めつつ。

それを誤魔化すようにそっぽを向きながら、綺麗《きれい》な紫瞳《しどう》の視線だけを向けて告げる。

「——ほら、行きましょう！」

「は、はい」

そして、もう一度歩き出す。今度は少し強く、引っ張るように。

……伝わる彼の手の温度が、少しだけ上昇した気がした。

こうして、王都の案内は始まった。

まずは今後お使い等で頼まれて訪問するであろう、青果などの食料品を売っている区画。続いて日用品売り場や住居区画、後は迷いやすいところや危ないところまで。

——懐かしいな、と思う。

遠い昔、二人がまだ両方とも将来を嘱望された貴族子弟でいられた頃。その時も気がつけば家に引きこもって魔法をいじっていたエルメスを毎度カティアが呆《あき》れた顔で連れ出して、手を引かれて引っ張られるままあちこち走り回った記憶がある。

その時と違うことは、まずお互い大きくなったことと。

あと、当時は無邪気に明るい顔だった彼女が、何故か今はどことなく緊張し、相変わらず微《かす》かに紅潮した表情で、けれど決して嫌がってはいない様子でいること。

……それと、流石にそんな顔で手を繋がれると、エルメスとしても多少は気恥ずかしくなってしまうのだが。けれど懐かしさの方が優《まさ》っているのも確かだったので、エルメスは大人しく——決して手を離そうとはしない彼女に引かれるまま、生真面目に王都の地理の説明を続ける彼女の声に耳を傾ける。

そんなこんなで、一通り今後覚えておいた方が良い場所の案内が終了してから。

二人が最後に向かったのは、中央通りから少し離れた露店街。趣味色の強い小物の商店が立ち並んでいる場所を二人で眺めながら歩いている、その最中だった。

「——おや！　誰かと思えば公爵様のとこの嬢ちゃんじゃないかい！」

横合いの商店から、気の良さそうな声が届く。顔を向けると、いかにも恰幅《かっぷく》の良い商店の女主人らしき女性が、カティアに向けて人懐っこい笑顔を向けてきていた。

視線で疑問を告げると、カティアが説明する。

「あなたが王都に来る前、ちょっとした事件があったの。それで知り合った人で――」

「ちょっとしただなんてとんでもない！　カティアさまのお陰でうちの店は潰れずに済んだんだから！」

そのまま勢いよく女主人が説明するところによると――以前この店が商品を仕入れる際に悪徳業者とトラブルがあったらしい。そこに偶然通りかかったカティアが、向こうの悪質性を見抜いてユルゲンに報告。一人の悪徳商人を捕らえることに一役買ったらしい。

「なるほど、流石ですね」

「……大したことではないわ。将来領地経営をする可能性がある以上商業も学ぶべきだし、こういう形で民を守るのも責務だもの」

「それでも、普通のお貴族さまはこんな木っ端商店なんて気にかけちゃくれないよ！　ありがとうねぇカティアさま、それで――」

居心地悪そうにしつつも感謝を受け取るカティアに対し、女主人は一転してにっこりと微笑《ほほえ》ましげな視線をエルメスに……正しくは二人の間で繋がれた手に向けて。

「今日は逢引《あいび》きかい。まあ綺麗な男の子連れちゃって、あの大立ち回りをしたカティアさまもやっぱり、年相応の女の子らしいじゃないか」

「！　いやっ、これはっ、その！」

言われてようやく繋ぎっぱなしだったことを自覚した様子で、カティアがぱっと手を離して狼狽《うろた》えつつ言葉を発する。

「え、エルは私の新しい従者で——今日はただの王都の案内で、そのっ、彼は迷いやすいしトラブルも起こしそうだからそれで——」

「？　はい、仰《おつしや》るように今日は王都に明るくない僕を主人のカティア様に案内していただいているだけです。逢引きではないですよ」

「……」

一方の彼は特別狼狽えることもなく冷静に勘違いを正す。しかしそれを聞いたカティアは何とも微妙な顔だ。否定はできないものの非常に不満そうな。

そして、そんな二人の様子を見て女主人は大凡《おおよそ》を察したらしい。苦笑しつつ、

「なるほど、こりゃ大変そうだ。……けどそういうことなら、うちも恩返しとお手伝いができそうじゃないか」

そう言って、両手を広げて商店の品揃《しなぞろ》えを強調する。

「うちは、見ての通りアクセサリーを専門にしていてね。少々値は張るがその分品質は保証するよ。お貴族さまに商品を卸したこともあるし、カティアさまのお眼鏡に適《かな》うものもあると思うけど——どうだい？」

「……おお」

エルメスも、ショーケースに陳列された品々を見下ろす。

彼はこういうことには疎いが、それでも見るからに質の良さそうなものが揃っている。

きっと知る人ぞ知る名店というやつなのだろう。

ならばカティアであれば尚更《なおさら》目を輝かせても……と視線を横に向けるが。

「………ええ、っと」

予想とは反対に、彼女は何とも微妙な顔をしていた。

リアクションに困るような。――何をどう見たらいいか、分からないかのような。

「カティア様？」

「あー、お気に召さなかったかい？」

「い、いえ違うの、ごめんなさい。けど……その」

気まずそうな店側の声に断りを入れてから、カティアはひどく言いにくそうに。

「私……こういうの、全然詳しくなくて」

「え」「ええ!?」

エルメスは小さく、女主人はオーバーに、同じ驚きの反応を返す。

「こりゃ驚いた、カティアさまほどの可愛《かわい》い子がねぇ。偏見かもしれないが……てっきりお貴族さまの女の子ってのは、お菓子と服とアクセサリーが鉄板の共通話題なのかと」

「そういう傾向にあるのは間違いないし、私だって人並みに興味はあったわ。でも――」

カティアが、何かを思い出すような表情で目を伏せる。

「……そんな時間、なかったのよ」

「！」

「勉強することがたくさんあったし、魔法の訓練だって人一倍しないといけなかった。勿論《もちろん》身だしなみも貴族令嬢には必須だから最低限学んではいたけど……それ以外に優先することが多すぎたし、それに」

話の締めくくりに、彼女はふっと皮肉げな笑みを見せて。

「……どんなに着飾ってもどうせ、一番見るべき人は何も見てくれなかったんだもの」

「……」

その『一番見るべき人』が誰のことを指しているのかはすぐに分かった。

彼女の婚約者――元婚約者との話は、ほとんど彼女の口からは聞いていない。けれど断片的な情報や今の話から、到底理想的な関係とは言い難かったことは容易に想像がつく。

……未《いま》だ会ったことのない相手だが、流石《さすが》に好意的な印象は持てそうにないなと思った。

でも、今言うべきはきっとそれではない。

そう考えた彼は己の内に生まれた衝動に逆らわず、言葉を口にする。

「……僕は、ちゃんと見てみたいと思いますよ」

「え？　エル、何を」

「着飾ったカティア様を、ですよ。僕は綺麗なものを見るのが好きです。最初に魔法に憧れた理由も、魔法研究を続ける理由も魔法が綺麗だったからですし」

穏やかに、元気づけるように軽く笑って口にする。

「人も同じです。綺麗な人が、より綺麗になるのを見てみたいと考えるのは……きっと、自然なことだと思います。貴女《あなた》であれば、尚更」

己の中の感情を探るような口調だったが、それ故に誠実だと分かる言葉。

それを聞いたカティアは、しばし呆《ほう》けていたが。

……ぼっ、とそう時間をかけずに顔を茹《ゆ》で上がらせた。

「!?」

「おお～、言うねぇ」

そして女主人の声でカティアは気付く。――周りの視線が、残らず自分たちに集まっていることに。加えてその全員が勿論今のエルメスの言葉を聞いており、表情は様々ながらも、皆一様にとても微笑ましいものを見るような温かい視線を向けてきていて。

「～っ、し、失礼するわっ！」

「えっ」

そして彼女は一も二もなく、エルメスの手を引っ摑《つか》んでその場から駆け出した。理由は当然いたたまれなくなったからである。

それでも彼女の律儀な部分が最後の最後に女主人の元に振り向かせ、

「ま、また後日伺いますから！」

「はいよ、お幸せに」

「色々と突っ込みたいけどとりあえず違いますッ!!」

最後に混乱しつつそう叫ぶと、主従は雑踏の中に消えていくのだった。

◆

その後、取り立てて特筆すべきこともなくトラーキア家に戻ってきた。

「失礼しますカティア様。デートの成果はどう——なるほど」

帰宅後、カティアの自室を訪問したレイラが早速成果を聞き出そうとしたが、耳まで真っ赤になってクッションに突っ伏す主人の姿を見て全てを察した。

「大方、カティア様なりに頑張りはしたけれどほとんど実践できず、最後に特大のカウンターを喰《く》らって帰ってきた、というところでしょうか」

「なんで分かるのよ……」

「長年見ているカティア様と、ここ数日で人となりを掴んだ彼のことを考えれば大体は」

とりあえず主人を落ち着かせつつ、王都を回っている最中にあったことを事細かに聞き出す。そして最後の一件まで聞き終えると、レイラは一言。

「なるほど。……とんでもないですね、エルメス君」

「そうよねぇ……！」

当時のことを思い出したが、未だ熱の抜けない頬でカティアが同意する。

「何であんなこと平然と言えるの!?　照れるとか恥ずかしいとかそういう感情がないのか

しらあの子には！」

「大人びているとかいう次元ではないですね最早《もはや》……本当にカティア様と同い年なのかすら疑いたくなります」

何はともあれ、カティアの『エルメスの年頃らしい反応が見てみたい』との考えから始まった今回の件は見事に失敗したことになる。

……だが。カティアは思い出す。

『僕は、ちゃんと見てみたいと思いますよ』

確かに本心から、彼に言われた一言を。

「……」

「カティア様？　どうされました？」

首を傾《かし》げて聞いてくるレイラに、カティアは先ほど聞いた話を踏まえて話す。

「ねぇレイラ。さっきお父様に言われたのだけれど、近いうちパーティーがあるのよね」

「？　はい、カティア様の先日の功績を讃《たた》えての記念パーティーですね。迷宮から古代魔道具《アーティファクト》を持ち帰るのは素晴らしい成果ですから、当然かと」

「じゃあ……その日のドレスのことなんだけれど……」

「！」

続く言葉を予感し、目を輝かせるレイラ。その反応を予想していたカティアは躊躇《ためら》いつつも、おそらく予想通りの言葉を口にする。

「きちんと、着飾ってくれるかしら。私はこういうの詳しくないから、あなたが思う私に一番似合うものを。装飾品もたくさんつけてもらって構わないから……とにかく全力で」

「おお……これまでどんな社交の場でも時間優先で最低限のドレスアップしかしなかったカティア様が……世界一可愛いお嬢様を全力で着飾りたい我々メイド一同の願いを無慈悲に突っぱね続けてきたあのカティア様が……！」

「わ、悪かったわよ」

断り続けた自覚はあるのか気まずそうにそっぽを向きつつ、顔を赤らめ彼女は問う。

「それで、どうなの。……今更かしら」

「とんでもございません！」

問いかけに、レイラは全力で首を振った。

「謹んで、いえ、前のめりにお受けさせていただきますわ！　不肖カティア様を知り尽くしたこの私が、その魅力を最大限に引き出すドレスアップを施してみせましょう！　そしてエルメス君にエスコートをお願いするんですね！」

「え、いや、そこまでは」

何やら微妙に話が飛んでいる様子を咎《とが》めるが、

「え、違うのですか？　てっきりデート中彼に何か言われての影響かと思ったのですが」

「〜〜、ええ全くもってその通りよ！　ぜひお願いしたいわ！」

あっさりと見抜かれていたことを恥じ、最早どうにでもなれと叫ぶ。

そんな久々に見る主人の大変愛らしい様子も全力で愛《め》でつつレイラは続ける。

「お任せください、エルメス君は社交に無知なのでどうとでも丸め込めます。それでエスコートしてもらい、誰よりも魅力的なカティア様を誰よりも近くで見てもらうのです！」

若干不穏なことを言いながら、レイラがぐっと拳を握って。

「カティア様ほどの美少女にそこまでされてぐっとこない殿方はおりません！　幸いそのパーティーでカティア様は主役、どれほど綺麗《きれい》なドレスアップをしても咎められることはございません。今までやりたくてもできなかったあの装飾やあのドレスなんかも……！」

「……目が怖いわレイラ。ああ、あともう一つお願いなんだけれど……」

想像以上に興奮したメイドの様子に後退《あとずさ》りつつ、カティアは最後に一言。

「──ひとつ、アクセサリーを見繕って欲しいお店があるの。いいかしら？」


かくして数日のうちに、古代魔道具《アーティファクト》の褒賞としてトラーキア家にはいくつかの宝物が下賜され。日を置かず、記念パーティーが開かれる運びとなった。

現時点で婚約者がおらず兄弟もいないカティアは、エスコート役として使用人のエルメスを指名。彼は自分でいいのかと思ったが、年の近い男性の使用人が彼しかいないとの理由を聞き、何故《なぜ》かそれを言ったレイラの並々ならぬ迫力に若干押される形で了承した。

こうして、カティアの狙い及び予想通りの運びとなって。

しかし当日は予想外のことも起こることになる、パーティーが開幕するのであった。

◆

「礼服なんて、久々に着たな……」

全身を慣れない感覚に包まれながら、エルメスはパーティー会場の控室で呟《つぶや》く。

トラーキア家に来て以降慣れ親しんだ使用人服もかなりきっちりしたものだし、あくまで使用人としての参加なのでそれでもいいかと思ったのだが。

「エルメス君、見栄えの問題ですよ。使用人と分かっていてもきちんとした服装の男性にエスコートされた方が女性の魅力は引き立つでしょう？」

とレイラに説かれ、そういうものかと納得した。カティアのためと言われれば断るわけにもいかない。

そんなことを考えているうちに、扉がノックされた。

「……いいかしら、エル」

「カティア様。ええ、大丈夫ですよ」

どうやら、カティアの方の準備も終わったらしい。女性のドレスアップとは言え相当に時間がかかったな、そう考えながら扉を開けて入ってくる彼女を見やって。

――妖精が、そこにいた。

装いは紫のオフショルダードレス。大胆に露出した鎖骨から肩口までのラインが少女と女性の境にある危うげな魅力を引き立てている。加えて首元に飾られたルビーのネックレスと手首の黒いリボンが肌の白さを際立たせ、愛らしさと綺麗さを見事な黄金比で両立させていた。

胸元から腰までの、触れれば折れそうなほどほっそりとした体軀《たいく》を滑らかな生地が覆い、そこから広がるスカートには無数の小さな黄金の装飾。生地の色とも相まって夜空のような輝きを放っており、下に行くにつれ徐々に色が明るくなるグラデーションが軽やかだ。

髪型は、一部を編み込んで可愛《かわい》らしい花の装飾をつけたハーフアップ。紫水晶の瞳が輝く美貌は控えめかつ細やかな化粧によって、なおその美しさを増しているように思える。

夜の妖精。

一部ではそう囁《ささや》かれていると聞いていたカティアの容姿。その由来が今、よく分かった。

「……ど、どうかしら」

「あ、え、っと」

何秒、視線と思考が奪われていただろうか。

恥ずかしそうに感想を求めるカティアの声ではっと現実に回帰したエルメスが、しばし視線を彷徨《さまよ》わせ。

「……申し訳ございません」

照れ臭そうに笑って、言った。

「こういうときは、言葉を尽くして賛美すべきなのでしょうが……うまく表現できる言葉が浮かびませんでした。ただ、お綺麗です、とだけ」

「！」

その言葉が何を意味するか、正確に分かったのだろう。カティアの方も何かを返そうとしたが……言葉にならず、結局顔を真っ赤にしたまま俯《うつむ》いてしまった。

まさしく、彼のそんな顔を見たいがためにカティアがここまで努力してきた、ということは知るべきだったのか知らないままの方が良いのか。

「最高の反応です。グッジョブです。夜なべしてデザインを考えた甲斐《かい》がありました……！」

ただ一人、今日のカティアを作り上げるために尋常ではない苦労をしたらしいレイラの声が後ろから響いてくるのだった。


そんな一幕がありつつも、エルメスはカティアに腕を取られてパーティー会場に入る。

今回はトラーキア家、特にカティアの功績を讃えるパーティーだ。主役として挨拶回りをしなければならないカティアに気を配りつつ同行する。

挨拶回りの対面で、そしてその周囲から聞こえてくるのは、やはり称賛の声だ。

「カティア嬢か。流石《さすが》に本日は凝った装いをしているようだが……改めて見ても、なんという美しさだ……」

「今の歳《とし》は十五だったか。それで既にこうなのだ、将来は絶世の美女になるに違いない」

「加えて教養も完璧と聞く。惜しいな、あれで魔法が扱えないことさえなければ……」

「いや待て。聞くところによるとその欠点も克服しつつあるようだぞ？　なんでも功を横取りしようとしたエルドリッジ伯爵を血統魔法の威圧だけで追い払ったとか」

「何だと!?」

どうやら、古代魔道具《アーティファクト》の功績に加えて伯爵との件も噂《うわさ》として広まっているらしい。

『欠陥令嬢』と蔑まれていたとは思えないほどの評価だ。というか、ここまでだと逆にエルメスは王都に戻って日が浅い分考えてしまう。

「……本当に、カティア様は王都で評価が低かったのかな……？」

「低かったさ、間違いなくね。それが簡単にひっくり返るほど貴族たちは流されやすく、そして何より今回の功績が大きかったんだよ」

思わぬところから返答が来た。

振り向くと、そこには細身の体軀をぴっしりと礼服に包んだ紫髪の長身紳士。カティアの父親、ユルゲン公爵家当主だ。

「公爵様。……礼服、すごく似合いますね」

「ははは、その褒め言葉はカティアにとっておくと良い」

口から溢《あふ》れた感想に、ユルゲンは笑い声と共に手元のワイングラスを傾ける。

「王様へのご挨拶は終わったのですか？」

「陛下はご出席なさらないよ、忙しい方だからね。外の公務や魔物の対処に追われて、こういう内側のことは臣下や他の王族に任せきりなのさ。……困ったことにね」

少しだけ、暗い声でユルゲンは呟いた。

王家のことは良く知らないが、確かに昨今魔物が活性化しているとの噂は聞いている。

そういうものかと思うエルメスに、ユルゲンが話題を変えるように告げる。

「そう言えば聞いたよ。カティアの魔法の欠点、君が克服してくれたんだって？」

「あ、いえ。僕はあくまできっかけを与えただけです。あれはカティア様が元から持っていたお力ですよ」

「けれど、君がいなければ花開くこともなかった。感謝するよ。……君を見込んだ判断は、間違っていなかったようだ」

その言葉を聞き……そして、公爵家に来た当日のやりとりを思い返したところで。

ふと、違和感が浮かんだエルメスは丁度良いので聞いてみることにした。

「公爵様」

「ん、なんだい？」

「どうして、僕をそこまで信用してくださったんですか？」

確かにユルゲンは、幼少期より知る彼の境遇や人となりはある程度把握していた。

けれど、あの場で即彼を雇う判断を下すのは公爵家当主としては軽率な気もするのだ。

「あの日公爵様が仰《おっしゃ》った通り、僕がフレンブリード家の手の人間である可能性は十分にありました。けれど躊躇《ちゅうちょ》なく受け入れてくださったのは……もちろん僕としてはありがたかったんですけど、どうしてかな、と」

「……そうだね。言った通り君がカティアを純粋に信じてくれたからというのも大きい。けれど、もう一つ大きな理由を挙げるなら——」

　そこでユルゲンはワインを一口飲み、どこか底知れない笑みと共に告げた。

「——私は、君の『師匠』の正体に概《おおむ》ね推測がついている」

「！」

「我々の世代で『彼女』は有名だからね。君にそんな規格外の魔法を与えられる人間となれば、候補には挙がるさ」

　エルメスは、師の言いつけ通り正体については一切口にしていない。そう、性別さえも。

つまり、『彼女』と断定したユルゲンの言葉は少なくとも完全なはったりではないのだ。

「その表情からすると当たりのようだね。……やはり、受け入れたことは正解だったよ」

　そして流石は公爵家当主、僅かな表情の乱れからしっかりと情報を読み取ってきた。

「安心なさい。これは私——と言うか私の妻に『彼女』と関わりがあったから分かったことだ。我々の世代でも君の魔法と『彼女』をすぐに結びつけられる人間はそういないよ」

「……そう、ですか」

「うん。だから気にせず君はこれまで通り、カティアを支えてくれると助かる。……ほら、

オーバーラップ文庫&ノベルス NEWS
貴方の魔法はこうやって使うんですよ？
文庫注目作
創成魔法の再現者1
無才の少年と空の魔女〈上〉
著：みわもひ　イラスト：花ヶ田
ノベルス注目作
気弱からの大逆転！
前世チートで理不尽全てを吹き飛ばします！
転生先が気弱すぎる伯爵夫人だった1
～前世最強魔女は快適生活を送りたい～
著：桜あげは　イラスト：TCB
2202 B/N

早速あの子が困っているようだ。行っておやりなさい」

　そこまで言うと、ユルゲンは軽くエルメスの背を押してふらりと人混みの中に消えていったのだった。


「……びっくりしたなぁ」

　まさか、エルメスの魔法だけでローズまで辿《たど》り着いてしまう人間がいるとは。

　ユルゲン曰《いわ》く彼はイレギュラーらしいが、警戒するに越したことはないだろう——と考えつつ、言われた通りカティアの方へ向かうと。

「カティア様！　どうか、どうかご一考だけでも！」

「申し訳ございませんが、今は考えられないもので」

「そんなことを仰らずになんとか！」

　何やら腰の低い男性にしつこいほど何かを必死に頼み込まれている彼女の姿があった。

　困っているとは間違いなくこのことだろうから、手っ取り早い手段を思いついたので近づいて声をかける。

「——カティア様。お父上が呼んでおられます」

「あら、エル。——そう、分かったわ。今行くから」

　反応したカティアが、一瞬でこちらの意図を理解したようで頷《うなず》いて立ち上がり、頼み込んでいた男に目を向ける。

「……それで、どうします？　お父様の前で同じ話をなさいますか？」

「と、トラーキア公爵閣下の前で!?　し、失礼致します！」

すると一瞬にして冷や汗をかいた男がそそくさとその場を立ち去っていった。

カティアが嘆息を一つついてから近付いてくる。

「助かったわ、エル」

「お困りのようでしたので。それで、すみませんが――」

「分かってる、嘘《うそ》でしょ。お父様、基本こういう場は子供の自主性に任せる方針だから」

これはレイラから聞いた話だが、社交の場においてユルゲンは他の貴族に大層恐れられているらしい。まあ、公爵家に来た当日に感じた威圧、そして今しがた味わった洞察力からすればさもありなんだ。腹の探り合いであれを相手など誰もしたくはないだろう。

それを利用した回避手段だが、想像以上に効果的だったようである。

「それで、何をお話しされていたので？」

「……縁談よ」

「縁談？」

「そ。挨拶回りの時にも何度か聞いたでしょう？　うちの息子と婚約をって話だったり、ひどい時は本人が嫁に来いと言ってきたり」

「ああ……」

「今まで面と向かって蔑んできた人まで持ちかけて来たときは耳を疑ったわね。……私を信じない人と、どうして一緒にいられるって言うの」

余程多く、そしてしつこく言われたのだろう。うんざりした顔で呟《つぶや》くカティア。

けれど、理解できる話だ。これまで彼女は魔法が使えないことを除けば美しく賢い、完璧な公爵令嬢と言われてきたのだから。

その唯一にして最大の欠点がなくなったという噂が立ったのであれば――

「――引く手数多《あまた》になるのは仕方ないでしょう、貴女《あなた》ならば」

「む」

エルメスの言葉にしかし、カティアは不満そうに頬を膨らませる。

「何を他人事《ひとごと》みたいに言ってるの」

「え？　いや……」

「私が縁談を受けても気にしないって言うのかしら、あなたは」

そのまま彼女は身を屈《かが》め、エルメスを上目遣いに睨《にら》みつけてきて。

「いーい、もし万が一そうなったとして。あなたはその……私と一緒にいられなくなるかもしれないのよ」

「え」

「年齢の近い殿方の使用人は、アウトではないけれど下手な噂を立てられないためには避けた方がいいんだから。向こうが厳しい人ならそうなる可能性は高いわ。それでも……構わないって言うの、エル」

最後はどこか悲しげな声色で窺《うかが》ってくるカティア。エルメスは数秒ほど考えて、

「……公爵家の待遇は信じられないほど良い。追い出されるのは困りますね……それに」

「……それに？」

「また貴女と離れ離れになるのは、確かに……とても、寂しいです」

小さく、けれど確かに溢れたその言葉にカティアが瞠目《どうもく》する。

「そ……そうでしょう。分かってるならいいのよ」

そのまま緩みそうになる表情を誤魔化すようにそっぽを向いて、やや早口で告げる。

「と、とにかく、そういうわけだから」

「は、はい」

「安心なさい、しばらく縁談を考える気はないから。今日来た話は全部断る気で――」

「カティア公爵令嬢！」

しかし、良い縁談を嗅ぎつけた貴族の執念とは面倒なもので。

また、別の方向から別の貴族がやってきていた。

「……どちら様でしょうか」

「カール・フォン・ハートネットと申します！　西方で伯爵家を営ませていただいております、どうぞお見知り置きを！」

明らかに気乗りしないことを前面に出した反応にも拘《かか》わらず、一切それを考慮することなく男――ハートネット伯爵は名乗りをあげる。

「魔法が使えない欠点をついに克服されたカティア様の不断の努力、私は感服致しました！　つきましてはお話なのですが――」

「縁談かしら」

「さ、流石カティア様聡明《そうめい》でいらっしゃる、ご明察の通りでございます！　それで――」

「申し訳ございません」

もう何十回と繰り返したやりとりなのだろう、淀《よど》みなく最小限の言葉でカティアは申し出を断っていく。

「今は、そういったことを考えられないのです。今日来たお話は全てお断りさせて」

「そ、そう仰らずに顔だけでも！　私の息子、次男なのですが――」

「……あのですね」

けれど引き下がらず、否、こちらの話など聞くことなくハートネット伯爵は自分の都合で話を進めようとする。その態度に苛立《いらだ》ちを募らせたカティアは、少し話すのを躊躇《ためら》っている言葉を言うことにした。

「ハートネット伯爵。私は先月第二王子殿下に婚約破棄をされた身です」

「！」

「その意味をきちんとお分かりですか？　それを踏まえた上でお考え直しを――」

「そ、それは確かにそうですが！」

だが――この男の愚かさは、カティアの想像を超えていた。

「いくら第二王子殿下でも、カティア様がこの御歳《おとし》で覚醒なさることは想定外だったのでしょう！　カティア様の才覚が殿下の予想を超えて素晴らしかったということですよ！」

「ちょっとあなた、それ以上は」

「そう、貴女様は紛れもなく美しく、才能に溢れ、神に愛された魔法使いである完璧な公爵令嬢だ！　殿下が、アスター殿下が貴女様との婚約を破棄したことは流石《さすが》に──」


「ほう。俺が、なんだと？」


流麗な声が響いた。

雑踏の中でもなお全員に聞こえるほどの通る声。それを聞いた全員が声に耳を澄ませ、一瞬にして広間が静まり返る。

そんな中をカツコツと、一定の靴音を響かせてこちらに近づいて来る人影。全員が靴音の主《あるじ》に道を譲り、割れた人垣の中央で姿が露《あらわ》になる。

見るも鮮やかな赤い髪に、炎を閉じ込めたかのような紅玉の瞳。

眉目秀麗、という単語が人の形をとったらこうなるのかと思わせるような顔立ちに浮かぶは、絶対の自信に裏付けされた傲岸な表情。

それが決して張りぼてではないと感じさせる、豪奢《ごうしゃ》な服装に全身から立ち上る魔力。

立っているだけで、皆にその場の主役であると思わせる。それほどの雰囲気を持った美

男子が、広間の中央に君臨していた。

彼のオーラに当てられ、青ざめた顔で震えて言葉の出ないハートネット伯爵。

変わって、カティアがその男の名を告げた。

「……アスター、殿下」

アスター・ヨーゼフ・フォン・ユースティア。

この国の第二王子であり、エルメスが追放される最後の要因となった人間と。

ついにエルメスは、初の邂逅《かいこう》を果たしたのだった。

◆

「それで、そこの貴様。名は？　爵位は？」

突如としてパーティーの場に現れた第二王子アスター。

彼がまず目を向けたのは、先ほどカティアに向けて必死に縁談を頼み込んでいた男。

「はっ、はい！　カール・フォン・ハートネットと申します！　伯爵でございます！」

「そうか。で、貴様——今なんと言おうとした？」

自分で聞いた名乗りを興味なさそうに聞き流し、続けてアスターは伯爵に詰め寄る。

「俺が、カティアとの婚約を破棄したことは流石に、なんだ？」

「ひぃッ」

「よもやとは思うが、婚約破棄が間違いだったとでも言いたいのか？」

「め、めめめめ滅相もございません！」

冷や汗をだらだらと流し、音が出るほど激しく首を横に振る伯爵。

「ならばなぜそうまで必死にカティアとの縁談を頼み込もうとした？　この、俺が、無価値と断じた女だぞ？　それを必死に取り入れようとする理由はなんだ？　この女にそこまでするほどの価値をなぜ感じた？」

「お、思ってしまったのでございます！」

「何をだ」

「噂《うわさ》によると、カティア様は最大の欠点である血統魔法の件を克服したご様子！　ならば、真に完璧な令嬢となられたカティア様であればと！　どうか、どうか平にご容赦をッ!!」

恐れのあまり伯爵は震えながら平伏してしまう。

そんな様子を冷めた目で見下ろしつつ、アスターは鼻で息をする。

「……ふん、まあ良い。俺と違ってお前たちは目先の成果に惑わされてしまうものだ。それを正してやろうとわざわざ俺が自ら出向いたのだからな」

言っていることは分からないが、許すような口調と気配を漂わせるアスター。希望を感じて伯爵が顔を上げる。

「で、では……！」

「だが」

しかし、直後に再び冷酷な気配を纏《まと》って。

「お前は罪を犯した。噂に惑わされ、俺の婚約破棄を間違いだったと言おうとしたな」

「！　誤解でございます！　殿下が間違った判断をなさるはずなどございません！」

「いいや言おうとした。つまり心の底からそう思っていた、常日頃から俺を疑っていたに違いない」

エルメスが傍《はた》から聞いていても、後半は言いがかりとしか思えないような言葉。しかし、

「そ、その通りでございます殿下！」

「以前よりその男、殿下の行動を疑うような言動が多々ございました！」

「きっと叛意《はんい》があったに違いありません！」

周りで聞いていた貴族たちが、何も疑いを挟むことなくアスターの言葉に乗っかる。

「そ、そんな！　貴殿ら！」

「やはりな、俺の目は誤魔化せない。追って沙汰を下す。——連れていけ、クリス」

「はっ！」

そして最後に、アスターは得意げに唇を軽く歪《ゆが》ませ、傍《そば》に控える人間に指示を下す。

そうして出てきた人物は——クリス・フォン・フレンブリード。エルメスの元兄。

見ていたエルメスは軽く目を見開くが、確かに彼は第二王子アスターの側近だった。ここにいても不自然ではないだろう。

「……っ！」

クリスも同様にエルメスの姿を認めると、一瞬憎悪に顔を歪ませるが……すぐに気を取り直し、むしろアスターの命を受けて動く立場であることを誇るように伯爵を連行する。

「ほら、早く歩け。殿下のご命令だ。逆らうなんて馬鹿なことは考えるなよ？」

「で、殿下！　誤解です、誤解なのです、何卒《なにとぞ》──！」

そして連れて行かれる伯爵。態度からするに、沙汰とやらも軽いものではないのだろう。

あまりにも馬鹿げた理由で、その運命を決定した第二王子アスター。彼がくるりとこちらを振り向く。

「さて。久しいな、カティア」

「……ええ、アスター殿下」

「随分と調子に乗っているようだな。紛い物の力まで手にして、そんなに俺の婚約者という座が惜しかったのか？」

（……え？）

エルメスが心中で疑問符を上げる。先ほどと同じだ。エルメスからすれば明らかにおかしいと分かることを、なんの疑いも持たず自信満々に言ってくる。

「……お言葉ですが、殿下。紛《まが》い物《もの》では──」

「は！　お言葉か！　お前はいつもそうだ、言葉を弄し全て自分の都合の良いように物事を運ぼうとする！」

「……」

「だが残念だったな、もうどう足掻《あが》いても俺はお前と婚約を結び直すことはない！」

カティアの言葉を遮って一方的に話を進め、

「何故《なぜ》なら、俺はもう見つけたからだ！　お前よりも余程優れた、俺が真に寵愛《ちょうあい》を注ぐべき令嬢をな！……さあ、来ると良い、サラ」

「……はい」

大仰に言ってのけてから後方に目を向ける。その視線の先、群衆の中から進み出てきたのはエルメスと同い年ほどの少女。

淡いブロンドの髪に、深く輝く大きな碧眼《へきがん》。長い睫毛《まつげ》やふっくらとした唇などが特徴的な、優しげな印象を与える幼い美貌。加えてその年の少女としては驚くほど起伏に富んだ肢体を覆うのは、薄い生地を重ねた羽衣のような白いドレス。

カティアが妖精だとしたら、こちらは天使と見紛《みまが》うような。目を見張るほどの美少女だ。

「サラ・フォン・ハルトマン。新しく俺の婚約者となる令嬢だ」

会場がどよめいた。反応からするに、婚約云々《うんぬん》の情報はここで初めて出したのだろう。

「ハルトマン男爵家の長女だ。確かに家格は低いがそんなものは些細《ささい》なこと。彼女にはカティアにはない美しさと優しさ、そして何より——カティアなど及ぶべくもない魔法の才がある！」

「……サラ」

アスターの紹介を他所《よそ》に、カティアはサラを見やる。

その視線は――決して憎々しげなものではない。むしろ、どこか案じるような色が含まれていた。気になったエルメスは問いかける。

「お知り合いですか？」

「……ええ。学校でクラスが同じだったの」

「あ……か、カティア様」

そのカティアの視線に気づいたか、サラが顔を上げて近づいてくる。

どこか後ろめたそうな表情でこちらを見て、彼女は口を開く。

「カティア様、その、わたしは……」

「サラ。本当にいいのね？」

一方のカティアは、案じるような気配を残しつつも厳しい声を作って問いかける。

「殿下の、王族の婚約者になる。それは周りに言われるほど輝かしいことだけではないわ。その全てを受け止める覚悟が、あなたにはあるのね？」

「そ、それは……」

「やめろ、カティア！」

サラが返答をしようとした直前、アスターがサラを庇《かば》うような仕草で間に割って入った。

「ふん、本当に抜け目のない女だ。――見たか貴族諸君！　彼女は学園でもこうだった！」

そしてアスターはサラを抱き寄せ、周りにアピールするような大声で語る。

「自らの魔法の才がないことを差し置いてサラの魔法の才に嫉妬し、立場を利用した陰湿ないじめを繰り返していたのだ！　うまく周りに隠していたようだが俺には分かる！……なぁサラ、そうだろう？」

　証言を取るかのように、優しくサラに呼びかけるアスター。

「わ、わたしは……」

「大丈夫だ、報復を恐れることはない。俺が守ってやる」

　サラは何かを迷うように言葉を濁すが、アスターに囁《ささや》きかけられてぎゅっと目を瞑《つぶ》り。

「……で、殿下の……仰《おつしや》る通り、です」

　消え入りそうな声で、そう言った。

「……サラ」

「よく真実を言ってくれた。これがこの女の本性だ、貴族たちよ！」

　悲しげに呟《つぶや》くカティアの声をかき消すように、アスターが叫んだ。

「俺はこの本性にいち早く気がつき、婚約破棄をして学園から追放した！　にも拘《かか》わらず、今回も往生際悪く足掻くのがこの女なのだ！」

「……」

「目を覚ませ愚かな貴族ども。これまで欠陥令嬢と呼ばれ、この俺が無能と判断した女が、今になって突然覚醒するだと？　あり得ない、何か外道な手を使ったに決まっている」

「殿下の仰る通りですよ」

　別方向から声が響いた。

会場の貴族が向ける先には、伯爵の連行が終わって戻ってきたらしいクリスの姿が。

「血統魔法は神より与えられた天稟《ギフト》。それが上手《うま》く使えないのならば、それは神に祝福されなかった証左に他ならない。一度無能の烙印《らくいん》を押された者が、そうそう都合よく改めて力を得るなんて……あり得るわけがないでしょう？」

嘲るような笑みに、ひどく強い口調での断言。それを向けている先は……恐らくカティアではなかっただろう。彼の視線からもそれは明らかだ。

しかし、貴族たちはそんな確執など知る由もない。加えて王都ではアスターと同様高い評価を得ているらしいクリスの言葉を受けて、徐々に反応が変わっていく。

「さあ、もう一度問うぞ貴族たちよ。賢明な者ならば分かるはずだ――カティアは、本当に都合よく正しい方法で魔法を扱えるようになったと思うか？」

「それは……確かに……」

「あくまで確かなのは、古代魔道具《アーティファクト》を持ち帰ったという情報だけだ」

「それだけなら運が良ければ誰でもできる。我々は、騙《だま》されていたのかもしれない……」

そして、アスターのとどめの大演説を受け、遂《つい》に風向きが決定的に変わる。

更に、まるでそれを見計らったかのようなタイミングで。

「た、大変です！」

ざわめきを切り裂いて、警備兵の一人が大広間に入ってきた。

会場の注目がそこに集中する中、警備兵は汗だくの顔で叫んだのだった。

「こ、この会場のすぐ近くに——大型の魔物が出現いたしました！」

◆

魔物が現れた。その報を聞き、参加者が慌てて会場の外に出る。

するとすぐに見つかった。会場の庭、木々が薙《な》ぎ倒された中で暴れる巨大な鷹《たか》の魔物。

その全長は大凡《おおよそ》人の三倍近く。森の中にあっても頭が見えるほどだ。

「ワイバーンだと……！　準竜種ではないか。あれほどの魔物が何故ここに……!?」

「警備兵は一体何をしていたのだ！」

前半の答えは分からないが、後半の答えは明らかだった。

「うう……」「な、なぜ……」

飛び回り、風のブレスを吐いて大暴れするワイバーン。その足元に、無数の警備兵が倒れ伏していた。

想定外の惨状に、貴族たちは浮足立つか身を守ろうとするかに分かれる。が——貴族であれば、真っ先にやるべきことがあるだろう。

「エル！」「はい」

魔物の、討伐だ。

他の貴族を他所にカティアとエルメスは飛び出そうとするが——それよりもなお早く。

「案ずるな、貴族たちよ!!」

第二王子アスターが、誰よりも早いタイミングで。

この展開を分かっていたとしか思えないタイミングで、魔物の方へと飛び出した。

同時に、クリスがこれも図ったようなわざとらしい声で叫び、貴族たちの注目を引く。

「刮目《かつもく》せよ、貴族たち！　この国を真に守るにふさわしい魔法が見られるぞ！」

注目が集まると同時、まずアスターは傍らを走る少女に声をかける。

「サラ、まずはお前の魔法で警備兵たちを！」

「……はいっ」

声を受けたサラが倒れ伏す警備兵たちの方に向かうと、深呼吸して目を瞑り、唱える。

【天使の御手《みて》は天空《そら》を正す　人の加護に冠の花　大地に満ちるは深なる慈愛】

血統魔法……『星の花冠《アルス・パウリナ》』！」

途端、周囲に満ちるは深い蒼《あお》の光。その一つ一つが警備兵の体に吸い込まれた瞬間、
倒れていたはずの兵士たちが次々と立ち上がり、突如全快した体の様子を確かめ始める。

「これは……傷が」「う、動けるぞ！　癒しの光だ！」

「に……逃げて、くださいっ」

「次だ！　あいつの足止めをしろ！」

「は……はいっ」

兵士たちに撤退を要請するサラに対し、向こうから命令を飛ばすアスター。

しかし、今のを見る限り彼女の血統魔法は治癒だ。なのに足止めをしろとはどういうことか――との疑問は、彼女が再度息を吸って唱えた、次の瞬間解決する。

「【果ての願いは神羅に至り　熾天《してん》の想《おも》いは万象の影に　築き上げるは無垢《むく》なる世界】」

彼女を知らずそれを聞いた全員が驚愕《きょうがく》し、エルメスさえも微《かす》かに目を見開いた。

サラが唱えたのは紛れもなく、先ほどとは異なる詠唱。それが意味するは――

「血統魔法……『精霊の帳《テウル・ギア》』……っ！」

二つ目の、血統魔法。

飛び回り、アスターに襲い掛かろうとしたワイバーンの前に現れたのは格子状の光。

檻《おり》のように行き先を阻むそれに体当たりをするワイバーンだが、びくともしない。

「!?　キィアアアアアア!!」

怒りのままに咆哮《ほうこう》し、風のブレスを吐く。けれどそれすら何事もなく散らされてしまう。

あれほどの防御力、間違いなく血統魔法。

エルメスのように特殊な魔法を用いている素振りもない。だとすれば、答えは一つ。

「……すごいな。『二重適性』か」

二重適性とは、文字通り二つの血統魔法に適性を持つ人材のことだ。

血統魔法は原則一人につき一つ。相伝の魔法が複数ある家であっても、そのうち一つだけを自身の血統魔法として選んで生まれてくる。

その原則の例外が、二重適性。無適性のエルメスとは真逆の存在であり、数世代に一人クラスの逸材だ。

なるほど、確かに彼女も比類なき魔法の才を持っている。そのことは間違いないだろう。

「よくやった、サラ。あとは俺に任せておけ」

そして、サラの魔法を見て満足げに言ったアスターが、『精霊の帳《テウル・ギア》』を壊そうと躍起になっているワイバーンを前に息を吸う。

「おお、アスター殿下の魔法を拝見できるぞ！」

「素晴らしい日だ！　しかと目に焼き付けねば！」

騒ぎ出す貴族たち。それに応えるように、流麗な声でアスターが詠唱を開始する。

「【光輝裁天　終星審判　我が炎輪は正邪の疆《かぎり》　七つの光で天圏を徴《しる》せ】

血統魔法——『火天審判《アフラ・マズダ》』ッ！」

瞬間。太陽の化身が、顕現した。

見ているだけで焼かれるのではと思うほどの熱量。周囲の空気すら陽炎《かげろう》と共に溶かし尽くす神炎の獄界。その中心に立つ、全身を瞳と同じ色にして煌々《こうこう》と輝く真紅の美丈夫。

「愚かな魔物よ、この俺の目の前に現れたのが運の尽きと知れ」

先日エルメスが亀甲龍《トータス・ドラゴン》を倒す時に用いた掌《てのひら》の炎獄、凝縮による高威力が特徴の魔法である『外典：炎龍の息吹《ドラゴンブレス・オルタ》』。

それすら超える熱量が全身を覆っている、と言えばその凄《すさ》まじさが分かるだろう。

明らかな危険を察知し、ワイバーンは咄嗟に魔法の破壊を諦めて逃げようとするが、

「遅い」

それを許さず、アスターは無造作に身に纏《まと》う炎の一部を解き放った。

放たれた神炎は、ワイバーンがあれほど手こずった『精霊の帳《テウル・ギア》』をあっさりと焼き切り、そのままの勢いでワイバーンにも襲いかかる。

「ギイアアアアアアア!!」

断末魔の悲鳴をあげて地面に叩《たた》きつけられるワイバーン。

決着をこの上なく雄弁に表現するそのシーンに、周囲の貴族は熱狂する。

「おお！　ワイバーンほどの魔物を一撃で！」

「これが殿下の『火天審判《アフラ・マズダ》』！　紛れもなく今代最強の魔法！」

「やはりアスター殿下こそ英雄だ！　この国を導くに相応《ふさわ》しいお方だ！」

その熱狂に応えるように、アスターがサラを抱き寄せて大声を張り上げる。

「見ただろう！　この俺がいる限りこの国の魔物に好き勝手させることは決してない！

そして、俺の覇道を支える将来の妻として！　俺に近い魔法の才、二つの血統魔法を持つ令嬢サラ・フォン・ハルトマンとの婚約をここに宣言する!!」

「素晴らしい！」

同時に、クリスが叫んだ。

「今日は良い日だ――この国を真に守るに相応しい令嬢のお披露目ができたのだから！」

それは暗に……いや明確な宣言だった。

この場における主役の交代という宣言であり、本来この場で讃《たた》えられるべきであった少女の凋落《ちょうらく》を意味する宣誓。

そして、貴族たちも熱狂に呑《の》まれるままに叫ぶ。

「確かに、二重適性の魔法使いとなればアスター殿下にも相応しい！」

「ああ、どちらも素晴らしい魔法だった！　まるで御伽噺《おとぎばなし》に聞く聖女のよう、これでこの国も安泰だ！」

「英雄アスター殿下万歳！　聖女サラ様万歳！」

……何もかもが、おかしいことだらけだ。

自らの都合が良いように事実を改変している。語ることはひどく出来の悪い英雄譚《えいゆうたん》のようで、アスターが中心になる上で不都合なものは見なかったことにし、解釈を捻《ね》じ曲げ、それが正しいと大声で叫んでいる。

カティアがサラを虐《いじ》めただの力が偽物だの、彼女のこれまでの行動を見ていればまずあり得ないことだと分かる。魔物が現れたことも十中八九仕込みだ。何せタイミングがあまりにも完璧すぎる、魔物を操作する血統魔法もあると聞くからそれを使ったのだろう。

この通り、ざっと思いつくだけでも疑わしい点は無数にある。

なのに、それが、全て通って、しまう。

アスターは、そんな自分自身を微塵《みじん》も疑わず。

おまけにクリスを含めた周りの貴族たちはそんなアスターを手放しに賞賛している。どころか、アスターを自らの迷妄を覚ましてくれた救世主のような目で見ている始末だ。

だって、アスターは優れた魔法を持っているから。

この国では魔法が全てだから。生まれ持った血統魔法で全てが決定するから。

優れた血統魔法を持つアスターの言葉こそが真実になるから。

これが、ユースティア王国。魔法で全てが決定する国。

その矛盾の体現者こそが、かつてエルメスの追放を決定した第二王子アスターだ。

なるほど。

——なんて、くだらない。

「さぁ、これで分かっただろうカティアよ！　貴様がいくら足掻《あが》こうと——!?」

周りの声援を受けたアスターが得意げに振り向き、カティアに浴びせようとした言葉が、止まった。

何かをされたわけでも、言われたわけでもない。

ただカティアを見た瞬間、当然隣にいる彼も目に入ったのだ。

――絶対零度の視線でアスターを射抜き、見ているだけで身も凍るほどの冷たい圧迫感を放つエルメスを。

エルメスは、魔法以外の事柄に対して然程《さほど》の頓着を持たないと自身を評価している。

でも……いや、それ故に、かもしれない。

この王子に対しては――生まれて初めてかもしれない本気の嫌悪、厭悪《えんお》を抱いた。

「な――何用だそこの使用人、俺に向かってそのような目を向けるなど覚悟はできているのだろうな!?」

エルメスの発する気配に後退さる――明確に怯《おび》えてしまった反応を誤魔化すように。

強硬に上から物を言うアスターを、変わらず冷ややかな視線でエルメスは睨《にら》みつける。

そんな彼に、今度は別の人間が食ってかかった。

「何だエルメス、何のつもりだアスター殿下に！」

クリスだ。今まではエルメスを所詮従者と見て見ぬふりをしていた彼が、自らの主人に対する不敬を見咎《みとが》めて食ってかかる。その目に怒りと憎悪を宿して、貴様如《ごと》きがしゃしゃり出てくるなと睨みつける。

そのクリスにも、エルメスは同種の視線を向ける。そのあまりの圧力に彼も怯《ひる》みながら、それでもなお何事かを捲《まく》し立てようとした瞬間。

「エルメス……？」

アスターの、訝《いぶか》しむような呟《つぶや》きが聞こえてきた。

形の良い眉を疑問に歪《ゆが》ませ、エルメスを再度まじまじと見やる。そんな主人に対して、クリスは大声で告げた。

「ええそうです殿下、この男はエルメス！　かつての我が弟にして、一族の恥晒《はじさら》し！　そして殿下自身の手によって無能と当然の烙印《らくいん》を押された出来損ないの男が、どんな手管を使ったかこの場に潜り込んでいたのですよ！」

……その口調から察するに、以前クリスがカティアを追いかけていた時の一件はなかったことにするつもりらしい。しかしそんな彼の思惑に関わらず、話を聞いたアスターは得心の行ったような表情を浮かべて告げた。

「……なるほど。まさかとは思ったがやはり貴様、元フレンブリード家のエルメスか！」

おや、と意外に思う。

確かにエルメスを実家から追放した最終要因はアスターだが、アスターとエルメスにこれまで直接の面識はない。彼にとっては顔も見る価値のない人間、自らの傘下に入る家についていたゴミを払った程度の認識と思っていたのだが。

「……ふ……」

そんな彼の予想とは裏腹に、エルメスのことを覚えていたアスターは。

「ふ、はははははは！」

何を思ったか、高らかに笑い出した。

「これは傑作だ！　欠陥令嬢が出来損ないを拾っていたか！　なるほど、それならば俺に憎々しげな視線を向けるのも納得できる！」

「……」

「そして、これで尚更《なおさら》間違いないだろう。貴族たちよ！」

そのままエルメスに背を向けて、成り行きを見守っていた貴族たちに言い放つ。

「この銀髪の男エルメスはな、かつての名門フレンブリード家に生まれながら血統魔法を受け継がなかった出来損ないだ！」

「あのエルメスか!?　聞いたことがある、神童と呼ばれるほどの魔力を持ちながら無適性だったと……！」

「使用人になっていたのか……道理だな、血統魔法を持たぬゴミが貴族でいられるわけがないからな」

彼のことを覚えていた貴族も多かったようで、すぐに騒ぎになる。

「欠陥令嬢のカティアが急に血統魔法など扱えるわけがない！　つまり——此奴ら、は、何らか、か、か、かの外法に手を染めている！」

「な——」

「かつて俺の判断で侯爵家から追放されたエルメス、そして俺に婚約破棄をされたカティア！　奴《やつ》らは俺の公正な判断を醜くも逆恨みし、結託して悪魔に魂を売ってまで力を得ようとしたのだ！　間違いない！」

またも事実の捻じ曲げを行い、エルメスとカティアを徹底的に貶《おとし》めようとするアスター。

「よもや、今回の魔物の襲撃もそちらの手引きではあるまいな？　公衆の面前で魔物を撃破し、更なる名声を得ようとしたのだろう！」

「ッ!?　それは殿下の方でしょう！　でなければなぜあんな早く――」

「は！　なぜこの俺がそのような真似《まね》をせねばならん！」

あろうことか、魔物の件に至っては事実を丸ごとひっくり返す始末。当然エルメスと同じく仕込みに気づいていたカティアの指摘にも、アスターはある意味見事な返答を返す。

「他人の功を羨み、ありもしないことをでっち上げて足を引っ張ろうとする。典型的な醜い愚者の挙動だな」

「そうだ！　殿下に楯突《たてつ》こうなど不敬な！」

「アスター殿下は貴様らのような連中とは違うのだ！」

クリスはもちろんのこと、先ほどまでカティアを絶賛していた貴族たちも、残らずこちらを糾弾する側に回っていた。

この国の矛盾が、これを生み出した。

味方のいない状況。勝ち誇った表情でアスターが最後の言葉を吐く。

「さあ、もう分かっただろう！　兵士たちよ、こいつらを捕らえて――」

「お待ちを。殿下」

――だが、そこで。熱狂する場を急速に冷ますかのごとく。

涼やかな声が、別方向から響いた。

「……誰だ」

「ユルゲン・フォン・トラーキア。公爵家の当主です。お見知り置きはいただけているかと」

不機嫌そうなアスターの声にも構わず答えるは、カティアの父親ユルゲン。彼はあくまで冷静に、アスターに指摘をした。

「アスター殿下。以前も申し上げましたが——いくら貴方様《あなたさま》とは言え、罪状もなしに人を捕らえるのはお控えいただきたい」

「ふん。また法務大臣の権力を用いて娘の罪を揉《も》み消しにきたか？」

「なんとでもとっていただいて結構です。しかし、罪状のない逮捕は禁ず、これはれっきとしたこの国の法。我々が提案し——国王様が了承なさったこの国の決まりです。王族の方でも軽々に破れば混乱を招くでしょう」

国王。この国で唯一、アスターよりも明確に立場が上の人間。

その名は多少なりとも効いたようで、アスターの勢いが止まる。

「先ほど殿下が捕らえさせたハートネット伯爵も、こちらの権限で釈放いたしました。決して娘だけを特別扱いしているのではございません。ですからどうかここは——」

「……ふん、もう良い。興が削《そ》がれた」

煩わしそうに手を振って、アスターがこちらに背を向ける。

「今日はカティアの功績が偽物だと分かっただけで十分だ。急がずともどうせすぐボロを出す、その時を待てば良いだけのこと。待つのも王の器量という神の思《おぼ》し召《め》しだろう」

何事かを言いつつ歩くアスターだが、ふとユルゲンの方を振り向いて。

「……今日は命拾いしたな、だが覚悟しろ古狸《ふるだぬき》。貴様の悪事の数々、いずれ俺が全て白日の下に晒してくれようぞ！」

「それは恐ろしい。そうならない日を祈るだけでございます」

飄々《ひょうひょう》とした返しに、不機嫌そうに舌を打つアスター。

そのままアスターは去って行き、クリスもそれに続く——その去り際。もう一度こちらを振り向くと、勝ち誇るように、今の場所に固執するように笑って。

「……これで分かっただろう、エルメスとトラーキアのお嬢様。どんな卑劣な手段を取ろうと、殿下は見逃さない。お前たちがこの国で成り上がることなんて不可能なんだよ！」

優越感に満ちた声色でそう告げると、今度こそアスターを追いかけて会場を後にした。

かくして残されるのは、パーティー開始時と真逆の視線に晒《さら》されるエルメスたち。

「……さてさて」

けれどそんな中、当主のユルゲンは呟く。

「『命拾いした』のは果たしてどちらでしょうかね、殿下。目の前の古狸めに気を取られ、銀虎の尾を踏んだことはお気づきにならなかったようだ」

ユルゲンは、彼にしては珍しく一筋の冷や汗を流しながら横に視線をやる。

「……え、エル……」

そこには、先ほど以上に冷ややかで、落ち着いているとも言えるほど静かな――けれど圧倒的な。零下の激怒を内に押し込めたエルメスが佇《たたず》んでいるのだった。

◆

「申し訳ございません、お父様……」

「いや、構わないよ。あそこまで場が拗《こじ》れてしまえば私の出番だ。権限とはこういう時のためにあるのだから」

結局あの後すぐパーティーは解散となった。

来た時とは打って変わって冷たい周りの視線を受けて公爵家に帰った三人。執務室でのカティアの謝罪にユルゲンは鷹揚《おうよう》に答えた。

「エルメス君は、殿下のことをどう思った？」

カティアの頭を上げさせ、ユルゲンは口数の少ないエルメスに問いかける。

彼は数秒沈黙していたが、やがて呟く。

「……くだらない、と思いました。師匠の気持ちが少しは分かった気がします」

ローズは、王都をひどく嫌っていた。そしてエルメスを王都に行かせたがらなかった。

そう思う心情が、今ならばよく分かる。

「へぇ。恐ろしい、とは思わなかったかい？」

「確かに魔法の威力は非常に高かったですね。が……あれも性能に頼った力押しです。技巧的には先日のエルドリッジ伯爵とさして変わらない」

恐らく、現時点の自分に彼の魔法に打ち勝てる魔法は存在しないだろう。

だが、あくまで現時点だ。

彼の魔法、『原初の碑文《エメラルド・タブレット》』の効果は魔法の再現。血統魔法を解析し、取り込み、己のものにするたび際限なく強くなる魔法。

今回、嫌と言うほどこの国の矛盾を、その体現者を目の当たりにしたエルメスは。

その魔法を用いて、今やりたいと思ったことを素直に述べる。自分は——

「……アスター殿下を、魔法で上回ります。それで、殿下の間違いを証明したい。……あとは、あの殿下に盲目的に従うだけの兄上とも、決着を」

魔法が全ての国家ならば、まずはその郷に従ってやろう。

彼らの価値観でもって彼らを上回り——あの王子様を、否定したい。

「そうして、今度は君がこの国を思いのままにするのかな」

「まさか」

ユルゲンの試すような問いに即答する。あんな光景を見せられて、あれと同じになりたいなどと思うわけがない。

「僕はただ、知って欲しいだけです。……魔法は神様の贈り物で、それ以上どうしようもないものなんかじゃない。努力次第で誰にでも可能性があって、もっと自由で——そして、美しいものだってことを」

「エル……」

「うん」

彼の答えに、ユルゲンは満足そうに頷《うなず》く。

「私もね、常々この国は血統魔法に比重を置きすぎだと思っていた。その価値観を壊してくれる人にならば、投資は惜しまないつもりだ。……だから差し当たっては、これだね」

ばさり、と執務室の机に何枚かの書類が広げられた。

「まずは、今日のパーティーで削られた評価を取り戻さないとね。他の家が持て余している魔物討伐の依頼や、誰の領地でもない野良の迷宮に関する仕事を優先的に回すから、君とカティアにはしばらくこれらをこなして欲しい」

「……なるほど」

アスターは、カティアの力を紛《まが》い物《もの》と言った。すぐにボロが出るだろうとも。

ならば、紛い物と思われないほどに活躍すれば良い。ボロなど出さなければ良い。それを証明するための依頼の数々だろう。

「そうすれば、いくら殿下の言うことであっても疑う者が出てくるはずだ」

魔法でアスターを上回ると言っても、今すぐ王宮まで殴り込みに行くわけにはいかない。

彼らが変えたいのは価値観だ。まずはそこから否定していくのは理に適《かな》っている。

「とりあえずは、この中に一つ緊急かつ大きな案件がある。まず君たちはそれを一挙解決して、もう一度知らしめて欲しい。――君たちが得た力は、決して偽物ではないことを」

そう、ユルゲンは締め括《くく》った。

「カティアも、それでいいかい?」

「はい、お父様」

当然、と言わんばかりにカティアも頷く。

「私も、今日のアスター殿下はやりすぎだと思ったもの。殿下があのような振る舞いを続けるのは、きっとこの国のためにならないわ。それに……」

「それに?」

「せっかく……私の、エルが強くしてくれた血統魔法を紛い物って言ったんだもの。それは撤回させるべきでしょう」

むすっ、と可愛《かわい》らしく頰を膨らませ、『私の』の部分は非常に小さな声で告げられたその言葉に。エルメスは若干意味が分かっていなそうな表情を、ユルゲンは曖昧な苦笑をそれぞれ返したのだった。

……ともあれ、こうして。

今日一日だけで嫌と言うほど分かった、どうあっても自分たちの障害となる存在。

第二王子アスター陣営との戦いが、始まったのだった。

第四章　鳥籠の王国

第二王子アスターの立ち回りによって貶《おとし》められてしまったカティアの評価。それを取り戻すべく、カティアとエルメスはユルゲンからの依頼を受けて東へ向かっていた。

行き先は、辺境にある小さな村。そこで……正確にはその近くに発生していた迷宮で起こっている、ユルゲン曰《いわ》く『緊急かつ大きな案件』とは――

「大氾濫《スタンピード》よ」

「なるほど」

二人を乗せた馬車の中で、カティアが一言で説明する。

エルメスも特段疑問を持たずに頷く。それほどに説得力のある言葉だったからだ。

大氾濫《スタンピード》。

字面から想像がつく通り、迷宮から魔物が『溢《あふ》れ返る』現象のことだ。

人類を脅かす魔物が、安全な住処《すみか》である迷宮で繁殖し――ある一定のラインを超えた瞬間。一挙に迷宮の外へと進出し、近隣に魔物が溢れ出すのだ。

今回向かう村がその近くにあり、現在魔物たちの標的にされているという経緯である。

大氾濫《スタンピード》の脅威度は、そこらの魔物の群れとは一線を画す。大抵の魔物は単騎で倒せる血統魔法使いと言えど、大氾濫《スタンピード》レベルの大群は複数家で協力しなければ対処できない。

……そして。

「だからこそ、領地を守る貴族は『大氾濫《スタンピード》』だけは絶対に起こしてはいけない。……だというのに、一体ノルキア子爵は何をしていたのかしら」

「さあ……単純に考えるならば、ここから向かう先は辺境なので手が回り切らなかった、ということになりますが……」

聞くところによると、現在魔物を何とか押しとどめてはいるものの殲滅《せんめつ》には至らず、他の家に助けを求め、カティアたちが派遣されたという経緯らしい。そういう訳なので、フットワークを重んじた結果現在向かっているのはエルメスとカティアの二人だけだ。

何はともあれ――そういう事情である以上、この事態は本来この領地を守っていた子爵家の明確な失態だ。その原因について、馬車の中で主従は思案を巡らせるが、これと言った理由は思い浮かばず……結局は現場に行けば分かること、と話を打ち切る。

もうすぐ馬車が件《くだん》の村に着く。準備を始めたカティアだったが、その瞬間、

「きゃあああああああああ！」

甲高い少女の悲鳴が聞こえた。

主従は瞬時に馬車から顔を出し、声の元を確認。

するとそこには、魔物らしき複数の黒い影に追いかけられる十歳ほどの少女の姿が。

「ッ、エル！」

「了解、止めます。カティア様はその間に詠唱の準備を」

現状を素早く把握し、二人が同時に馬車から飛び出す。エルメスは強化汎用魔法で身体能力を強化し、一足飛びでまず襲われている少女の元に。

間一髪、少女を抱きすくめて魔物の襲撃から救出。それから同じく強化汎用魔法による結界を起動。その結界で進行を止めたことで、ようやく魔物の全貌が露《あら》わになった。

狼《おおかみ》のような体躯《たいく》を持つ魔物だ。複数で非常に統率の取れた行動を取って少女を追い詰めている。恐らく数が増えるほど厄介になる手合いだが――この程度ならば関係ない。

「え、えっと……っ！」

「ごめんね、もう少しだけ我慢して」

腕の中からエルメスを見上げ、直後に結界を突き破ろうとする狼の魔物たちを見て小さく悲鳴をあげる少女。彼はその子の頭を安心させるように撫《な》でて告げる。

「伏せていて。大丈夫、あの魔物は――僕のご主人様が倒してくれるから」

直後、後方からカティアの声。

「血統魔法――『救世の冥界《ソテイラ・トリウィア》』！」

詠唱の済んだ血統魔法が発動し、霊塊《れいかい》が魔物たちに襲いかかる。

カティアの血統魔法は、術者の感情に大きく左右されるもの。

今まではそれを分かっていなかった故に上手《うま》く扱えなかったが、エルメスの指導により使用時のメンタルコントロールを改善することでその欠点は今まで以上に克服しつつある。

そんな彼女の魔法が魔物たちに直撃し、断末魔の悲鳴が響き渡る。そうして残らず討伐したことを確認すると、カティアがこちらにやってきた。

「お疲れ様です。大分出力が上がってきましたね」

「ええ、あなたのおかげよ。……にしても」

エルメスの賛辞に素直に礼を言いつつも、カティアの顔は厳しい。何故《なぜ》なら……

「こんなところにまで魔物が来ているってことは……あまり状況は良くなさそうね」

「ええ。思うように討伐が進んでいないということですから。とにかく、ここの村長さんか、恐らく付近にいるだろうノルキア子爵に状況を聞いてみましょう」

「そうね。……そこの子、怖い思いをさせて悪かったわね。もう大丈夫だから……良かったら、村長のところまで案内してくれないかしら？」

そうカティアがエルメスの腕の中の少女に対し、目線を合わせて告げる。

当の少女は、しばしぽかんとした表情でカティアを眺めていたが、やがて。

「す、すごい……！」

目を輝かせて、こちらを眺めて来た。苦笑と共にエルメスは告げる。

「……どうやら、カティア様の魔法のファンになってくださったみたいですよ」

「か、からかわないで。あなたもでしょう。……それで、案内してくれるかしら」

「村長……おじいちゃんのところだね。わかった！」

主従は目を見合わせる。どうやら奇《く》しくもこの少女、村長の孫娘だったらしい。

しかしそうなると……少々現金なことだが、話もスムーズにいくだろう。ある意味で幸《さい》先《さき》の良いスタートと共に、エルメスとカティアは村の門を潜《くぐ》るのだった。

「本当にありがとうございます！」

こうして、村に入ったエルメスたち。少女に案内された中央部の家で待っていた初老の男性に事情を説明すると、案の定と言うべきか熱烈な謝意が返ってきた。

「リナも助けていただいて、本当になんとお礼をしたら良いのか……！」

そして一緒に深々と頭を下げる先ほどの少女。リナと言うらしい。

「このお兄ちゃんとお姉ちゃんね、すごかったんだよ！　むずかしい言葉を言ったらね、紫色の光とかがどばーって！」

彼女は未《いま》だ見せられた戦いの興奮が収まらないらしく、しきりに村長に向けて戦いの光景を身振り手振りで説明していた。その姿は大変微笑《ほほえ》ましいものだったのだが……一方のカティアはそれを他所《よそ》に、難しい顔で村長にあることを問いかける。

「……一ついいかしら、村長さん」

「はい！　なんでしょう？」

「知っていると思うけれど、現在この周辺の迷宮で起きている大氾濫《スタンピード》……魔物が溢れ出る現象は、迷宮を一定期間放置したから起こったものよ」

「はい、その通りでございますが……」

「それで聞きたいのだけれど――あなた、迷宮を確認次第すぐに救援を求めたかしら？

疑ってごめんなさい、けれど大氾濫《スタンピード》なんてそう起こるものではないから気になって……」

「そ、それはもちろんでございます！」

カティアの疑念の声に、村長は驚きの表情で手を振った。

「二週間ほど前でしょうか。村の者が、近くの森に妙なものがあると報告を寄越《よこ》しまして。これは噂《うわさ》に聞く迷宮であると分かったと同時にノルキア子爵に手紙を出しましたとも」

「……そうよね。隠すメリットがないもの。となると……」

「大氾濫《スタンピード》が起きたのは単純に、『子爵の対応が遅れたから』ということになりますね」

カティアが確認したかったことを、エルメスが端的にまとめる。

「そうね。救援を二週間前に送ったならば一週間前くらいには一度来ていないとおかしい。でも子爵は来なかった、その結果大氾濫《スタンピード》が起きた」

「え、ええ。だから今回は救援として公爵家のあなた様がたが……」

「どうして遅れたか、知っているかしら？」

核心を突いた、カティアの問い。それに村長が辛《つら》そうな顔で回答する。

「……実は、当初は子爵様がお忙しい合間を縫って救援をくださる予定だったのです」

「!?　じゃあなんで……」

「一週間前に来てくださるとお聞きしておりました。ですがその前日に届いた手紙が……ああ、丁度これです」

村長が棚から出したそれを、カティアと共に見やる。内容は簡潔なものだった。『王都での急用ができたから、救援は送れない。今しばらく自分たちで対策しろ』と。

しかし……それを見て、主従は同時に気付く。

「――ッ！」「……ああ、そういうことか」

一週間前。それは丁度――カティアの功績を祝うパーティーが開かれていた時だ。

「確か、出席されていましたね。ノルキア子爵もあのパーティーに」

どころか、エルメスの記憶が確かなら――最もあの時カティアに積極的に縁談を仕掛けてきた貴族の一人だったはずだ。

……つまり、この事態は。ノルキア子爵の言う『王都での急用』とやらの正体で。

――『カティアとの縁談にかまけていた』せいで、起こったとでも言うのか。

民の命よりも名家との繋《つな》がりを優先するという、貴族としてはあり得べからざる優先順位。そのせいでこの村は危機に晒《さら》され、今まさに一人の命が奪われようとしていたのだ。

自分たちで魔物の襲撃を防ぐのに、相当の労力を費やしたのだろう。先ほど見た村の人間は皆どことなく憔悴《しょうすい》しているようにも見えた。

「民を守ることが、貴族の本領でしょう。なのに――ッ!!」

同じ結論に辿《たど》り着いたカティアが激昂《げきこう》を露わにした後。

「……エル、行くわよ」

「……はい」

何処《どこ》に、ということは聞く必要がなかった。

「ノルキア子爵に、直接問いただしに行くわ。……ことによっては、許さないわよ」

そう告げるカティアの表情は――義憤以外の何かが、含まれているように見えた。

◆

こうして村を離れて少し歩き。襲いくる魔物を食い止める、ノルキア子爵がいるはずの簡単な前線基地へと向かったカティアたちだったが。

そこで――更に信じられないものを見た。

「………え？」

いないのだ。

基地の名残があるだけで、その中にあるはずの物資も、武器も、そして何より――前線に立っていなければならないノルキア子爵自身が、いない。

「どういう、ことよ」

「……普通に考えれば、いる必要がなくなった。つまり魔物の討伐が全て完了した、ということですが……」

それはあり得ない。エルメスの魔力感知能力は、未だ眼前に見える森の中に迷宮から溢れ出した魔物が多数、潜んでいることを雄弁に伝えてきている。それに、そうだとするなら先ほど村の前で女の子が魔物に襲われるはずがない。

「とにかく、子爵が何処に行ったのかだけでも突き止めましょう。大氾濫《スタンピード》は災害よ、子爵たちと協力して確実に討伐しないと――」

思案しながら呟《つぶや》くカティア。そんな彼女を他所に、エルメスはぴくりと眉を動かすと。

「――失礼、カティア様」

「え？」

瞬間、彼は素早く身を翻し――何を思ったか、近くの茂みの中に突っ込んで行った。

直後、何かを叩《たた》く音と鈍い呻《うめ》き声《ごえ》。カティアが驚き、エルメスが茂みから出てくる。

……その右手で、見知らぬ男の襟首を引っ摑《つか》んで。

「何者かの、視線と魔力を感じたので。カティア様、この方に見覚えは？」

「……ええ、あるわ」

それを見て、カティアは目を細めて告げる。

――ノルキア子爵の従者だ。パーティーの時も子爵に付き添っていたので覚えている。

その人間が、ノルキア子爵がいない状況でここにいる。しかも、茂みの中に隠れてじっとこちらを窺《うかが》っていた。……そう、まるで監視するかのように。

どう考えても尋常な様子ではない。自然と険しい顔をして、カティアは男を問い詰める。

男は最初口を割ろうとしない、どころか、パーティーで低下した評価を鵜呑《うの》みにしてカティアを頭ごなしに貶《けな》そうとすらする始末だった。

「…………へぇ」

けれど、最早《もはや》その程度で怯《ひる》む彼女ではない。むしろ冷たい視線と共に、以前エルドリッジ伯爵にやったように魔法での威圧を強める。同時にエルメスが脅しの言葉を告げる。

「ひ……っ、わ、分かった、話す！」

すると男は程なくして、真っ青になり話し始めた。話が早いのは助かったが——しかし。

「……なんですって？」

その内容は、到底信じがたいものだった。あまりのことにカティアが再度問い直す。

「だ、だから！　子爵様に言われたのだ！——トラーキア公爵令嬢、一人で戦わせろと！　それで……失敗するのを待ってから再度討伐する、と！」

「————」

もう一度言われて尚《なお》、完全に理解するのには時間がかかった。

だが、貴族社会をよく分かっているカティアの思考が、自然とその裏にある策略、狙いまでも把握してしまう。……これは政略だと。

あのパーティーで貶《おとし》められたカティアが、名誉を取り戻すために武勲を上げようとすることは貴族ならば誰もが予測できる行動だろう。

——なら、それを失敗させてしまえば良い。

アスターの手引きか独断かは知らないが、事態を仕組んだ人間はそう考えたのだ。

今回の件などは実におあつらえ向きだろう。『本来複数貴族が合同で当たるべき大氾濫《スタンピード》を単独で収めろ』という無理難題をふっかけて、失敗したことを殊更に強調する。

……いや。奴《やつ》らのことだ。むしろこう話をでっち上げるくらいはするかもしれない。

――『自分たちだけで討伐できたところに、カティアが強引に割り込んだ結果失敗した。全ては功に焦った自分勝手な公爵令嬢の失態である』と。

そうしてカティアだけを貶め、自分たちの名誉だけは都合良く守るのだ。

そして、皆がそれを信じるのだろう。アスターがカティアを欠陥と定義した以上、そう信じるのが当然だから。信じたほうが、都合が良いから。

「…………ふざけるんじゃ、ないわよ……！」

それも腹立たしい。だが――カティアが最も怒りを覚えたのはそこではなかった。

「『失敗するのを待ってから』ですって……？　それじゃあ――村の人はどうなるのよ！」

そうだ。カティアが失敗するということは、魔物の攻勢を止められない――すなわち、村が魔物に蹂躙《じゅうりん》されるということに他ならない。つまり……

「……協力しての魔物討伐は、しない。カティア様一人に全て押し付けて、追い落とすことを優先する。――そのためなら村に犠牲が出ても一向に構わない、と？」

エルメスが呆然《ぼうぜん》と告げたその端的な要約が、絶望的なまでに真実を表していた。

つまり、あいつらは。

縁談にかまけて大氾濫《スタンピード》という致命的な事態を招いただけでは飽き足らず。

その事態すら、政敵の足を引っ張ることに利用したと言うのか。あろうことか守護よりも排除を優先して。守るべき民を見捨てて――いや、犠牲を『前提』にすらして。貴族の義務も責任も何もかも溝に放り捨てて！

「…………………」

感情が飽和したカティア。そこで、どどど、という重低音が響いてきた。

見ると、森の中から次々と魔物が姿を表してきていた。……どうやら、子爵という脅威がなくなったと察知した魔物たちが大攻勢に出ようとしているらしい。大氾濫《スタンピード》の本領だ。

これをカティアが止めきれなければ……全て、向こうの思い通りになる。

「……いいでしょう」

それを認識した彼女は、据わりきった声で告げた。

「な、何を――ひっ!?」

男の襟首を引っ掴み、冷たく輝く紫瞳を向ける。

「――つまり。私が全部倒せばいいのよね？」

「え、あ、な」

「いいわ、その難題を受けましょう。大氾濫《スタンピード》は、私一人で全て収めてみせる。だからあなたは帰ってどこぞで見ている子爵に伝えなさい。――魔物の次はあなたたちの番よ、雁首《がんくび》揃《そろ》えて待っていなさい、と！」

言葉を叩きつけると、返答も聞かずに男を後ろに下がらせて。

そのまま一気に魔力を高めて、詠唱を開始する。

「カティア様――」

「っ！」

エルメスの静止すらも、一挙に振り切って。

カティアは魔法を発動させ、一息《ひといき》に魔物の大群に突撃を開始した。

◆

「──ぁぁあああああああああ──────ッ!!」

絶叫と共に、魔法を撃ち放った。

身の内で感情が燃え盛る。到底抑え切れないほどの憤怒が身を焦がす。

──そしてエルメスの教え通り、その感情すらも魔法の薪《たきぎ》にして。手当たり次第に魔物へと霊弾を炸裂《さくれつ》させていく。

幸い、八つ当たりの対象には事欠かなかった。襲い来る魔物を、片っ端から魔法の餌食にする。目についた場所から執拗《しつよう》に、吐き出すかのように魔法をぶつけていく。

……それでも、尚。心を焦がす炎が弱まることはなく。

「ふざけないで……！」

許せなかった。

民の命よりもくだらない政略を優先した貴族たち。責務を忘れ、特権を貪るだけの連中。

あいつらの、その在り方自体も許せなかった。

だが、それよりも何よりも。彼女の心中で燃える原初の風景が一つ。

――眼下を埋め尽くす、今とは比べ物にならない夥《おびただ》しい数の魔物の死骸。

――その中心。腕の中で眠る、彼女が目標とする人の姿。

「おまえたちが……！　おまえたちのような奴らがいたから!!」

封じていたはずの激情が心の蓋を弾《はじ》き飛ばす。どうしようもない思いが溢《あふ》れ出す。

そしてひたすら、それを魔法に変換する。しかし――倒せど倒せど魔物の数が減る気配はない。どころか森から溢れ出し、視界を埋める魔物たちは今なおその数を増している。

当然だ、これは大氾濫《スタンピード》。元より、並の血統魔法使いにどうにかできる規模ではない。

「っ！」

魔法を撃ち続けても、徐々に押されてきて。遂《つい》に魔物の爪が服の先を掠《かす》める。それ以降も、撃ち漏らしが少しずつ増えていく。

……分かっている。飛び出したはいいものの、今の自分ではこの状況をどうこうできるほど魔法に習熟はできていない。魔法の出力も回転数も、あまりに不足している。

それを理解した上で、彼女は荒々しく呟く。

「……上等よ」

……元より、ここまで大規模に魔物が来てしまった以上最早引くことは許されない。今からノルキア子爵に救援を求めようにも、その間に村が蹂躙される。

エルメスも、今回は血統魔法クラスに強力な魔法は使えない。ノルキア子爵たちが監視している以上、『人前で血統魔法の再現はしない』というユルゲンとの約束に抵触する。

それでも彼なら強化汎用魔法で戦力にはなるだろうが……この大氾濫《スタンピード》を乗り切るには、到底足り得ない。

結論――カティア一人で、どうにかするしかない。

「やって、やろうじゃない」

改めて、呟く。――なら、更に己の魔法を高めるだけだと。

これも分かる。この激情により身を委ねれば、もっと魔法の出力は上昇する。今自分に伝わる霊魂の漠然たる意思は、むしろそれを望んでいるようにすら感じる。

ならば、迷う必要はないではないか。元より、現状のままでは何も守れない。

そう即決すると、更に魔法と意思をリンクさせる。霊魂の質が変化する。より暗く、深い領域まで沈み込む。何処《どこ》か心地よい感覚に身を委ねて、そのまま――

――ぽん、と肩に手を置かれた。

「!!」

その瞬間、意識が回帰する。見ると厳しい面持ちで、エルメスが自分を引き止めるように肩を摑んでいた。同時に、彼の汎用魔法によって魔物の攻勢を僅かながら押し返す。

「エル……」

「カティア様、それ以上は多分、まずいです」

魔法を打ち続けながら、どこか硬い口調で彼は続ける。

「それ以上は……魔法に呑まれかねない」

「っ！」

漠然とした言葉。けれどどこか空恐ろしい響きのそれは、カティアの意識に冷や水を浴びせかけるのには十分だった。

……呑《の》まれる、という言葉は、確かに今彼女が陥りかけた状態を的確に表していた。

先刻までの自分の状態を客観的に見て冷や汗を流すカティア。だが……

「でも、じゃあ。どうしろって言うの――！」

代わって、彼女の中で焦りが再燃する。

強化汎用魔法でも、この状況では焼け石に水。今にも大攻勢に押し切られかねない。

なら先ほど述べた通り、こうなってしまった以上自分が限界を超えるしかない――と思ったカティアに対し……エルメスは、『原初の碑文《エメラルド・タブレット》』を起動。

「え、ちょっと――」

それは禁じられているのでは、と遮ろうとする彼女を他所《よそ》に、エルメスは息を吸い。

「――【終末前夜に安寧を謳《うた》え　最《も》早《はや》此《こ》処《こ》に夜明けは来ない　救いの御世《みよ》は現《うつつ》の裏に】」

「！」

カティアにとっては予想外の詠唱を開始し――魔法を、起動する。

「術式再演――『救世の冥界《ソテイラ・トリウイア》』！」

同時、エルメスの周囲に紫の光が溢れ出す。

それはまさしく、カティアが今も展開している魔法と全く同種のもので。それがカティアの魔法と同時に魔物に襲い掛かり、押し切られそうだった戦線を辛うじて押し返した。

そうして一息つくと同時に、エルメスは頭を下げる。

「……すみません。緊急事態と考えて血統魔法を──『一番見られても問題ない魔法』を使わせていただきました」

それで、カティアも気付く。

……なるほど。確かにこれなら、遠目に見れば『カティアだけが魔法を展開している』ようにしか見えない。近くで観察されない限り、エルメスの特殊性が露見することはない。今の一瞬でそこまで思い至った彼の判断の速さにも舌を巻く。

だが、そんなことより。カティアが驚いたのは──

「エル。私の魔法……再現に成功してたの？」

「ええ。……とは言っても、本当に魔法の表層だけで本質まで辿《たど》り着けてはいませんので、貴女《あなた》ほどの威力で再現はできません。でも、並の血統魔法程度の威力は既にあります。流石《さすが》は公爵家の魔法ですね」

「……いやいや」

流石、という言葉が似合うのはどちらなのかとカティアは若干呆《あき》れ気味に思った。

けれどそこで状況が落ち着いたこともあって、カティアもようやく冷静さを取り戻す。

それを見て取ったか、エルメスも冷静に。激情に呑まれかけたカティアと対比を成すように、染み込むような言葉を告げてくる。

「カティア様。貴女の魔法は、まだ発展途上です」

そう告げてから、先ほどカティアが陥りかけた状況を指摘する。

「……貴女がそうまで憤っている理由は、僕には推測できません。けれど……きっと貴女の魔法の進化の先は、そちらではない。そちらには……行って欲しくないです」

「……そう、ね」

漠然とした言葉だが、言わんとするところは何となく分かった。

言葉が曖昧なのも仕方がない。……エルメスには、カティアの過去を深いところまでは話していない。話す機会がなかったし、積極的に話したいことでもないからだ。

けれど、今やろうとしていたこと、今行こうとしていた方向はきっと『まちがった』場所だ。それだけは分かるし、納得もした。

……ひとつ、大きく息を吐く。

そうだ。あの貴族たちの考え、この状況を作り出したことは到底許し難い。

だが、その感情に呑まれてはいけない。……そのことも、あの日約束したのだから。

だから、今は前を向こう。

それに、これならば希望が見えてきた。この大攻勢も、同じ『救世の冥界《ソテイラ・トリウィア》』を使うカティアとエルメス、二人がかりなら凌《しの》ぎきれる可能性が出てくる。

後の問題としては、これが全て『カティアの魔法』によるものになる。つまりカティアの実力が過大評価されることなのだが……

「大丈夫です」

　これも、エルメスは問題ないと断じる。

「先ほども言いましたが、貴女の魔法は発展途上。此処から更に強くなる……いえ。どころか、これは魔法を研究する過程で浮き上がってきたのですが……」

　そのまま、少しばかり思案するような顔でこう続けた。

「『未練を媒体に霊魂を召喚し、それを魔力塊に変換する』。貴女の言っていたこの効果ですが……『救世の冥界』の真価でない可能性があります」

　カティアが、驚きに目を見開いた。

「!?　それって……」

「すみません、今は確証が持てないのでこれ以上のことは言えませんが……ともあれ」

　一旦話を打ち切って、エルメスは前を向き魔物たちを見据える。

「貴女は、まだまだ魔法使いとして強くなれる。……だから今は、この難局を切り抜けましょう。僕と貴女なら、できます」

「……ええ」

　その、とても喜ばしい言葉を聞いて。ようやくカティアも思考を切り替える。

　今は、未来に目を向けよう。そうだ。魔法使いとして、彼の隣で責務を果たす。かつて二人が幼かった頃に夢見た在り方の一つを、こんな場ではあるが実現できるのだから。

悩むのは後。ここはやるべきことに集中する。

「エル。色々と言っていないことは……近いうちに、きっと話すから。今は……また、力を貸して」

「はい」

恩義を忘れず仕えてくれる彼が、頼もしい声で応えて。

そうして主従は、二人きりで民を脅かす脅威に立ち向かう。

……負ける不安は、もうなかった。

◆

しばらくの後。戦場から少し離れた場所にて。

「……さて。そろそろ欠陥令嬢が泣きながら助けを求めてくる頃合いかね」

一度放棄した屋外拠点を、安全な場所で改めて作り直したその中で。

従者に用意させた組み立て式の豪奢《ごうしゃ》な椅子に座りつつ、男――ノルキア子爵は告げた。

ひどく特徴のない男だ。中肉中背、顔立ちにも覇気というものが見当たらず、仮にも人の上に立つような威厳を持っているようには見えない。

にも拘《かか》わらず、豪奢な椅子と装飾品で己を飾り、尚且《なおか》つ本人は如何《いか》にも威厳のあるかのような振る舞いで誤魔化しているのがひどくちぐはぐで滑稽だ。

そんなノルキア子爵は、今の場所から見えるカティアたちの戦いの様子をつまらなそうに眺めていたが、やがて見る価値もないと判断したのか視線を切り、横に同じく座る貴族――カティアの前に救援に来ていた他の仲の良い貴族に話しかける。

「全く、かの魔法以外は完璧だった令嬢が魔法の弱点を克服したと聞いてみればとんだ見当違い！　まさか我々を邪法で欺こうとしていたとは、貴族の風上にも置けない振る舞いだ！　なあ皆の衆！」

「ああ！　本当に、良き縁談の機会と喜び勇んでパーティーにやってきた我々の期待を裏切りおって！　我々名門貴族の時間がどれほど貴重なものか分かっているのか!?」

「危うく騙《だま》されるところだったわ。アスター殿下には感謝してもしきれん、流石は英雄王子となるお方！」

意気投合し、こぞってカティアへの悪口で盛り上がる貴族たち。

彼らには、噂《うわさ》に踊らされる自らの不明を恥じる気持ちはない。アスターの話を疑わず、『全てカティアが悪い』と決めつけ、それ以上の思考を停止しているから。

故に何の疑問も抱かずに信じる。……ここから、カティアが無様に失敗することを。

彼らとて血統魔法を持つ貴族の端くれ、あれを血統魔法使い一人でどうにかするには……それこそアスターほどの実力がなければできないと理解している。

そしてカティアがアスターと同等以上の魔法使いであるはずがなく、結論不可能。

あの従者、エルメスも追放された無適性、血統魔法を持たない塵《ごみ》と判明した。どうせ大した魔法も使えまい。そう心底から信じ込んで、彼らは笑う。

残る問題は、カティアが失敗した後。彼らだけで大氾濫《スタンピード》を治められるか、なのだが……

「それで子爵、あの件は真《まこと》なのか？」

それに関しても、問題はない。他の貴族の問いかけに、子爵は鷹揚《おうよう》に頷《うなず》く。

「ああ。改めて聞いて驚くが良い、なんと……あのアスター殿下が！　この現状を憂いた結果、己の配下から非常に強力な魔法使いのお方を寄越《よこ》してくださるそうだ！」

「おお！　殿下の配下で強力な魔法使いといえば……やはりあの方か！」

「確かにあのお方であれば問題ない！　殿下の配下とは何とも光栄な！」

話した通り、カティア以外にも既に援軍の当ては付けてあるのだ。

よって、子爵たちだけでは治められなかった大氾濫《スタンピード》を治める目処《めど》も既に立っている。

だから後は……大人しくカティアが無様に破滅する姿を見届ければ良いだけだ。

「これであの欠陥令嬢もおしまいだ。我らの前で失敗を暴かれ、名声は今度こそ地に落ちる！　完璧なシナリオだ、きっと殿下も我々を評価してくださることだろう！」

その未来を疑わず、ノルキア子爵は極めて上機嫌に語る。

「そうして、殿下に認めてもらえた我々は更に栄達する！　なぁに、その過程であの村には大きな被害が出るだろうが――それは全て欠陥令嬢の責任だ。仕方のない犠牲、我々が気に病むことは何もないとも！」

「全くもってその通り！」「素晴らしい案ですな、ノルキア子爵！」

男たちは笑う。何も疑わず、何も思わず。

そうして締めくくりに、子爵は周りの仲間たちを笑顔で見回して。

「さぁ、後はのんびりとあの令嬢が破滅する様を見届けようではないか――」

「――それは、ご期待に添えなくて申し訳ないわね」

空気が、凍りついた。

子爵たちが、信じられないような顔で声の方向に振り返る。そこには、

「ご要望通り、魔物は全て倒したわ。それで？　今聞こえてきた話だと、『魔物を倒し切れなかった場合』の村の被害は私の責任だそうだけど……」

肩で息をしながらも、悠然と。銀髪の少年を従え、背後に大量の魔物の遺骸を積み重ね。

「――じゃあ、『魔物を倒し切った場合』の責務を放棄し、後始末を他家に丸投げにしたことは誰の責任になるのかしら。教えて欲しいわね、ノルキア子爵」

「な、なぁ……っ」

紫髪の美しい少女、カティアがそこに立っていた。

あまりに想像だにしない出来事に、子爵は信じられないような表情で口を動かす。

「なん、きさ、ま、魔物は……」

「だから全部倒したって言ってるでしょう。まさか都合の悪いことは聞こえないふりで誤魔化すつもり？」

「あ、ありえ」

「あり得ない、とこの光景を見てまだ断言するのなら、それは自分の目は節穴だと自白するも同然だと思いますが、子爵」

反射的に子爵は否定しようとするが、まずカティアに、次いでエルメスに。
揺るぎない言葉と、幼いながらも圧倒的な本物の威厳を放つ彼らの態度。そして何より彼らの背後に広がる雄弁な証拠に、すぐ何も言えなくなる。
それでも、積み重なり凝り固まった価値観が事実を認められず。どうにかこうにか否定する材料を探そうとする、そんな時だった。

「――さあ。来てやったぞ、ノルキア子爵」

更に別の方向から、声が響いた。
神経質そうな、けれど同時に自らの力を誇示できる期待も入り混じった、カティアたちにとっても聴き馴染《なじ》みのある声。直後その印象通りの人物が、子爵の背後から姿を表す。
銀髪緑眼、長身の人物――クリス・フォン・フレンブリード。アスターが大氾濫《スタンピード》の危機に派遣した『強力な魔法使い』が、子爵だけを見て上機嫌に語り続ける。

「大氾濫《スタンピード》に手こずっているんだって？　ふん、でも安心しなよ。アスター殿下の右腕たる僕が来たからには、どんな魔物だろうと立ち所に葬ってあげよう！　そうして知ると良い、アスター殿下と共にこの国の将来を担うのはこの僕――」

しかしそこで、クリスは子爵たちの様子がおかしいことに気付く。程なくして視線を向け……エルメスとカティア、そして背後に広がる動かない魔物たちを視認する。

「……ご足労いただいたところ申し訳ございませんが、兄上」

同時に、エルメスが口を開いた。

「魔物は既に、こちらで全て倒してしまいましたので」

「――ッ！　どういうことだ、子爵ッ！」

「ひぃッ！」

即座に激昂《げきこう》したクリスが子爵を凄《すさ》まじい剣幕で問い詰める。それに萎縮して子爵は見たままの光景を洗いざらい話し、それを聞いたクリスは更に眉間の皺《しわ》を深める。

――完全に、手柄を掻《か》っ攫《さら》われた。

その事実を認識してしまい、しばしそのまま歯軋《はぎし》りを続けていたクリスだったが……やがて、険しい視線のままエルメスたちを再度睨《にら》みつけて、告げる。

「……認めるものか。はったりだ、またぞろ殿下の言う何かしらの『邪法』を使ったに決まっている！　それ以外あり得るはずがない、あり得てはならない！」

「そ――そうだ！　くっ、この卑怯《ひきょうもの》者め！」

「どうやら我々の目を盗んで悪さをすることだけは上手《うま》いと見えるな！」

クリスに便乗して、他の貴族も糾弾に加わる。先ほどまで萎縮していた子爵自身も、クリスという強力な味方を得た結果声高にこちらへの批判を再開した。

予想通りと言えば、あまりに予想通りの貴族たちの反応だ。

――故に、今回は。カティアも言葉を返すだけの準備をしてきた。

「……カティア様」

「ええ。好きに言っているがいいわ」

気遣うエルメスの声に謝意を示しつつ、カティアは毅然《きぜん》と告げる。

「言っておくけれど、これで終わらせるつもりはないから。また、今後も飛び回って、私は私を証明し続ける。……言い訳ばかりで責務を忘れたあなたたちの代わりに、私が力を示し、この国の民を守り続けるから」

邪法と呼ぶなら好きにするが良い。いずれ、誰にも言わせないほどのものを積み重ねてみせる。守り切った民の数で、それを証明してみせる。

父ユルゲンに示された道を、言外の宣言でもって。鋭い視線で射貫《いぬ》き返すカティア。

子爵たちは逆に萎縮する。クリスはそれでも尚《なお》言葉を返そうとしたが、

「……それとも、ここで決めますか？」

先んじて、エルメスが言葉を放つ。

「貴方《あなた》がたと、カティア様。どちらが相応《ふさわ》しいだけの『力』を持っているのか、ここで戦って決めますか。……勿論《もちろん》、微力ながら僕も助力させていただきますが」

正直今のカティアならば、クリス相手でも十分戦えると思う。他のノルキア子爵たちは、エルメスが強化汎用魔法だけでも抑えることならできるだろう。

十分勝算があっての提案。クリスはそれを感じ取ってか、気圧《けお》されてか、或《あ》いは立場上ここで戦うわけにはいかなかったのか……最後に心底悔しそうに歯噛《はが》みをした後。

「……くそっ。今に見ていろ……！」

そう捨《す》て台詞《ぜりふ》を吐くと、怯《おび》えきった子爵たちを伴って去っていくのだった。

クリスたちがいなくなってから、カティアとエルメスは村に戻る。村長に危機が去ったことと事の次第を報告しにいくためだ。

カティアたちを出迎えた村長は、まずは心からのねぎらいの言葉をかけてから、

「……村の一同共々、見ておりました。あなたがたが、子供でありながらあの恐ろしい魔物たちに立ち向かっている様子を。他のどの貴族様よりも勇敢な、あなたがたの姿を」

「！」

「何ができるわけでもありませんが、我々は知っています。……心からの、感謝を」

深々と頭を下げる。そんな村長に、カティアは一瞬何かを堪《こら》えるような仕草を見せる。

けれどそれも一瞬。すぐに毅然と、貴族然とした態度の彼女に戻って。

「……気にしなくていいわ、これが私たちのやるべきことだもの」

真《ま》っ直《す》ぐに村長を見据えて、告げる。

「これまで大変だったでしょう、よく耐えてくれたわね。そして……これからはもうこんなことが起きないようにするわ、必ず」

「そうですね。流石《さすが》にこの件は公爵様に報告すべきでしょう」

「ええ。だから……もし同じことが起きそうなら、今度は真っ先にトラーキアに助けを求

めなさい。絶対に、見捨てないから」

迷いのない宣言。それを見て、村長は張り詰めたものが切れたように、大粒の涙を流し。

「…………ありがとう……ございます……っ！」

崩れ落ちながら、そう喜びの声を上げた。

エルメスとカティアがユルゲンから受けた、最初の依頼。

それは国の矛盾を浮き彫りにしつつも、こうして成功と信頼を得て終了したのだった。

◆

大氾濫《スタンピード》の一件があった数日後。

……大々的に活躍するという思惑は、まず順調な滑り出しを見せていた。

既にあの一件は一部貴族たちの間で噂となっている。無論例のノルキア子爵を始めとして『邪法』と呼んで否定する声も多かったが――いくらこの国の貴族でもここまで即座に新たな成果を上げられれば、再評価する声を無視することはできない。

それはすなわち、アスター第二王子の判断を疑う者が増えることと同義である。

よって、文句を言えないほど活躍し、彼の発言力を削《そ》ぐ。その目的は順調に進んでいた。

そんなある日。カティアを鍛え、魔法を解析しながら次の依頼を待っていた日のこと。

トラーキア家のシェフに頼まれ、買い出しのために城下町に出てきたエルメス。以前カティアに案内されたおかげで迷うこともなく、必要なものを買い終えた帰り道。

ふと路地裏に視線を向けた時に、その光景は目に入ってきた。

（……下町の子供と……女の人？）

恐らく近くで暮らしている平民の子だろう、簡素な服を着た少年と……その対面、エルメスに背を向けるフードを被《かぶ》った人影。声からして若い女性だろう。

漏れ聞こえてくる話からすると、どうやら少年の方が怪我《けが》でもしてしまったらしい。それを女性の方が慰めているのだろう。

というかこの声、どこか聞き覚えが――と思った瞬間。

「【天使の御手《みて》は天空《そら》を正す　人の加護に冠の花　大地に満ちるは深なる慈愛】」

「!?」

「血統魔法……『星の花冠《アルス・パウリナ》』」

明らかに聞いたことのある詠唱と共に、フードの女性から紺碧《こんぺき》の光が漏れ出る。

それが少年の膝頭に吸い込まれ――溶けるようにそこの擦り傷が消えていった。

「い……痛くない！　すごい！　お姉ちゃん魔法使いだったの!?」

「ええ、そんなところです。でも、勝手に魔法を使ったことがバレると怒られちゃうから……お姉ちゃんに治してもらったことは、内緒にしてくださいね？」

少し茶目っ気のある響きを込めた可憐《かれん》な声。加えてフード越しの美貌に見惚《みと》れたのだろう、少年が顔を赤くする。

「う、うん！――ありがとう！」

最後は大きく礼を言って、路地裏からエルメスとすれ違いざまに飛び出して行き。

それを微笑《ほほえ》ましそうに見守ってから、女性の方も立ち上がりこちらに歩いてきて――

――ぱったりと、エルメスと目が合った。

「え……？　あ、あなたは……!!」

向こうも、こちらを見て目を見開く。

フードの中から覗《のぞ》くのは、淡いブロンドの髪と深い碧眼《へきがん》、幼さを残す優しげな美貌。

サラ・フォン・ハルトマン。

第二王子アスターの新しい婚約者。つまり現在対立している陣営の人間と、エルメスは偶然にも邂逅《かいこう》を果たしたのだった。

「カティア様の、従者の――ッ！」

エルメスを認めるや否や、サラは焦りと怯えを露《あら》わにした表情で身を翻し、その場から走り去ろうとする。

しかし、現在彼女がいるのは路地裏の袋小路。この場から逃げ出すためには大通りに出る他なく、そのルートは丁度エルメスが塞いでいる形だ。

それを認識した瞬間、彼女の表情が絶望に変わって。

「……ゆ……許して……」

膝をついて、懇願するように頭を下げてきた。

「わ、わたしは、アスター殿下の婚約者ですが……実質的な影響力はないに等しい、お飾りのようなものです……だから……」

「……いや、そもそも」

一人で色々と感情を忙《せわ》しなくさせているところ悪いのだが。

「今ここで、貴女《あなた》をどうこうするつもりはありませんよ？」

「——え？」

きょとんとした顔でサラが顔を上げる。

大凡《おおよそ》考えていることに見当はつく。ここでサラを拉致なり何なりしてアスターとの交渉カードに使うとでも思っているのだろう。例の大氾濫《スタンピード》の一件は彼女の耳にも入っているだろうから、目的も予想がつくだろうし。

だが。

「貴女の言う通り貴女を攫ったところで殿下が動くとは思えませんし、僕たちは僕たちのやり方で殿下の間違いを認めさせるつもりです。……それに」

だとしても、彼女は紛れもなくあのパーティーでカティアを貶《おとし》めるのに加担した人間だ。ひょっとしたら悪態の一つもついていたかもしれないけれど、それもしない理由は。

「……カティア様が、貴女の身を案じておられました」

「！」

「貴女がカティア様からいじめを受けたと認める発言をしても、なお。……僕は貴女のことをよく知りませんが、事情があることだけはよく分かりました。だからこの場で責めるつもりも、どうにかするつもりもありませんよ」

きっぱりと告げ、嘘偽《うそいつわ》りないことを示すようにサラの方を見やる。

彼女はエルメスの言葉を呆然《ぼうぜん》と聞いていたが、やがて――ぽろりと、大粒の涙をこぼし。

「え？」

「……っ！　ご……ごめん、なさい……っ」

そのまま、止めどなく溢《あふ》れ出てくる涙を拭いつつ、途切れ途切れの声で彼女は語る。

「あんなこと言って……ぜったい……嫌われたって、思った……でもっ、心配して、くれてたなんて……ごめんなさい……ごめん、なさいっ」

「……」

案の定、事情はあった……というか、事情と言うほど難しいことではないだろう。

単純に、アスターには逆らえなかったのだ。涙を流す彼女を見て、彼はそう確信した。

エルメスは一先《ひとま》ず、人気《ひとけ》のない場所に彼女を案内する。

いくら敵対陣営とは言え、流石に泣いている女性をそのままにしておくわけにもいかなかったというのもあるが。

何より知りたかったのだ、彼女がこうなった理由を。あまり自分のことを語りたがらないカティアとこの少女が、かつて通っていた学校でどう交流し、そこで何があったのかを。

十中八九、そこにはアスターも絡んでいるだろう。

改めてパーティーでの印象だけではなく、多くの人からの話を元にもう一度、彼らに対する立ち位置を考えようとエルメスは思ったのだ。一面的な印象から一方的な決めつけをしていては、現在敵対しているアスターと何も変わらない。

そういう意味で、この場でサラに出会ったことは運が良かっただろう。そう考えつつ、エルメスは彼女に聞くことを頭の中で整理し始める。

そうすることしばし。サラが落ち着くのを待ってから、まず彼は息抜きがてらに携帯していた水筒の紅茶を炎の汎用魔法で温めて振る舞った。

「ありがとう、ございます……あ、おいしい」

「それは何より。淹《い》れたてより味は落ちますが、いつでも飲めて美味《おい》しいとカティア様からも好評なんですよ」

「あの……エルメスさんってカティア様の幼馴染《おさななじみ》なんですよね……？」

カティアの名を聞いて、サラが反応し問いかけてきた。

「？　ええ、そうです」

「それで、生まれた家から追い出されて……カティア様に拾っていただいたんですか？」

「……まあ、紆余《うよ》曲折《きょくせつ》ありましたが最終的にはそうですね」

そこまで約五年の空白があったのだが、師匠のことを話すわけにはいかないのでぼかす。

「そっか……だからカティア様にお仕えしていて、カティア様もあんなに信用なさっているんですね……」

「……」

「……いいなぁ」

紅茶を飲み終え、エルメスを見る視線には確かな羨望がこもっていた。

カティアがサラを案じるように、サラもカティアのことを間違いなく慕っていたのだろう。視線から、それがよく分かった。

「……カティア様には、学校でとても良くしていただいたんです」

エルメスの聞きたいことを察してか。俯《うつむ》き、愛らしくはにかみながら彼女は語り出す。

「わたし、入学当初は周りに結構疎まれていました。男爵家の身でありながら二つも血統魔法を持って……周りの人は、許せなかったみたいです」

「なるほど」

「悪口を言われたり、ものを隠されたり。当然友だちだって一人もできなくて、すごく辛《つら》かった……そんな時に声をかけてくださったのが、カティア様だったんです」

確かに、彼女の性格ならばそのような光景を見過ごしなどしないだろう。

当時の彼女は、確かに魔法が扱えないという致命的に近い欠点こそあったものの、それを補って余りあるほどの頭脳と教養、そして見目麗しい公爵令嬢にして何より第二王子の婚約者ということで、周りから一定以上の評価は受けていたそうだ。

加えて、立場は低いものの魔法の才能は突出しているサラ——つまり自分にないものだけを持っている、サラに最も嫉妬して然《しか》るべき立場のカティアが率先してサラの味方をしたことで、彼女への当たりを弱めてくれたらしい。

「それでも、意地悪なことをする人はいました。けどその度にカティア様は庇《かば》ってくださって……」

「つまり、カティア様が貴女をいじめたということは」

「はい……少なくともわたし自身は、そう思ったことなど一度もありません。でも……」

第二王子アスター。同学年の彼がサラを見初めてから、どこかがおかしくなり始めた。

「カティア様の態度が変わったわけではありません。むしろより増加する意地悪なことからわたしを守ってくださいました。けど……アスター殿下は何故《なぜ》か……」

想像はつく。あのパーティーの時のように一方的な決めつけで事実を捏造《ねつぞう》し、カティアがサラをいじめたということにしたのだろう。そして、周りもそれに同調したと。

「確かに、カティア様からご指摘を受けることはありました。でもそれはちゃんと決断できるようにしなさいとか、もっと自信を持ちなさいとか。わたしの欠点をちゃんと直そうとしてくださるもので……でも、殿下は……っ」

指摘の内容を誇張しねじ曲げ、カティアを陥れる材料にした。

カティアは断固として抗議し、むしろアスターのその癖を改善させようとしたがそれも空回り、そして遂《つい》には——というわけか。どうやら理由は知らないが、アスターは一度は見初めたはずのカティアをそこまでしても陥れたいらしい。

「……あの方の、どこが不満なのやら」

「すみません……わたしは……あんなにお世話になって、尊敬しているお方が酷《ひど》い目に遭っているのに……何も……っ」

彼女が再び、涙を流し始める。

「殿下に見初めていただいたことで、お母様もとても喜んでくださって……殿方を立てなさいって教えにも、殿下にも……何かを言うのが怖くて、何も……できなくて……っ！」

「……」

同情はする。

けれど、仕方ないと慰めることはできない。

事情がどうあれサラが今自分たちと敵対していることは事実だし、それを疑いつつも具体的な行動を起こさなかったことは彼女の非だ。

……いや。むしろ彼女の方が、この国では普通なのかもしれない。

血統魔法の力が強いものの意見に絶対的に従い、疑うこと、逆らうことを悪とする。

何故なら、そうすれば国が回るからだ。この国における最大の脅威である魔物、それを効率よく倒せるものに多くの権限を与えるのが合理的だから。

そう考えると、むしろ……

「カティア様の方が、この国では珍しいほどに高潔なのかもしれませんね」

「はい。でもわたしは……そんな真《ま》っ直《す》ぐで優しくて、自分の意思をきちんと通そうとするカティア様を、今も尊敬しています。だから……」

「分かりました。伝えておきましょう」

エルメスは立ち上がる。聞きたいことは聞けたし、これ以上長居する意味はない。

「……ああそうだ、サラ様」

「は、はい？」

けれど、最後に一つだけ。初めて彼女の名を呼んで、エルメスは言葉をかける。

「理由がどうあれ、貴女がカティア様を陥れることに加担したのは事実。僕としては、そこを有耶無耶《うやむや》にするつもりはありません」

「……はい」

「でも、今の話を聞かせてくれたお礼です。僭越《せんえつ》ながら一つだけ、アドバイスをさせていただきましょう」

「アドバイス……？」

小首を傾《かし》げるサラに、エルメスはぴっと人差し指を立てて。

「貴女は、人の心の力を甘く見ていると思います」

「心の、力……ですか？」

いきなり何を言っているのだと思われるかもしれないな、と心中で苦笑する。

普段、彼はこういうことは言わない。

考えも行動も、その人自身が決めることだ。エルメスはその手助けこそするときはするが、あくまで意思は当人に委ねる。

けれど……きっと、サラはその真逆を行っている人間だからだろう。エルメスはそう思いつつ言葉を続けた。

「あくまで今の話を聞いての印象ですが……貴女《あなた》はきっと、自分の心を軽んじられています。ないものだと。或《あ》いは取るに足りないもの、無視して良いもの。——自分は自分のものではなく、自分如《ごと》きどうなっても良い、と」

「！」

サラが目を見開く。その反応を見るに、きっと心当たりがあったのだろう。

「で、でも……わたしはカティア様とは違います！　カティア様や、きっとあなたのように……確かな意思を持てるほど、強くはない……」

「そんなことはありませんよ。だから言ったのです、甘く見ていると」

軽く歩き、王都の景色に目を向ける。

「心、つまりは想《おも》い。その力は誰もが持っていて、誰もが思うより強いもの。人の想いが人を育み、世界を発展させ——貴女がたが神聖視している魔法さえも、人の想いによって生み出された」

「え……!?」

彼女の常識からすると信じられない言葉だろうが、エルメスが自信満々で言っていると分かったのだろう。不明ながらも確かな説得力に押され、否定ができなくなる。

「だから、貴女の中にもあります。植え付けられたものでも強制されたものでもない、貴女だけの想いが」

「……」

「それに従ってみるのも悪くないものです。そうすれば案外上手《うま》くいくかもしれない。そうすれば……きっと貴女は、もっと素敵になれる」

「……ふぇ!?」

黙って聞いていたサラだったが、最後の言葉を耳にした瞬間ぽん、と顔を真っ赤にする。

同時にエルメスも気付く。流石《さすが》に今のは言葉が強すぎたと。

「す、すみません。口説いているように聞こえてしまいましたね。そんなつもりはなかった……と言うと失礼になってしまいますが」

「だ、だいじょうぶです……」

「ああでも、本心ではありますよ。貴女の心が綺麗《きれい》だと思わなければこんなことは言いませんから」

「は、はい！」

うん、これ以上は言葉を重ねても変な空気が加速するだけのような気がする。

アスターについてもやはり否定すべき存在と改めて認識できたし、もう良いだろう。

そう考えたエルメスは、礼もそこそこにその場を立ち去ろうとするが。

「あ、あの！」

しかし、そんな彼の背に向けて声がかけられ、再度振り向く。

すると目線を向けた先でサラが、先ほどと違って意を決した様子で問いかけた。

「仮にわたしが……わたしの心というものに、従ったとして」

「はい」

「それがもし、あなたたちと対立するものだった場合は……どうするんですか？」

「決まっていますよ」

一瞬の迷いすら見せずに彼は答えた。

「その時は、正々堂々戦いましょう。お互いの想いを魔法に乗せて。――そのために、魔法はあるんですから」

「――」

それを聞き、呆《ほう》けるサラ。返答は聞かず、今度こそエルメスは立ち去る。

「……なんで、そんなに」

後には、未《いま》だ先ほどの余韻かそれ以外の要因か、微《かす》かに頬の赤みを残したサラが呆然《ぼうぜん》と佇《たたず》んでいるのだった。

◆

エルメスとカティアの活躍は、その後も順調に広がりを見せていった。

あるときは以前と同じように、他の貴族が持て余している魔物を撃退したり。

あるときは難度の高い迷宮に入って、有用な魔道具を多数持ち帰ったり。

そうして活躍する度、高い実力を持ち今なお強くなるカティアを再評価する声が高くなっていき——同時にカティアと共に、エルメスの存在も注目されてきた。

パーティーで身分が明かされたのも大きかったのだろう。カティアの横で強力な魔法を振るう従者と、かつて侯爵家を追い出された天才少年を結び付けたものは少なくなく。

いくらこの国の貴族たちでも、ここまで成果が続けば考えを変え始めるものもいる。カティアを褒め称《たた》えるのと同じ、或いはそれ以上に大きく、こういう台詞《せりふ》が疑念混じりに囁《ささや》かれるようになっていたのだった。

「あの少年は、やはり噂《うわさ》に違《たが》わぬ天才だったのではないか？」

「その身に宿した才が大きすぎて、覚醒まで時間がかかってしまったのだろう」

「そもそもわずか十歳で家を追い出すなどやりすぎにも程がある。フレンブリード侯爵はどうやら真に才を見抜く目を持ち合わせていなかったらしい」

「元は公爵、国の創生より貢献した魔法の名家であったのに。全く落ちぶれたものだ——」

「——などと、本質を見据えぬ貴族どもはほざいているわけだが」

「で、殿下……」

そんな噂の対象となっているフレンブリード家当主は今、息子でありエルメスの元兄であるクリスと共に。

王宮の一室、上座に腰掛けた第二王子アスターの不機嫌そうな視線に晒《さら》されていた。

「お前たちは違うだろう？　よもやお前たちまでエルメスを追い出したことは間違いだったと思っているわけではあるまい？」

「も、も、もちろんでございます殿下！」

ゼノスが、ここ五年でひどく老け込んだ顔で平伏せんばかりの勢いと共に肯定する。

「あのエルメスめは、紛れもなく血統魔法を持たぬ出来損ない！　早々の追放を決定なさった殿下こそが正しく！　カティア嬢と同じく何か怪しげな手法に手を染めているのに間違いございません!!」

「そうだな。なら――なぜここまでふざけた噂が広がっている？」

「ひッ」

だが、冷酷な声での更なる問いに全ての言葉を封印される。

「加えてそこの、貴様の隣で縮こまっているクリスは俺がカティアを捕らえよと命じた際、そのエルメスに追い返されて無様にも逃げ帰ってきたのだろう？」

「で、殿下!?　何故それを――」

「ほう、やはりそうだったか。そしてお前はエルメスと知っていて俺にそれを隠したと」

「ッ!!」

かつて愚かなプライドから虚偽の報告をしたクリスが、屈辱に歪《ゆが》んだ表情で頭を伏せる。

「自らの過ちすら認められないとは器が知れるな、クリス・フォン・フレンブリード」

「も、申し訳ございません……ッ!」

「あれはエルメスのことだったのか!?　ッ、この、バカ息子がぁッ!!」

「貴様もだゼノス・フォン・フレンブリード。カティアとエルメスが行っている邪法の正体を暴いてこいと命じたはずだぞ、何故《なぜ》何の成果も挙げられていない」

「ひ、ひぃいいいッ!!」

「ち、父上こそ!」

よりにもよって追い出したエルメスの代わりに次期当主にと据えたクリスが当のエルメスに負けた。その事実を知ったゼノスが激昂《げきこう》と共にクリスの頭を殴打するが、アスターの指摘に震え上がり、そこにクリスがここぞとばかりに自分を差し置いて揚げ足を取る始末。

そんな眼前の醜い争いには欠片《かけら》の興味も示さず、アスターは一人呟《つぶや》く。

「……ああ腹立たしい、この国にはあまりにも無能が多すぎる。どうしてこんなにも多い。どうして俺の指示を誰も満足に実行できない。どうして俺の邪魔をするものがこんなにも多い。どうして自分の方が優れていると増長する連中が後を絶たない!」

そしてアスターは、絶対の確信を持ってその言葉を言ったのだった。

「俺より優れた人間など、いるはずがないだろうが──!!」

魔法国家ユースティア、魔法による身分制を取る国の頂点たるユースティア王家。

アスター・ヨーゼフ・フォン・ユースティアは、その第二王子として生を受けた。

「おお、この子は天才だ！」

アスターを抱き上げ生誕を祝い、続いて生まれた子の簡単な魔力測定。それを終えたのちの父、つまり国王の言葉は純粋な喜びに溢《あふ》れていた。

「なんと膨大で鮮烈な魔力！　間違いない、この子は王家を代表する魔法使い、英雄王子となるだろう！」

そんな国王の期待を読み取ってか、周りの人間による打算か。過剰なほどに甘やかされる幼少期を過ごしたアスターは――それに相応《ふさわ》しく我儘《わがまま》な幼き暴君として成長した。

それでも通常ならば、どこかの時点で自分より上の人間に出会い、鼻っ柱を折られることで多少なりとも矯正がなされるだろう。

だが、アスターは紛れもなく天才だった。

教師の教えもすぐに吸収し、記憶力も身体能力もずば抜けており、魔力も順調かつ凄《すさ》まじい速度で何をせずとも成長した。よっていくら我儘放題に振る舞おうとも、それを叩《たた》ける人間が立場的にも実力的にもいなかったのだ。

ひいては家庭教師すらわずか四歳の時に魔力の真っ向勝負で叩き潰し、それを契機に彼の増長は尚《なお》も加速していった。

――けれど、そんな彼にも初めての挫折が訪れた。

「なに？　おれより魔法の才能があるやつがいるだと？」

「あ、あくまで可能性でございます！　けれどその当主が随分と自慢していらっしゃる様子だったので……」

王宮で働く人間の一人から、そんな噂を聞いて。当然彼は一笑に付した。

「そやつの名前は？」

「ええと確か、フレンブリード侯爵家の……エルメス、だったかと」

面白い、この目で確かめてやろう。

そう考え、丁度その噂を聞いた数日後。フレンブリード侯爵がエルメスを連れて王宮にやってくると聞いたアスター。

彼は意気揚々と、この世には上には上がいるんだぞと教えてやるべく、訪れたエルメスに気付かれないよう後ろから歩み寄り、彼を見て。


勝てない、と思った。


なんだ。

なんだあれは。

あんな膨大で、純粋で――美しい魔力を持つ人間がいるのか。しかも、同い年の少年で。

「あり得ない。あり得るわけがない……！」

即座に自室に戻り毛布を頭から被《かぶ》ったアスターは、ベッドの中で震えながら呟く。

これまで自分こそが世界で一番の魔法使いだと思っていた彼は、まさしく世界が粉々になるかのような衝撃を味わったのだった。

認めるわけにはいかない。認めてしまえば自分が壊れる。

そう直感した彼は、されどもう一度確かめる勇気も持てず。

翌日から必死になって訓練を繰り返し、周りが絶賛する速度で成長したもののあの怪物に勝るイメージはまるで湧かず。どれほど、どれほど頑張っても届かないように思え、やがては生まれてこの方したことのなかった努力の辛《つら》さに心が折れて。

ついには認めざるを得ないように感じた。――あのエルメスという少年は、自分よりも才能がある魔法使いだと。

けれど、そんなもの受け入れるわけにはいかなくて。

だから彼は思ったのだ。

「間違いだ。何かの間違いに決まっている！　このおれではなく他のやつが世界一の魔法使いだなんて――!!」

そんな彼の願いに応えるかのように。

七歳の時、エルメスが血統魔法を持たない――つまりこの国で言う『無適性の出来損ない』であることが判明した。

「は、はは、はははははははは!!」

七歳のアスターは哄笑《こうしょう》を上げた。

やっぱりだ！　やっぱりそうだった！

あいつは高い魔力を持つ代わりに、血統魔法を持って生まれてこなかった。ならば魔力などなんの役にも立たない。

つまり――あいつは魔法使いなんかじゃない。この自分が一番だ！

そして、ようやく彼は疑いようもなく確信した。

自分は、誰よりも勝る世界で最も優れた人間、神に真に選ばれた人間だ。

自分は間違いなどせず、誰もが自分に傅《かしず》き、自分の手でこの国を、この世界を導くべく生まれてきた存在。

自分こそが、この世界の主役だと。

一度壊れかけたからこそ、その思考は強固に固まった。最早《もはや》誰にも変えることは敵《かな》わないほどに。

ある日、家庭教師の一人から道徳の授業で教えられた。

英雄とはどのような人物か。高潔さとはどのようなもので、正義とは何たるものかを。

なるほど、ならば自分こそがそうであるに違いない。

何故なら自分はそうあるように選ばれた存在だから。

何をせずとも、何を変える必要もなく、自分は正しいものを知り間違ったものを正し。

悪を滅し正義を為《な》す、高潔な、英雄だ。

だから、カティアを婚約者としたのは自分の隣に立つに相応しい優れた公爵令嬢だからである。

断じて、自分に敗北感を味わわせたエルメスと仲が良く、腹いせに奪ってやろうと思ったからではない。

だから、カティアとの婚約を破棄しサラを迎え入れたのはカティアの魔法に問題があると、彼女の成長に伴って判明したからである。

断じて、指摘の多いカティアの性格が鬱陶しく、従順なサラの方が外見的にも性格的にも好みだったからなどという低俗な理由ではない。

だから、カティアを捕らえさせようとしたのは彼女が事あるごとに完璧な自分に楯突《たてつ》き、国を乱そうと目論《もくろ》んでいるからである。

断じて、この自分に捨てられたにも拘わらず微塵の執着も見せないことに腹が立ったからではない。

そう信じ込み、それを真実だと疑わずに突き進み。

それで、今まで全てがうまくいってきた。だから何も間違いではない。

故に、今回も。

「……思いついたぞ」

「え……？」「な、何がでしょう、殿下」

アスターへの恐怖から逃れるように喧嘩《けんか》を続けていた父子が、おずおずと声をかける。

「そもそも、奴《やつ》らが自由に動けているのはあの古狸《ふるだぬき》——トラーキア公爵が俺たちの行動を邪魔しているからだ」

「そ、そうですね。奴らを捕らえようとしても法務大臣の権限を振りかざしてきます」

「『罪状がなければ動けない』の一点張りですな。全く腹立たしい……」

「ならば、その罪状とやらを用意してやろうではないか」

フレンブリード父子が一瞬固まり、やがて意味を理解して問いかける。

「そ、それは……カティア嬢に冤罪《えんざい》を着せるということですか……？」

「冤罪ではない。そもそも奴らに罪があることは間違いないのだ」

アスターが立ち上がって力説を始める。

「だが、小賢《こざか》しいことに奴らはそれを隠し通し、愚かな貴族どもはそれに騙《だま》されきっている！　ならば敢《あ》えて奴らの土俵に乗ってやろうではないか！　貴族どもは愚かだが、それでもこの国を支える臣民。パーティーの件と同じだ、彼らには時に真実に辿《たど》り着かせるために虚偽、演出も必要なのだ！」

「お、おお……」

「小賢しさだけで勝った気になっている連中に見せてやるのだ。貴様らのような浅知恵ではない、真に優れた者の策略というものをな！」

そして先ほどまでの不機嫌な顔を一転、己の思いつきに酔うように不敵な笑みを見せて。

「貴様らにも協力してもらうぞ。貴様らは真実が見えている分、他の貴族よりは幾分かマシだ。今回の失態で失った俺の信頼、見事取り戻してみせよ！」

「は、はいッ！」

「誠心誠意、努めさせていただきます！」

エルメスとカティアは、何かしらの邪法に手を染めて力を得ている。

だって自分より優れた魔法使いなど存在せず、そう見える人間は必ず致命的な欠陥を抱えているに違いないから。

かつてのエルメスが、無適性だと判明したように。

そんな誰よりも強固な思い込みと、それを盲目的に信じる者たちの手によって。

これまでと同じく、アスターの都合が良い結末を手繰り寄せる動きが始まったのだった。

第五章　彼女の理想、彼の喪失

「立派な貴族になりなさい」

カティア・フォン・トラーキアの中で、最も印象に残っている言葉はこれだ。

それは母親、シータ・フォン・トラーキアの口癖だった。

母は優しい人だった。公務で忙しい父に代わっていつも自分の面倒を見てくれた。そのおかげで、自分は寂しさも不自由さも感じない幼少期を過ごすことができたと思う。

「私たちが今幸せに暮らせている代わりに、他のみんなの幸せが奪われそうな時にはそれを守る。それができる心を持った人を貴族と呼ぶの。覚えておいて」

そんな母の言っていることは、当時五歳にもならないくらいのカティアにはよく理解できなかった。自分が今幸せだということもよく分からなかったし、生まれてからここ以外の世界を知らないためそれが当然のものだと思い込んでいたから。

けれど、すぐにカティアは知る。

自分の立っている場所がひどく脆《もろ》い、流血の海に張られた薄氷のような物であることを。

ある日、貴族同士の交流の関係で母と共に北部の領地を訪れたカティア。

そこに突如、本当になんの前触れもなく——魔物の大群が現れたのだ。

そう、大氾濫《スタンピード》だ。

鮮明に覚えている。地面を埋め尽くす黒い津波も、それがのどかな街並みを凄惨に喰《く》らい尽くす過程も。

そして——そんな地獄のような光景に単身立ち向かっていった母の姿も。

母は強い魔法使いではなかった。受け継いだ魔法だってカティアと比べると大きく劣る。けれど彼女は微塵《みじん》も臆さず、戦い、戦い、戦い抜いた。

全てを滅することは敵わなかったけれど、王都からの援軍が来るまで持ち堪《こた》えたのだ。

彼女がいなければ確実に、北部に住む民に犠牲が出ていたことだろう。

彼女は守り抜いたのだ。自分以外の幸せを。

——自分自身の命を、犠牲にして。

「……」

彼女の亡骸《なきがら》を見て、かつて言われた言葉を思い出す。

『今幸せに暮らせている代わりに、他のみんなの幸せが奪われそうな時にはそれを守る』

言っている意味が、分かった。

自分たちはあの恐ろしいものから、今まで当たり前のように享受していた幸福を守るためにあるんだと。

彼女が『力』と言わず『心』と言った意味も分かった。

あの時、たった一人で立ち向かった母と違って。

母より遥《はる》かに強い魔法を授かっていたにも拘《かか》わらず、魔物の大群に恐れを成し守るべき民を見捨てて我先にと逃げ出した。そんな他の貴族より、母の在り方の方が余程立派だ。

この国は、魔法が全て。

ユースティアでは常識であるその理念に疑いを持ったのも、この時だったと思う。

目に焼きついた、母の後ろ姿。あまりにも鮮烈で気高き在り方、それに憧れた。

「……どうか怒らないで、カティア。責務を果たさなかった人を許す必要はないけれど、憎む必要もないの。あなたは、過去ではなくあなたの未来を追いかけて」

今際《いまわ》の際《きわ》に発せられたその言葉も、しっかりと受け取って。

そして、カティアは決めたのだ。

母のようになろう。誰よりも高潔で、まっすぐで、美しかったあの姿を理想としよう。

弱きものを助け、守る、強くて誇り高い貴族になるのだと。

母が死んだ二月《ふたつき》後にカティアの魔法が判明した。授かった魔法は非常に強力だが、その性質上悍《おぞ》ましい物だと悪く言う者がいた。

でも、綺麗《きれい》だと褒めてくれる男の子がいたから頑張れた。

魔法が全てだとは思わない。けれど魔物を討伐するのに最も有用な力であることは確かで、蔑《ないがし》ろにするわけには当然いかなかったから。

彼は素晴らしい魔法使いで、純粋に魔法を愛し、魔法で誰かを助けたいと言っていた。

それはカティアにとっては心地の良い理念で……彼が血統魔法を持たないと判明した時は信じられなかった。故に彼を見捨てることはしなかったし——もし努力及ばず家を追い出されたとしても、その時は自分が守るべき存在だと思っていた。

だから——彼があの日、家を追放されて行方が知れないと聞いた時は母が死んだ時以来の、身が引き裂かれるような悲しみを抱いた。

けれど、立ち止まることは許されない。

同時に、第二王子アスターの婚約者になった。彼も素晴らしい魔法使いと聞く。ならば今度は彼を支えることがこの国のため、多くの民のためだ。

そう自分に言い聞かせ、悲しみを振り切って王宮へと向かった。

アスターは伝え聞いた通りの凄《すさ》まじい魔法使いだった。特にその血統魔法は強力無比の一言で、魔物を討ち民を守るためにこれ以上のものはないと思った。

やはり彼をきちんとサポートすることがこれからの自分の責務。感情は無視して、私情を廃して、彼を支えて導くことが自分のやるべきこと。

——と、思っていたのだが。

「くだらん。お前はただ、俺の言うことに頷《うなず》いていれば良い」

「こちらの方が良い、だと？　俺を誰と思っている、俺が間違えるわけがないだろうが」

「俺は完璧な魔法使いだ。お前の世話が必要な『出来損ない』ではない。この魔法を見ればば明らかだろう」

何かが、違った。

確かにアスターの魔法には敬意を払うべきだろう。でも……優れた魔法を授かっただけで全てが肯定されるのは、違う気がするのだ。

もし、『彼』なら。きっと同じ魔法を授かったとしてもこうはならない。きちんと自身以外の言うことにも耳を傾け、他人を思いやることができていたはずだ。

このアスターの性格、考え方をこのままにしておけばいつか国は乱れ、取り返しのつかないことになる。そしてその影響が真っ先に行くのは彼女たちが守るべき民。封建制はそういう制度だ、だから捨て置くわけにはいかない。

その直感を信じ、父ユルゲンにも方針に許可をもらったので、彼女は辛抱強く忠言を続けることにした。それが民のためになると信じて。

でも、アスターの性格は五年かけても一向に改善されず、どころかより加速し——横柄と言えるほどになる始末。アスターが自分に向ける目もどんどん煩わしいものを見るようになって行き、影響されて王宮内でも自分は腫れ物扱い。

辛《つら》かった。

自分の言葉を誰も聞いてくれないのは、自分のことを誰も信じてくれないのは、辛い。

加えて、自分の魔法にも不具合が目立つようになってきた。

血統魔法は、授かった時点ではさほど強力でない場合もある。けれどそれは一時的なもので、所謂《いわゆる》『体の成長が魔法に追いつく』ことで解決する場合がほとんど。カティアもそうだと思っていたが……一向にその兆候は見られないのだ。

徐々に、『欠陥令嬢』という名が広まり——王宮での立場はどんどん悪くなっていった。

辛い。息苦しい。眠れない夜もあって、精神的に追い詰められていくのが分かる。

でも、立ち止まるわけにはいかない。

それが責務だから。民の幸せを守るため、自分はその身を捧《ささ》げなくてはならないから。

……辛い時は、『彼』との幼い日を思い出して自分の心を守った。

高等学校に入学した。

『欠陥令嬢』の名は広まっているものの、それでも公爵家令嬢。学園という場もあって王宮の時のように露骨な敵視の視線はなく、一定の敬意を向けてくれる生徒もいて。多少は息苦しい思いをしなくて済んだ。

けれど——その代わり。一部生徒から強い敵意を向けられている生徒が同学年にいた。

サラ・フォン・ハルトマン。ハルトマン男爵家の令嬢にして、世にも珍しい二つの血統魔法を持つ『二重適性』の少女。

彼女は自分より家格が上の人間に立場を利用した嫌がらせを受けていた。

当然許せることではない。そして何より腹立たしかったのは——自分のことを『魔法を使えない欠陥令嬢』と呼んだ侯爵家の令嬢がサラに対しては『男爵家ごときが調子に乗って』と言い放ったことだ。

ふざけるな。

自分に対しては立場よりも魔法をとってこき下ろしたくせに、同じ舌でサラに対しては魔法ではなく立場を持ち出して馬鹿にするのか。

「そのような信念なき輩《やから》の言うことを聞く必要はないわ」

まさしく、当の侯爵家令嬢に馬鹿にされている現場に現れたカティアはそう言い放った。

そのまま物申してくる令嬢をひと睨《にら》みで黙らせた後、彼女の前に立って話しかける。

「サラ・フォン・ハルトマンよね。私はカティア。知っているかしら？」

「は、はい……トラーキア公爵家の……あの、お、お許しください……！」

「……許す？　何をかしら」

言った直後に気付く。きっと自分もサラの魔法の才に嫉妬して嫌がらせをしにきたと思っているのだろう。

「心外よ。そのようなことをするわけがないでしょう」

確かに、憧れる気持ちがないと言えば嘘《うそ》になる。

でも……それでこき下ろすような愚かな真似《まね》はしない。彼女の魔法の才は間違いなく、将来民を守るものとして非常に有用。くだらない嫉妬で失うわけにはいかない逸材だ。

だからカティアはサラの手を取って、微笑《ほほえ》みかけながらこう言ったのだった。

「今日ここに来たのは、あなたにお願いをしにきたからよ。——私と、お友達になってくれないかしら？」

そうして、学園で最も仲が良い友人ができた。

サラは、ものすごくいい子だった。少々謙虚すぎるきらいはあるものの、生まれ持った魔法の才能に驕《おご》ることなく素直で純真。容姿も愛らしく多くの令息が天使のような彼女の姿に見惚《みと》れるところを何度も見た。なんなら自分も何度か見惚れたくらいだ。だから、

「——そこの、よくカティアと共にいる令嬢。名乗ることを許そう」

彼女が同学年の婚約者、第二王子アスターに見初められるのも当然だと思ったし。

これからはアスターの元とは言え共に働けることを喜ばしく感じたし、それによって更に加速する嫌がらせから彼女を守るためにも手を尽くした。

アスターが仮にも婚約者であるカティアよりもサラと、サラだけと過ごす時間が圧倒的に多くなっても、見初めたばかりの頃は仕方がないと納得した。

……そう。彼女は、ここまではまだ信じていたのだ。あの王子様にも、きちんと国のために第一にする分別が存在していることを。

なのに、ある日。

「見苦しいぞカティア！　醜い嫉妬でこのような悪事に手を染めるとはな！」

——公衆の面前でアスターが放った一言で、全てが変わり始めた。

「……なんのことでしょう？」

「とぼけるな！　放課後サラの靴が隠されたと聞いた！　お前の仕業だろう！」

出会った時から変わらない、上からの決めつけるような物言い。仮にも五年の付き合いだ、慣れていた彼女は冷静に対応し、きちんと証拠を見せることでその場は事なきを得た。

……しかし、その後も。

「今度は持ち物を燃やされただと!?　どういうことだカティア！」

アスターは、あまりにも執拗《しつよう》に。

「水をかけられたと聞いたぞ！　そこまで堕《お》ちたのか貴様は！」

身に覚えのない嫌疑を、カティアにかけ続けた。

厳密には、覚えのある嫌疑ではある。ただしやった側ではない。『サラを守るために止めたはずの嫌がらせ』だ。何故《なぜ》かアスターはあろうことか、それらを全てカティアのせいにしようとしてきたのだ。

そういうことが続くと、嫌疑を晴らし切ることも難しくなってくる。

サラを虐《いじ》めていた張本人たちがこれ幸いとアスターの証言に乗っかり、カティアを都合の良いスケープゴートにしたこともあって、彼女の立場は加速度的に悪くなっていった。

それによって、周りの意見も変わってくる。

「本当か……？　あのお二人は仲が良いと思っていたが……」

「いや待て。そもそも立場的にカティア嬢が嫉妬しない方がおかしいだろう。側《そば》に置いていたのも、誰よりも近くで虐めるためではないか？」

「そうですわ。それに殿下があぁ仰《おつしや》っているんですもの、間違いなどございませんわ」

「その通り。カティア様……やはり本性を隠しておられたんですね！」

アスターの正当性を疑わない周りの生徒たちも、そうやって次々と同調し始めていった。

このままでは、また王宮と同じ。またあの辛くて息苦しい空間が、学園でも再現されていってしまう。そうなる前に、今度はアスターときちんと話し合わなければ。

そう考え、カティアはアスターを探して校舎を駆け回って——そして、見つけた。

校舎裏、向かい合っているアスターとサラ。悠然と佇《たたず》むアスターに向かって、サラが必死の表情で訴えかけている様子を。

「アスター殿下……！　その、カティア様は……むしろわたしを庇《かば》ってくださる方です……っ。だからどうか、嫌疑をかけるのは……！」

——正直、驚いた。

サラはひどく主張が薄く気の弱い少女だ。加えてこの学園では最も立場が弱い男爵令嬢。この身分制度の激しいユースティア王国で、目上の人間に面と向かって異を唱えるのは想像以上に難しい。ましてや男爵令嬢が王族に、しかもあのサラがあのアスターに向かってはっきりと、カティアを守るために声を上げてくれたのだ。

一度きりの、全霊の勇気を振り絞っているのだろう。怯《おび》えを全身に出し、泣きそうな顔になりながらも、それでもサラは止めることなく、言葉を続ける。

「……殿下が、カティア様をよく思われていないのは分かります。カティア様のご諫言《かんげん》が、時に誇り高い殿下の気に障ってしまうことも。けれどそれは全て、殿下を思って仰っているのです。どうか……カティア様の言葉にも、耳を傾けてください……！」

そんな、カティアにとってもこの上なく心強い、サラの心からの言葉。

それを受けたアスターは、一つ息を吐くと。

「……サラ、お前は優しい。表面上とは言え仲良くしてくれたカティアを庇いたくなる気持ちも分からなくはない」

今まで通りの口調——微塵《みじん》も心を動かされていないことが分かる口調で答える。

「だがな、お前は勘違いしている。そもそも王になる俺が間違うはずなどないではないか。諫言など不要、真に俺を思うのであれば……『何も言わない』ことが正解だ」

「え——」

目を見開くサラに向かって、アスターは心から優しげな、確信に満ちた声で続ける。

「にも拘《かか》わらず、カティアは身の程知らずにも俺に言葉を繰り返し、間違った方向に誘導しようとしている。すなわちあの女は——俺を惑わし、国を崩壊させようとする悪意に満ちた女に決まっている！」

そうして、カティアは悟る。

「故に、あの女の言葉など聞く価値は微塵もない！　ああ、可哀想《かわいそう》に泣いているではないか。そんなにあの女が怖かったのだな」

アスターがこの五年間、自分の言うことをまともに聞いたことなど一度もなく。

「安心しろサラ、俺はきちんとあの女の邪悪な本性を見抜いている。もう怯える必要はない、俺についてこい。そうすれば、素晴らしく栄光に満ちた未来に連れて行ってやる！」

自分のやってきたこと、これまでの努力は――全て、無駄だったということを。


そこからは早かった。

カティアは学園内での味方を一切失い、周りの生徒に引き剝がされてサラと一緒にいることすらできなくなった。

そんな中でもサラへの嫌がらせは全て自分のせいとされ、どんどん問題が大きくなって。

最後にはアスター自らの宣言によって婚約破棄、学園そのものから追放されたのだ。


……母のようになりたかった。

弱きものを助け、誰かの幸せを守るために身を捧げる。

そんな在り方に憧れてここまできた――のに。

「あっははははは！　無駄です、この僕からは逃げられませんよ！」

現実は、どうしようもなく息苦しい。

婚約は破棄され、学園も追い出され。

おまけに今――罪人と決めつけられ追われている。

「貴女《あなた》は何か後ろめたい、神に叛《そむ》くような行いをしているに違いない！」

どうして、と思った。

あの日からひたすら、貴族としての責務を果たすために必死に努力してきた。

日々の訓練も勉強も手を抜いたことはない。後ろめたいことだって何一つしていない。

「殿下から、多少の手荒な真似は構わないと仰せつかっております。暴れられても面倒ですし、眠ってもらいましょうか」

なのに、何もかもが狂っていた。

その事実と眼前に迫るクリスの魔法に、怒りと諦念の入り混じった感情を覚えたその時。

――『彼』が、戻ってきてくれたのだ。


五年ぶりに再会した『彼』――エルメスは、色々と予想を超えた成長をしていた。

まず何より魔法。どこで何をどう学んだのかは知らないが、『血統魔法を再現する』なんていうとんでもない魔法を身につけて帰ってきた。

顔つきは少年の面影を残しつつも記憶より随分と精悍《せいかん》に。

そして性格は――その、すごく穏やかで大人っぽくなった。

あの口調は正直ずるいと思う。なんて言うか……大人の余裕みたいなものが感じられる。

昔なら絶対少しは照れながらだった褒め言葉もさらっと言えるようになっていて、なんだか女慣れしたみたいで胸がむかむかした。

でもこっちが頼めば昔の口調にも戻してくれて、あの楽しかった頃を思い出せて。でもその分より彼の成長を実感できるからどきどきもしたり……

……この辺にしておこう。

変わったところはもう一つある。価値観だ。

彼はフレンブリード家を追放され、ただのエルメス、平民となった。見方を変えるなら

――貴族の責務を背負う必要がなくなった。

その分より純粋に、より自由に。彼の大好きだった魔法に生き生きと向き合うようになっていたのだ。

普段は穏やかかつ起伏の少ない表情で、若干考えていることが分からないところがあるけれど……魔法を使ったり、魔法を研究していたりする時は、昔のように顔を輝かせていた。本当に好きなものに打ち込む顔で。

――それを、羨ましいと思ってしまうのは……抱いてはいけない感情なのだろう。

魔法に向き合う彼を見ていると、自分が眼中にないような気がして不安だった。

本当は、自分よりも魔法の方が大事なのか、と言いたかった。でも言うわけにはいかない。彼は自分に縛られるような人間ではないし、何より答えを聞くのが怖かったから。

自分はトラーキアの長女。その責を負い、その特権を受け、その誇りを胸に生きてきた。

母が死んだ時より、そう生きると決めた。だから――立ち止まるわけにはいかないのだ。

それに、新しい希望もあった。彼の言葉だ。曰《いわ》く――魔法は神に与えられたものではない。人の叡智《えいち》の結晶で、努力次第で誰にでも扱えるものだと。

それを聞いた瞬間、胸が高鳴った。なら、自分にもできるだろうかと。このどうしようもない国の現状を変える力を、自分も持てるだろうかと。

彼はできると言ってくれた。そして事実、その通りにしてくれた。

ずっとうまく扱えなかった自分の血統魔法を、あっさりと扱えるようにしてくれた。どころか、更なる真価を引き出すと約束もしてくれた。自分のためにそうしてくれると分かって、不安が少し和らいだ。

アスターの振る舞いにも、こちらが驚くほどの怒りを抱いてくれた。まぁ自身が追放された最終要因というのもあっただろうけど。

彼のおかげで、自分はまた歩き出せる。弱きものを、民を守る人間として在れる。

だから、今日も。

アスターの間違いを証明するため、魔物の討伐に出かけるべく家の門を潜《くぐ》り——

「……カティア、様」

思わず足を止め、目を見開いた。

何故なら、門の前。現在の自分の眼前には。

「急な訪問で……申し訳ございません」

サラ・フォン・ハルトマン。

かつての親友にして、今は表面上でないにせよ真っ向から敵対している勢力の中心人物の一人が、単独で現れたのだから。

そして彼女は、控えめながらもはっきりとした口調で言ったのだった。

「……少し……お話しする時間をいただけますか……？」

◆

サラに案内されたのは、公爵家に近い場所にある高台の上。眼下には賑《にぎ》わう街の様子が見える、見晴らしの良い場所だ。

「やっぱり、どうしてももう一度お話ししたくて……殿下の許可はいただいてます。一人で行くのは――許していただけませんでしたが」

罠《わな》であることは、当然考えた。

自分たちは現在、サラの所属するアスター陣営と真っ向から敵対している。実際武勲を立てる過程で、以前の大氾濫《スタンピード》の一件のように、直接にせよ間接にせよ多くの妨害を受けた。

……そのせいで、無駄に民が危険に晒《さら》されたこともあったのだ。彼らの行動を、到底許すわけにはいかない。

そして今回も。カティアは近いところに二つ、高い魔力反応があるのを感知している。言う通りサラの護衛だろうが、カティアへの刺客も兼ねているかもしれない。

けれど、魔力の大きさからするに少なくともアスターではない。彼クラスでなければ仮に襲撃されても今の自分なら対処でき、その間に公爵家に救援を呼べる自信はあったし。

何より……カティアも、もう一度サラと話しておきたい気持ちは同じだったから。

そう考えて、彼女は呼び出しに応じることにしたのだ。

真っ直《ます》ぐに見つめる彼女の眼前で、サラはまず――頭を下げた。

「その……本当にすみません……っ！　わたし、あの時、あんなこと……っ」

言っていることは間違いなく、あのパーティーでの件だろう。

「……エルから聞いたわ」

そして、彼女はその件を責めるつもりは毛頭ない。先日サラと会ったという話をしていたエルメスのことを思い出しながら、カティアは答える。

「あなたが今でも私を慕ってくれていることも、あの日のことを悔やんでいることも。そして私も知っている。――あなたの家が殿下との婚約を猛烈に推し進めて、殿下との関係に亀裂を入れるような発言を許さないことも」

「っ……」

サラの家の事情は、在学時にサラ自身から聞かされていた。

王族に嫁ぐことの重要さはカティアも重々承知している。だから責めようとは思わない。

よって、カティアが聞くべきことはやはり、一つだけだ。

「サラ。本当に、覚悟はあるのね？」

逃げることを許さない瞳で――同時に、彼女のことを心から案じる気持ちを込めて、カティアは問いかける。

「私のことはいいわ。私は正直もう、殿下の婚約者という立場に拘《こだわ》る気はないの」

むしろ、今やろうとしていることはその立場がない方が都合が良い。

何より、学園であんなことを聞いてしまった以上——きっと自分はもう、アスターを婚約者として見ることはできそうにない。エルメスと再会してから、より強くそう思った。

故に、彼女は問う。

「だから、あなた自身の思いを聞かせて。あなたは本当に、本心で、殿下の婚約者となることを望むのか」

「わたし、自身の……」

「もう、私は協力してあげられない。いくら殿下が守ってくださると言っても、他の多くの家があなたをあの手この手で引き摺《ず》り下ろしにかかってくることは想像に難くない。それでも——あなたは望むの？」

もし彼女が望むのであれば、自分は心から応援しよう。

けれど望まないのならば……あれ。その時——自分は、果たしてどうするのだろう？

そんな、ふと生まれた疑問。けれどそれを考える暇はなく、サラは返答しようとする。

「わ、わたしは……」

何かを迷うような、逡巡《しゅんじゅん》するような。けれど最後には何かを……誰かの言葉を思い出したように、顔を上げて。

「カティア様、わたしは——っ！」

——その瞬間。

近くで感じていた高い魔力が膨れ上がった。

「ッ!!」

紛れもない、攻撃の気配。

カティアは咄嗟《とつさ》に、予《あらかじ》め詠唱しておいた魔法を起動。周囲に霊塊を展開し、身を守る。

同時に予想通り、遠くから高濃度の魔力の塊が凄《すさ》まじい勢いで飛んできて——

——サラの胸元に、吸い込まれていった。


「……え」

サラが目を見開いた一瞬後、無防備な彼女に魔法が直撃。

そのまま弾《はじ》き飛ばされ、高台から落下していく。

「サラ——!?」

一も二もなく高台の端に駆け寄って下を見る。

地面に叩《たた》きつけられて動かない彼女の姿。幸い高度差はそれほどない、死んではいない——と信じたいが、先の魔法の直撃も合わせて大怪我《おおけが》は免れないだろう。

突如落ちてきた少女に街の人たちも騒ぎと共に駆けつけ、人だかりができつつある。

……今の魔法は見覚えがある、間違いなく『魔弾の射手《ミストール・ティナ》』だ。エルメスがこんなことをする理由はない、つまり犯人は自《おの》ずと絞られる。

だがそれは後回しだ。何はともあれ、彼女の無事を確認しなければ。

そう考え、階段を降りるのも煩わしいので、もうその場から飛び降りようとしたその時。

「み、みみみ見た！　ワシは見たぞぉ！」

横合いから、耳障りな声が響いた。

視線を向けるとそこには、先ほどサラを攻撃したのとは別の、高い魔力反応のもう一人。

銀の髪をした中年の男。エルメスの父親、ゼノス・フォン・フレンブリード。

彼は不必要なほどの大声で――まるで集まりつつある街の人間たちに聞かせるような大声で、こう叫んだのだった。

「い、今！　カティア・フォン・トラーキア嬢がサラ・フォン・ハルトマン嬢を魔法で攻撃し！　た、高台から突き落としたのだぁ!!」

――嵌《は》められた。

状況も理由も不明だが……少なくともその事実だけをカティアは理解したのだった。

◆

「…………え？」

カティアが捕まった。

執務室に呼び出され、ユルゲンから告げられたその報告に、エルメスは一瞬固まった。

言葉を発したユルゲンの顔は、疲労を感じさせるものの動揺は表面上には見られない。

ここ最近アスター派閥との対立が激しく、その対応に追われているのだろう。疲れを濃く滲《にじ》ませた顔ながら、それでも落ち着いて続ける。

「曰く、『サラ嬢を魔法で攻撃し、高台から突き落として殺そうとした疑い』だそうだ」

「——そんなこと、カティア様がなさるはずがないでしょう」

「そうだね。だからこれはまず間違いなく冤罪《えんざい》だ。……恐らく、アスター陣営がカティアを合法的に捕らえるために演出した、ね」

「な……」

そこまで——そこまでするのか、奴《やつ》らは。

「攻撃したのもカティアじゃない。状況的に不意を突けたとしてもサラ君を傷つけられる魔法使いとなると限られる。恐らくだが、犯人はフレンブリード家のどちらか——ゼノス殿か、クリス君だろう」

「なら、魔力痕を調べれば冤罪が証明できるのでは」

「……残念ながら、それも難しい」

ユルゲンが、少しだけ苛立《いらだ》ちを滲ませた。

「サラ君はカティアが捕まった後すぐ、治療のためという名目で王宮に運ばれたそうだ。多分名目は嘘《うそ》じゃない。何故《なぜ》なら——」

「……治療の際に扱う魔法で、攻撃時についた魔力痕は上書きできるから」

「そう。アスター殿下は決して愚かじゃない。それくらいは見越してすぐに動ける治療士を用意しているはずだ」

「ッ――」

「……すまないね。法務の管轄であれば向こうの好きにはさせないんだが……私の力の届かないところで強引に証拠の隠滅を図ってくるとは」

そして、アスターはまた自分の声でそれを真実にするのだろう。同時に周りの貴族も何も考えずそれに同意し、カティアの名声は再度地に落ちる。いや、それどころではなく、もう二度と反抗できないようにいっそ――ということも考えられるかもしれない。

……本当に、この国は。

「……他に、無実を証明する方法はないんですか」

「なくはないさ。幸いある程度の人目があった、地道に証言や物証を集め続ければどこかで綻びは見つかるだろう」

「なら」

「でも――それは時間がかかりすぎる。まず間違いなくそれより先に殿下はカティアを処罰――或《あ》いは、処刑するつもりだ」

「ッ！　それなら時間を稼ぎます。いっそカティア様を強引に連れ出してでも――」

迷いなく提案するエルメスだったが、ユルゲンはそこで何故か黙り込み。

「……エルメス君」

ひどく真面目な顔で、問うてきた。

「君は本当に……カティアを助ける気があるのかい？」


「はい？」

当然だ、と間髪入れず答えようとするが。

「いやすまない、今のは聞き方が悪かった。……君に、カティアを助ける利点があるのか、という話だ」

「……どういう、ことでしょう」

「君がカティアに恩義を感じていることは知っている。でもね、正直それは側《はた》から見るともう十分に返し終わっていると思うよ」

「……」

「そして、これ以上進めば君はもう後戻りできないほどに巻き込まれる。……この王都の、闇にね」

ユルゲンがどこか遠くを──ここではない場所、今ではない時を思い出すような表情で。

「もう大方分かったと思うけど、王都はひどい場所だ」

かつて聞いたことのある言葉を、述べた。

「『魔法が全て』なんていうけど、実態はもっとひどい。多くの貴族は、今の心地良い立場を失うのを恐れているだけなんだ」

それはひどく説得力のある実感を伴って、エルメスに染み込んでくる。

「自分たちは平民とは違う、それを最も分かりやすく説明するのが魔法だからそれに縋《すが》っているだけ。神に与えられたと信じ込んでいるものを解析も進化もさせず、定められた内側でひたすら足の引っ張り合い。さながら鳥籠の中の無間地獄だ」

これは少し格好をつけすぎたかな、と軽く苦笑して。

「――そして、『君の師匠』はそれにうんざりして王都を出ていった」

「！」

「英断だったと思うよ。正直、羨ましいとさえ思った」

やはり、ユルゲンは師匠の正体をもう確信しているのか。

「君はフレンブリード家から勘当され、血統魔法も持たない。つまり王都に縛られる理由は『彼女』以上に持たないんだ。このまま留《とど》まり続けたら余計なことに巻き込まれ――きっと君の目的、『新たな魔法を創りたい』も遠ざかるんじゃないかい？」

「それは……」

「安心しなよ、カティアについても私がなんとかする。無罪の証明は難しいかもしれないけれど、処刑だけはなんとか回避してみせるさ。カティアもきっと、君を責めやしない」

彼の理由を一つずつ剝いで行って――そして最後に。

「……でも。その上でまだ、あの子を助ける理由があるのなら教えて欲しい。……悪いね、こちらもこうなった以上、生半可な覚悟を持った者を巻き込むわけにはいかないんだ」

期待を込めて、ユルゲンは語った。

それを受け止めたエルメスは、彼にしては珍しくしばしの沈黙ののち。

「……確かに、王都はひどい場所です」

まず、ユルゲンの肯定から入った。

「短い間ですがよく分かりました。師匠が出ていくのも無理はないし、多分来たばかりの僕がこれを知っていたら同じことをしました。公爵様もきっと僕の何倍も酷《ひど》いものを見て絶望してきたのでしょう」

「……」

「——でも、見限るのはまだ早い。今の僕は、そう感じたんです」

まずはカティア。彼女は魔法に縛られていない。血統魔法ではなく、精神的な意味でだ。

後はサラ等その理念に逆らわずとも疑問を持つものだって確かにいる。

彼女たちがいるのならば——王都も、変わりつつあるのではないかと。

それに、思ったのだ。

「『鳥籠の中の無間地獄』と喩《たと》えましたね。なら——その鳥籠ごと壊してみたいと」

「！」

師匠譲りの不敵な笑み。

この王都生活の中で生まれた紛れもない本心を語ってから、彼は最後に。

「……まぁなんだかんだ言いましたが、カティア様を助ける理由でしたね」

何の気負いもない表情で、語った。

「――『僕が助けたいと思ったから』。これ以上の理由は、果たして必要でしょうか？」


「……は」

思わず、と言った調子でユルゲンは笑い声をこぼした。

「確かに、『君にとっては』この上ない理由だね。……随分と、わがままなことだ」

「でしょう？　師匠にもよく言われました、『お前ほんとに見かけによらないな』と」

「はは、確かに君、見た目や物腰は無欲そうだもんね。でも、欲望のベクトルが他と違うだけ――か。思えば君は最初からそうだった。……うん、だからこそ信用できる」

ユルゲンが、顔を上げる。

「……分かった、君に賭けよう。君の言う通り、無実を証明するための時間が必要だ。正攻法を取っている暇はない、君の力で囚《とら》われているカティアを強引にでも救出してくれ」

「はい」

「それと……これは一つ、懸念事項なんだが」

首を傾《かし》げるエルメスに、神妙な面持ちで。

「話によると……カティアは捕らえられる際、驚くほど抵抗しなかったそうなんだ」

「え……？」

「無駄だと悟っていただけならいいんだが……場合によると、あの子自身の心にも何かがあったのかもしれない。ひょっとすると予想以上に手こずるかもしれないが……頼む」

最後にユルゲンはただ娘を想《おも》う父親の面持ちで、頭を下げて。

「これまでは君の力の影響を考慮してみだりに魔法は使わないよう制限していたが――それも解除しよう。流石《さすが》にもうそんなことは言っていられない、『君が許す限り全ての力』を使って、なんとしてでもカティアを救い出して欲しい」

「！……分かりました。必ずや」

こうして――最強の魔法を身につけた王都の怪物が、全能力でもってカティアの救出へと動き出したのだった。

エルメスが去った執務室の扉を、数秒見つめ。ユルゲンは、ぽつりと呟《つぶや》いた。

「……眩《まぶ》しいなぁ」

なんの打算も、計算も含めることなく。かといって頭が回らないわけでもなく。全ての利害を把握して尚《なお》、己の思いにだけ従って動く者。

それが、ユルゲンの見たエルメスという少年だ。

……本当に、眩しいと思う。

だってそれは――かつての自分たちにできなかったことだから。

「だから君はそれを次の世代に繋《つな》いだんだね、ローズ。……ならば僕も、その輝きに賭けてみることにするよ」

遥《はる》か昔の少年期、妻シータと共に王都を駆け回った美しい友人の姿を思い浮かべてから。

ユルゲンも己のすべきことを為《な》すべく、執務机から立ち上がったのだった。

◆

「ふざけないで！」

カティアがサラを突き落とした。そんなありもしない疑惑を叫んだゼノス・フォン・フレンブリードに対して。

カティアはまずサラの下に駆け寄り、重症ではないことに安堵《あんど》してから全力で反論した。

「今の魔法、『魔弾の射手《ミストール・ティナ》』でしょう！　どういうつもりなの、サラを——味方を傷つけるなんて！」

「白々しい嘘を吐《つ》くな！　お、お前がやったのだ！」

当初の衝撃も過ぎ去ったことで、徐々に状況が把握できてきた。

こいつらは恐らく、カティアに冤罪《えんざい》を着せる気だ。

アスターが『すぐにボロを出す』と言っていたのにいつまで経《た》っても出さないから。強引に作り上げようとしたのだ、自分たちの評判を地に落とすための罪状を。

クリスがサラを攻撃し、ゼノスがそれをカティアのせいにして糾弾する。クリスが遥か遠くで高笑いをしているのが見える。ゼノスが必死の形相で自分を詰《なじ》っているのを見る。

なんて酷い自作自演。考えた側も実行する側も正気とは思えない。

……そんなことのために、サラを傷つけたのか。

「覚悟は、できているんでしょうね……！」

烈火の怒りと共に全身から魔力を立ち上らせるカティア。その迫力にゼノスが息を呑《の》む。

「もういいわ、立場も何も関係ない。今はただ、あなたたちを絶対に――」

「だ、黙れ黙れ黙れぇッ！」

しかし、腰が引けつつもゼノスは――こう叫んだのだった。

「お前がッ！　お前さえいなければこんなことをしなくて済んだのだッ!!」


「――え」

それは、間違いなくゼノスの失言だった。

けれど、今までの何よりカティアの心の何処《どこ》かを確実に抉《えぐ》った。

「今まで使えなかった魔法を使えるようになって、力を手に入れてさぞ良い気分だろうなぁ！　それで方々で魔物を倒して救国の英雄気取りか!?　ふざけるな、お前はその器ではない！　この国の英雄はただ一人、アスター殿下だけだ!!」

「ッ、違う、殿下はあまりに独善が過ぎる！　それはいつか災いを――」

「い、いつかと言うがなぁ！　では今までその災いとやらが起こったことがあったか!?」

「――」

それは――確かに、ない。

貴族の至上命題は、究極するところ魔物を討伐することだ。

そして、アスターは今まで魔物の討伐を失敗したことは一度もない。圧倒的とも言える魔法の才で以《もっ》て、全ての戦いで苦戦することなく魔物を蹂躙《じゅうりん》していた。

内政においても、アスターは様々な決めつけで横暴を繰り返したが――それによってどこかで魔物の壊滅的な被害があったという話は今の所聞いていない。アスターに味方する多くの貴族、そこから排出される魔法使いが全てカバーしているから。

「分かるだろう、殿下に従い、殿下に任せれば全てが上手《うま》くいくのだ！　それに対して無駄に楯突《たてつ》いているのが貴様らなんだ！　貴様らのせいでワシ――我々は被害を受けている！　貴様らが無駄に抵抗するせいで今サラ嬢が傷ついた!!」

一瞬、自らだけの欲望が出掛かったところを『我々』と言い直したゼノス。だがカティアはもうそれに気を取られている余裕はなかった。……気付いて、しまったからだ。

立派な貴族になろうとした。

民を脅かすものを排除し、誰かの幸せを命を賭してでも守る誇り高い人間に。

だから、国を乱しかねないアスターの間違いを正そうとした――けれど、本当は逆で。

「法務部とそれ以外で争いが起きるのも、貴族たちがまとまらないのも全て貴様らのせいだ！　殿下に任せていれば……殿下の言う通り貴様が大人しく捕まって、裁きを受けていれば！　こうはならなかったんだ、身の程知らずの餓鬼が！」

ゼノスが、醜くも必死の形相で、結論を告げる。

「──国を乱しているのは、貴様らの方なんだよ!!」

それを指摘された瞬間、カティアは目の前が真っ暗になって。

直後に駆けつけた兵士たちに、なんの抵抗も弁明もできずに捕まってしまったのだった。


──気付かなかった。いや、気付かないふりをしていたのだ。

法務部とアスター派閥との水面下の争いがそんなに激化していたことに。その影響を受けて、父ユルゲンの顔に浮かぶ疲労が日に日に濃くなっていたことに。

カティアとエルメスが多くの場所で魔物を討伐した──つまり他の貴族がそれだけ魔物を持て余したのは、カティアの出現と活躍によって貴族が立場を決めかね、その影響で魔物討伐に手が回りにくくなったからということに。

……妨害を受けた件だってそうだ。

以前の大氾濫《スタンピード》の一件のように、カティアが武勲を立てるべくあちこちを飛び回っている間、そうはさせまいとする貴族たちによって様々な妨害を受け。そのせいで、守るべき民が要らぬ危険に晒《さら》されることも多々あった。許せないことだ。

だが――そもそも、自分が出しゃばらなければ妨害自体起こらなかったことも事実。

いつか、カティアは考えたことがある。

アスターの性格、考え方をこのままにしておけば国は大きく乱れる。そしてその影響が真っ先に行くのは彼女たちが守るべき民。だから捨て置くわけには行かない、と。

……そうだ。今、まさに。

自分が反抗したせいで国が乱れ、まず民が危機に晒されたではないか。

まさしく自分が懸念したことを、他でもない自分が行っていた。

……分かっている。どう考えても悪いのは貴族たちの方だ。

でも、その結果生まれた被害を『仕方ない犠牲』で済ませるのは、どうしても嫌だった。

そして、結局今。自分の行動が回り回って、大切な友人すらも――それを受け入れるには、彼女は高潔に過ぎた。

「ッ」

怖く、なった。

自分が為そうとしていたことの影響は、自分の思った真逆のことだった。

母のようになろうと頑張れば頑張るほど、結果は理想から遠ざかっていた。

……いやだ、と思う。

認めたくないけれど、認めざるを得ない。

――だって、その成れの果てが今の自分だ。

「………」

辺りを見回す。

暗い、暗い牢屋《ろうや》の中。王都の外れにある要塞のような監獄の中央。

暗闇の中頼りなく揺れる蠟燭《ろうそく》が、自分の命運を暗示しているように思え──ふと考えた。

自分が何かを為すことでこの国が乱れ、自分が直そうと思ったアスターをあのままにして、全てがうまく回るなら。

だったら、自分が貴族として為すべきことは──と、そう考えた時に。

「──お待たせしました、カティア様」

銀の輝きが、牢屋の中に突如として現れ。

その声の主、エルメスはいつもの穏やかな調子、変わらないトーンで告げたのだった。

「公爵様の命により、助けに参りました。……早速で申し訳ございませんが、脱獄しましょうか」

◆

「エル……!?」

カティアが運び込まれたという牢獄《ろうごく》の中に侵入したエルメス。

程なくして見つけた牢屋の中の彼女は、憔悴《しょうすい》していながらも驚きの声を上げた。

「どっ、どうやってここに!?　外の見張りはどうしたの!?」

「牢獄への侵入自体は、少しばかり『禁じ手』を使わせていただきました。流石に何人かは倒しましたが、まだ大ごとにはなっていないかと」

唖然《あぜん》とするカティア。どれだけ引き出しを隠し持っているのか、とでも言いたげだ。

まぁ実の所、『禁じ手』と言っても大々的にバレなければ問題ないし、彼が今回使ったものは効果も至ってシンプル。だが故に、見張りの虚を突いて最小限の手間で侵入に成功した。これからの立ち回りを考えれば極力騒ぎにならないに越したことはない。

しかし、バレるのも時間の問題だ。よって早急に脱獄すべく、エルメスは手を伸ばすが──何故《なぜ》か、カティアは手を取ることはなく。浮かべる表情は、どこか自棄《やけ》を感じさせるようなひどく暗いもので。

「……もう、いいわ」

「──カティア様？」

そうして彼女から返ってきたのは、不吉な予感を孕《はら》んだ否定の言葉だった。

「私は、ここを出るつもりはない。せっかく来てもらって悪いけれど、必要はないわ。……これ以上、罪を重ねるつもりはないの」

「いや、何を仰《おつしや》って──そもそも、貴女《あなた》に罪など」

ない、と言おうとした瞬間。

「──私はッ!!　私のせいで、サラが大怪我《おおけが》をしたのよ!」

俯《うつむ》いたままの激昂《げきこう》の言葉が、あたりに響いた。

「やったのは私じゃないわ！　でもッ、あの子は巻き込まれたのよ――私の、身勝手な行動に！」

「……え」

「それだけじゃない。私が殿下を諫《いさ》めようとした行動で、どれだけの人が迷惑してどれだけの悪影響があったか！　私が何もしなかった時より今のこの国はひどくなっている、それが分かってしまったの――だから、もういいのよ！」

その言葉は、聞くからに暴論だった。

けれどただの暴論では済ませられない何かが、その口調には宿っていた。

カティアはそこで一旦言葉を切るが、すぐにやり場のない激情を宿して――今度は、エルメスを睨《にら》んでくる。

「……エル、あなたもよ。これ以上私に付き合わなくていいわ」

「これ以上、って」

「あなたは恩義で私に仕えてくれたわ。でも知ってるのよ！　あなたが一番顔を輝かせるのは、喜ぶのは私の前じゃない、魔法を前にした時だって！　本当は私のことなんて、どうでもいいって思ってるんでしょう!?」

「！」

「こんなところにいる必要なんてない！　自由に外に出て、魔法でもなんでも極めたらいいじゃないのッ!!」

言い切ってから、彼女はエルメスの方を見て一瞬後悔するような表情を見せた。

けれど、今更訂正するわけにもいかず。またしばしの沈黙を挟んで——今度はぽつりと。

「……お母様のように、なりたかったの」

心の底にあった原点を、告げた。

「お母様のように気高くて、誰かの幸せを守れる心を持った人に。それが貴族の責務、在るべき姿だと思って——でも違った！」

「……」

「私のやっていたことは、責務でもなんでもない！　ただ、いたずらに国を乱して、民を危険に晒《さら》し、近しい人を傷つけた——ただの、わがままだったのよ……っ」

それきり、彼女の言葉は止《や》んで。

打って変わって耳に痛いほどの静寂が、牢獄の中に響き。

——ぽたり、と雫《しずく》の落ちる音が、それを破った。

「……何よ」

だが音の主は、カティアではなかった。

「なんで——あなたが泣いてるのよ、エル！」

「……え」

言われて、エルメス自身ようやく気付く。自分の頰を流れるものの正体に。

そうか。自分は今悲しいと思った。彼女の慟哭《どうこく》を、彼女の絶望を聞いてそれに共感した。

——ああ、それは。

とても、喜ばしいことだ。

「……すみません」

「何を……謝ってるのよ」

悲しげに睨んでくる彼女に、まずは謝罪を述べる。

「貴女の言う通りだからです。僕は貴女よりも、魔法に対する執着の方が大きい——いえ、貴女だけではありません」

そして彼は告げる。彼の中にある、大きな歪《ゆが》みの正体。指摘された通りの彼の喪失。王都にやってきた理由、誤解を与えた所以《ゆえん》である、彼の欠陥を。

「……僕はあの日、フレンブリード家を追放された日から……他者に対する感情がひどく希薄になった。有り体に言うなら——魔法以外の全てのことが、どうでも良いと感じるようになってしまったんです」


エルメスが王都で失ったもの。ローズの元でも戻らなかったもの。

それは、心だ。

他者に対する執着。誰かを大切に想《おも》う心。それが失われていた。

あの日ローズに身の上を話して、抱きしめてもらって、新たな希望を示されて。

燃えるような喜びと師への憧れを抱き——それが、最後の輝きだったとでも言うように。

魔法以外のことが、急速に色褪《いろあ》せていったのだ。

「きっと、七歳の頃から追放されるまでの三年間。その間の生活で、どこかが擦り切れてしまったのでしょう」

エルメスは、そう自身を分析する。

確かに、あの頃はカティアの存在が救いにはなっていた。

でも、それでも足りないほど彼はあの時期、多くの悪意に晒され続けてしまった。

それまでが幸福であった分、よりその落差は酷《ひど》くて。

自分を守るために、削《そ》ぎ落とすしかなかった。辛《つら》い思いも、悲しい思いも。そしてあればある分だけ今が辛くなる、喜びや嬉《うれ》しさも。

全てをすり減らし、魔法だけを希望の拠《よ》り所《どころ》にして打ち込んだ。

けれど努力は報われず捨てられて。その瞬間、きっと何かが擦り切れて……魔法への執着だけが、抜け殻のように残った。そうして出来上がったのが今のエルメスだ。

師匠に対しては感謝しているし、敬意も紛れもなく存在する。

ただ——それが義務的な、あくまで『そうすべきだからそうしている』側面が強いことも紛れもない真実だった。彼が恩義を大事にするのもそれの一要素である。

ローズはそれを理解した上で、けれどエルメスがそれを良く思っていないことを感じ、エルメスの心が戻るように師としての愛情を惜しみなく注いでくれたと思う。

けれど、それでも終《つい》ぞ戻ることはなく。

だから、王都に戻ってきた。

かつて失った場所でなら、失ったものを取り戻せると思ったから。

「だから——僕は想いを大事にしたい」

だからこそ、彼は自分の中の微《かす》かな想いに従って行動する。

王都に戻ってきたことは正解だったと思う。かつて恩のあった人との再会で喜びを抱いた。その現状に悲しみを持った。

そして……強い怒りも、王都に来てから初めて感じることができた。

「だからこそ、僕は共感したいんだ。貴女のような——美しい想いや、気高い心に」

それが、今の彼にとって必要なもので、彼の願いだ。

そして——その想いこそが魔法を作ると、彼は知っているから。

そのための縁が、今の彼にとって大事なものが、失われようとしているならば。

自分はそれを手放したくないと、執着する。そうしたい。

故に、彼は告げる。

「一つだけ訂正を。『私のことなんて、どうでもいいと思ってる』は心外だよ。僕は君がいなくなるのは、すごく、嫌だ。だから来たんだ、ここまで」

「……エル」

いつの間にか、彼の口調も昔に戻っていた。

けれどそこで――にわかに外が騒がしくなった。

恐らく、侵入に気付かれたのだろう。どうやらもう時間がないらしい。

「……貴女の葛藤に、この場で答えを出すことはできません。だから一つだけ聞きます」

気を引き締め直して、彼は問いかけた。

「貴女は、死にたいのですか？」

「っ！」

あまりにも、根本的な質問。

それを突きつけられた彼女は、先ほどまで以上に葛藤するように俯いて、けれど最後に。

小さく、呟《つぶや》いた。

「……いやよ」

「死にたくなんて、ないに決まってるわ！　やりたいことも、できてないこともいっぱいあるの！　だけど……ッ！」

「その想いがあれば、今は十分ですよ」

もう一度、彼は手を差し出す。

「まずは生きましょう。僕はかつて何もかも失ったけれど、生きていたから師匠に出会えました。それに」

「……？」

「自惚《うぬぼ》れでなければ――かつての貴女も、僕にこうしたかったのではないですか？」

「ッ！」

その言葉に、彼女はおずおずと手を伸ばし。やがて、温かな手が触れる。

同時に魔法で鉄格子の扉を切断。連れ出した彼女が、エルメスにもたれかかってくる。

「っ……その、ごめんなさい……ひどいこと、言って」

「謝罪は後で。まずはここを脱出しましょう」

真っ赤な顔で呟いてくる彼女をしっかりと抱きとめ、出口の方向を見据える。

騒ぎは更に広まっている。恐らく脱出時には凄絶な妨害が予想されるだろう。

けれど、不安は欠片《かけら》もない。何故《なぜ》なら――

「『本気でやっていい』と、公爵様からお墨付きをいただいたからね」

今まで、人目の多いところではみだりに使うのをユルゲンから禁じられていた彼の魔法。

彼がストックしていたもの。そして――王都に来てから新しく身につけたもの。

その全てを存分に使えば、恐れることはない。

そんな確信と共に、彼はカティアの手を引いて走り出した。

◆

ほぼ同刻、監獄施設の一室である客間にて。

「ふふ、ふははははは！」

銀髪の男の、高らかな笑い声が響いていた。

「ようやくだ！　ようやくこのワシの栄達を邪魔する愚か者を処理できたわ！」

男、ゼノス・フォン・フレンブリードの顔は見るのも憚《はばか》られるほどの恭悦に歪み、なお足りぬとばかりに笑い声が加速する。

「カティア・フォン・トラーキア！　欠陥令嬢の分際で殿下に楯突《たてつ》く愚か者！　あやつが無駄に抵抗し、クリスの無能も手こずったせいで随分と邪魔されたが――もうお終《しま》いだ！」

彼女とエルメスの活躍で、直近最も不利益を被ったのがこの男だろう。

元を辿《たど》れば彼の息子クリスが彼女を捕らえ損ねたことから全てが始まり、そこからまさかのエルメスの台頭。アスターからはカティアの件を責められ、周囲からはエルメスを追放した無能と罵られる板挟み。

そんな状況からついに解放される。その喜びと皮算用で彼の頭の中は一杯になっていた。

「カティアを捕らえた功はこのワシのもの！　殿下の英断を誰よりも支えた忠臣として褒賞を受け、殿下が王となられた暁にあわよくば……ふふ、ふふふははは……！」

脳内に浮かぶは薔薇《ばら》色の未来だけ。得てしてそういう時このような人種は、安っぽい全能感に頭を支配されてしまうものである。

「……しかしやはりあのカティアという女、このワシを散々苦しめてくれおって。……まだ牢屋《ろうや》にいるはずだな。ふん、溜飲《りゅういん》を下げるために屈辱に歪む顔を拝むのも悪くないか」

そして、余計なことも考えてしまうものである。

「あの女、ガキ臭いが見目が美しいことだけは認めてやっても良い。そのような女を嬲《なぶ》るのもまた一興！　何、ワシは最大の功労者だ。このくらいは許されるべきだろう！」

勝手な理論で勝手に納得し、向こうにいる者の逆鱗《げきりん》に触れたことにも気付かぬままに、彼は扉を開けて。

「後はエルメスめが残っていたか……何、トラーキアの庇護《ひご》を失ったあやつなど怖くはない！　すぐに化けの皮を剥がして――」

「僕が、どうしました？」

そこで、扉の目の前。

穏やかな微笑《ほほえ》み、けれど見るものが見れば分かる、先ほどの言葉を全て聞いていたことを確信させる感情を宿し――彼が、そこに立っていた。

「え、エルメスッ!?　何故ここに！」

「どうもお久しぶりです、父上」

驚愕《きょうがく》と共に飛び下がるゼノスに構わず彼は形式だけの挨拶を告げ。

「……父上。貴方《あなた》にも、僕は恩があります」

何も構わず一方的に言葉を続けた。

「思惑がどうあれ、貴方は僕を育ててくれた。七歳になるまではとても良く扱ってくれましたね。――でも」

かつてパーティーでも見せた、零下の激怒をそこで表に出し。

「流石《さすが》に今の言葉を聞いてしまうとね。――丁度良いので、貴方のところから突破させていただきます」

「……は」

一方のゼノスは、エルメスの口上の間に彼の様子、そして彼が連れている少女を見て状況を把握した。どうやったかは不明だが、カティアを助けに侵入し牢屋から連れ出し、そして今、この建物からの脱出を図っているらしい。

――正しい認識ができたのは、そこまでだった。

「ふはははははは！　なるほど美しい主従愛だ、そして――感謝するぞエルメスゥッ！」

高笑いと共に、ゼノスは魔力を放出する。

彼の感情も、彼が放つ魔力の底知れなさも、彼我の実力差にも一切気付かずに。

「よもや、カティアだけでなくお前までをも捕らえる功をこのワシに献上してくれるとは！　ワシは本当に孝行息子を持ったものだぁ!!」

魔力を高め、己の絶対の自信たる魔法を。クリスと同様受け継いだ相伝の魔法を詠唱し。

「【六つは聖弓　一つは魔弾　其《そ》の引鉄《ひきがね》は偽神の腕《かいな》】！」

「……は？」

そこで、違和感に気付いた。

自分が高らかに唄《うた》い上げた詠唱。それが――何故今『二重』に聞こえた？

「おや、兄上から聞いていないのですか」

呆《ほう》けたゼノスを冷ややかな視線で見るエルメスは、そのまま右手を掲げて。

「術式再演――『魔弾の射手《ミストール・テイナ》』」

顕現する。

ゼノスのそれよりも圧倒的に多く、圧倒的に大きく、圧倒的に強い、魔弾の数々を。

「なッ――」

「では父上。……ありがとうございました」

エルメスが解き放つ。慌てたゼノスも一拍遅れて自分の魔弾を発射するが――一瞬の均衡すらなくエルメスのそれが全てを呑《の》み込んで。

「ぐあああああああああ!?」

ゼノス諸共《もろとも》、監獄の壁を叩《たた》き壊したのだった。

◆

外は案の定、異変を聞きつけた兵士たちで溢《あふ》れかえっていた。

「あっちだ！　大音がしたぞ！」

「これは――まさか、壁を壊したのか!?」

「なんと強引な……！」

轟音《ごうおん》に集まった兵士たちがエルメスたちを視認し、即捕らえようと包囲をかけてきた。

倒さなければ突破は無理。そう瞬時に判断したエルメスは『魔弾の射手《ミストール・ティナ》』を撃ち放つ。

「ぐッ!?」

「どうやら向こうは遠距離系の血統魔法の使い手だ！　結界系の魔法持ち、前に出ろ！」

相手も流石は王都の監獄を任されるだけのことはある、瞬時にこちらの手札を看破して戦術を切り替えてきた。強力な壁で前面を守り、後方からの射撃戦で削る狙いだろう。

シンプルだが、確かにこうされれば為《な》す術《すべ》はない。

――エルメスの魔法が射撃だけなら、の話だが。

「……【天に還《かえ》り　終わりを告げよ　御心《みこころ》の具現に姿無き声を】」

続いて彼が唱えたのは、聞いたことのない詠唱。腕の中で目を見開くカティアに向けて、彼は短く声をかける。

「カティア様、しっかり摑《つか》まっていてください」

「え？」

「少しばかり、急加速します。術式再演――『無貌の御使《ルナド・サラカ》』」

「――ッ!?」

瞬間、宣言通り。

恐ろしいほどの加速力でカティアを抱えて移動したエルメスが、盾役の魔法使いを一瞬で潜《くぐ》り抜けて今まさに攻撃魔法を放とうとしていた魔法使いの懐まで潜り込む。

「え――がッ」

そして側頭部にハイキックを一閃《いっせん》。即座に意識を刈り取ると、また急加速。別の魔法使いも全く同じ方法で無力化し、それを何度も続けていく。

「な――なんだ、その魔法は!?」

『無貌の御使《ルナド・サラカ》』。

とある侯爵家の魔法だ。その効果は至ってシンプル、身体能力の強化のみ。

しかし、故に強化の幅は極めて強力。加えて術式も比較的単純で、幾度か見る機会のあった彼が再現に成功した血統魔法だ。

「くッ――このままでは各個撃破で全滅だ！　全員固まれ、被害を抑えて様子を見るぞ！」

そして、指揮官らしき人間の声が響く。素早い判断、彼は優秀なのだろう。多くの血統魔法の使い手と戦ってきた経験があり、最適の対応策を取る術に長《た》けている。

……だが、残念。

彼らの戦術は所詮、血統魔法を一つしか扱えない相手しか想定されていない。

「【集うは南風《ノトス》　裂くは北風《ボレア》　果ての神風無方に至れり】

術式再演――『天魔の四風《アイオロス》』」

エルメスが、また別の血統魔法を詠唱した。

『天魔の四風《アイオロス》』。エルドリッジ伯爵家の、暴風を引き起こす魔法。

その強みは広い攻撃範囲、そして攻撃力では劣るものの膨大な風のエネルギー。

そう――例えばあのように固まった陣形なんかは格好の餌だ。

兵士たちは即座にばらばらに吹き飛ばされ、また各個撃破の戦術が再開できる。

「なぁ——!?」

「今度は風の血統魔法!?　何だ、奴《やつ》は一体何をやっているんだぁ！」

彼が何故これほど多くの血統魔法を再現できるようになったのか。

答えは単純、見せてもらったからだ。主に公爵家当主、ユルゲンの手引きによって。

傘下の家の魔法や、エルドリッジ伯爵家等の弱みを握った家の魔法。それらを間近で観察し、多くのサンプルを集めたことで彼の血統魔法の再現精度は急速に上昇していた。

そして、今見せているのがその成果。ユルゲンによる制約から解き放たれた彼の強さ。

『原初の碑文《エメラルド・タブレット》』を駆使し、数多《あまた》の血統魔法を自在に切り替えて操る万能の魔法使い《グランドマスター》の姿だ。

「『外典：炎龍の息吹《ドラゴンブレス・オルタ》』」「『救世の冥界《ソテイラ・トリウィア》』」「『外典：亀龍結界《トータスシエル・オルタ》』」

かくして、彼の全力が解放される。

「すごい……」

エルメスの腕の中で、カティアが頬を紅潮させて呟《つぶや》く。

今の彼は、かつての彼が語っていた通り。

どこまでも強く、驚くほど純粋で——憧れてしまうほどに自由な、魔法使いだった。

「な、なんなんだあいつはぁ！」

「これではまるで、かの『空の魔女』——いや、それ以上ではないか！」

「あ、悪魔！　奴は悪魔だ!!」

エルメスの操る魔法の数々によって、心が折れてしまった兵士たちの叫びが木霊する。

「……悪魔ときましたか。公爵様の言う通り、魔法が全てと言っておきながら排斥しようとするんですね」

それを聞いたエルメスがどこか酷薄な声色で呟いた、その時だった。

「何事だこれは！」

流麗で良く通る声が響き、夜闇の中でもなお鮮やかな赤髪の持ち主が現れる。

どうやらアスターが駆けつけたらしい。王宮からここまでは距離があるが、カティアを見に向かっていた途中だったのだろうか。

「どうも殿下、お早いご到着で」

「エルメス……!!」

即座にこちらを認めたアスターに声をかけるエルメス。アスターはこちらを忌々しげに見て怒りの声を漏らすと同時、烈火の魔力を立ち上らせる。

どうやら向こうはここで始める気らしい、が。

「申し訳ございませんが、今殿下と事を構える気はありませんので」

彼の血統魔法は強力無比。エルメスはその点に関して侮る気は微塵《みじん》もない。

もしここで戦えば、勝敗はどうあれ長引くことは必至。その間に援軍でも駆けつけようものなら更に厄介になることは想像に難くない。

何より現在の自分たちの目的は、逃げて時間を稼ぐことなのだから。

「は！　俺から逃げられるとでも思ったか！」

「……逆に返しますが、この状況を見てどうして捕まえられると思うんですか？」

既に周りを囲む兵士たちは全員無力化した。アスターは当然周りの兵士たちと比べても段違いに強力な魔法使いだが、あくまで一人。血統魔法も純粋な火力型で小回りが利くほどの技術も持ってはいない。

詰まるところ――逃げるだけなら、別段小細工など必要ないのだ。

「術式再演――『天魔の四風《アイオロス》』」

まずは風の血統魔法を起動。間に竜巻を起こし、妨害と同時に砂煙で視界を遮る。

「なにっ」

「術式再演――『無貌の御使《ルナド・サラカ》』」

そして身体能力を強化。後は全速力で後方に駆け出し、アスターの魔力感知の範囲外まで逃げるだけだ。

「くッ――貴様！　ふざけるな！　逃げるな、戦え！　この卑怯者《ひきょうもの》がぁあああああッ‼」

まさか敵対している自分たちがそんな文句を聞いてくれると思っているわけがないだろう。……いや、あの王子様なら案外思っているかもしれないが。どちらにせよ聞く理由は欠片《かけら》もない。

何はともあれ、こうして強引な冤罪《えんざい》からカティアを助け出すことに成功したエルメスは。

そのままカティアと共に、夜闇へと消えていったのだった。

第六章 貴方の魔法は

「何という体たらくだ！」

エルメスがカティアを連れて牢獄《ろうごく》を脱出した後。

アスターは怒りのまま牢獄の応接室に幾人かを呼び出し、怒声を叩きつける。

「まずよりにもよってお前が！　エルメスごときに後れを取って突破され、あまつさえ一撃で気を失っていただと⁉　どういう了見だ、ゼノォス‼」

「も、申し訳ございません！　申し訳ございません‼」

「謝罪をすれば済むと思っているのか⁉　俺はどういうことだと聞いているのだ‼」

「ひ、ひぃいいいいいいっ！」

つい先刻まで自分の輝かしい未来を想像して悦に入っていたこの男は一転、アスターの怒りに対して床に頭を擦り付けてひたすら謝罪の言葉を繰り返していた。

何故《なぜ》負けたのか言えとの言葉にも答えられない。正確には――答えるわけにはいかない。

エルメスの魔法が自分のそれよりも圧倒的に優れていたから、という紛れもない真実を。

だって、あの瞬間分かってしまった。

自分だって仮にもフレンブリード家相伝の魔法を受け継いだ人間だ、自分の魔法に対しては多少人より詳しい。そして詳しい故に分かる。

あれは――本物だ。本物の『魔弾の射手《ミストール・テイナ》』だ。自分のそれよりも遥《はる》かに優れた侯爵家相伝の魔法だった。

アスターはあれを外法で手に入れたと言っていたが正直疑わしい。いやむしろ――あれほどの魔法を手に入れられるのであれば外法でも構わないとさえ思う。

頑《かたく》なにアスターはエルメスの方が間違い、エルメスの方が紛《まが》い物《もの》と主張するが、あれを見せられてしまった後だとやはり到底紛い物には思えなくて。むしろそれを認めず自分ばかりを責めるアスターの方に、抱いてはいけない怒りを抱いてしまう。

「何だその目は！」

「ひッ！　も、申し訳ございませんッ‼」

それが一瞬顔に出てしまったところを咎《とが》められ、更なる怒りに触れて平伏を続ける。

「……失望しましたよ、父上」

アスターの横に立つクリスにも、エルメスの活躍以降事あるごとにゼノスに責められた意趣返しをするように、侮蔑の表情で見下され。

（何故だ……ついさっきまでは上手《うま》くいっていたではないか！　何故ワシだけがこんな目に遭わねばならんのだぁ……！）

どこに向けることもできない怒りに胸を圧迫され、さりとてそれを表に出すこともできず。ゼノスは心中でひたすらに呻《うめ》くのであった。

「し、しかし殿下。恥を忍んで申しますが……あの者の魔法は、紛れもなく脅威でした」

　このままではゼノスを責めるばかりで話が進まないと考えたのだろう。恐る恐る横から口を挟んだのは、監獄を守る兵士の一人。エルメスの迎撃に向かった兵士たちの隊長だ。

「あの者が用いた魔法はいずれも非常に強力。そう、それこそ血統魔法をいくつも扱えるとしか思えないほどの……」

「あれは紛い物だ。俺はそう確信している。俺の判断を疑うのか？」

「そっ、そういうわけでは決して！」

　だが、アスターの睨《にら》みに即座に震え上がって言を翻す隊長。

「血統魔法は一人に一つ。二つは例外中の例外、王国史にある前例でも三つまでだ。だが貴様らの話によると、エルメスは明らかに四つ以上の魔法を扱っていたというではないか。あり得る数字ではない、そんなことも分からんのか」

「それは……その通りでございます……」

「……ふん。しかし、紛い物でも貴様らを翻弄する程度の効果はあったということか」

　そこでアスターは少しばかりの納得の表情を見せたかと思うと、ゆっくりと立ち上がり。

「決めたぞ」

「な、何をでしょう？」

「逃げたエルメスとカティアへの追手だが……俺が行く」

　場がざわめいた。

「でっ、殿下が御自ら!?」

「ああ、もう貴様らには任せておけぬ。紛い物に後れを取る貴様らに見せてやるのだ、真に神に選ばれた魔法使いは誰なのかということをな！　あの国を乱す悪魔どもを打倒し、この国に蔓延《はびこ》る迷妄を自らの手で覚ますのだ！」

「おお……！」

途端に場が盛り上がる。彼の発言権は、多少の疑問こそ出ていたが未《いま》だ健在なのだ。

「さて、そうと決まれば供を決めねばな。まずは……クリス、お前が来い」

「ぼ、僕ですか!?」

指名され、驚きの声をあげるクリス。

「ああ、此度《こたび》の騒乱の発端はお前がエルメスに邪魔され、カティアを取り逃したからだということは分かっているな？」

「ッ」

「ならばその不始末、俺が片付けるところを見届けよ。機会があれば俺の後にあやつを倒す償いの場も設けてやろう。よもや断るまいな？」

「……はい、勿論《もちろん》です！」

クリスは微《かす》かな恐怖を振り払い、自信に満ちた顔で頷《うなず》く。

最初にエルメスと相対して後れを取ったことを、彼は自分の実力だとは思っていない。あの時は油断をして不意を突かれたからであり、真っ向から万全の準備をして戦えばあんな出来損ないの弟に後れを取るはずなどないのだ。

それに……彼にはその後も、大氾濫《スタンピード》の一件を含めて散々苦汁を嘗《な》めさせられた。

ならばその意趣返しをできる機会があるというのは……とても、悦《よろこ》ばしい。

「機会をくださり感謝の言葉もございません！　僕はあんな父上とは違います、必ずやあいつを上回って見せ、殿下のご判断の正しさを証明してみせましょう！」

「あくまで俺の後だぞ、それを忘れるな」

平伏したままのゼノスが歯軋《はぎし》りをする音がしたが、誰も気が付くものはいなかった。

「さて、後は……」

続いてアスターが護衛兼見届け人の兵士たちを適当に選ぼうとした、その時だった。

「……で、殿下……！」

応接室の入り口から、予想だにしない声が響いた。

全員が入り口に目を向け、そこにいた予想外の人物の名をアスターが呼ぶ。

「――サラ！」

サラ・フォン・ハルトマン。王宮で治療を受けていたはずの彼女が何故ここにいるのか。

「治療は、終わりました。思っていたほどの重症ではなかったので……」

「そうか、それは何よりだ」

理由を述べたサラにアスターは歩み寄ると、その肩に手を置いて。

「覚えているか？　お前はな、誠意を以て話し合いに向かったにも拘わらず、カティアに裏切られ魔法で高台から突き落とされたのだ」

「！」

「信じられないのも無理はない、だが事実なのだ」

事実ではない、とアスター自身今回は流石《さすが》に把握している。何故ならクリスに撃つよう命じたのは彼なのだから。

だが、これは必要なことなのだ。

この少女は優しすぎる。このままではあのカティアという悪魔につけ込まれて傷つくばかりだ。だから強引にも彼女の心をカティアから引き剝がす。それがこの子のためだ。

時にはこういった邪道に手を染めることも王たるものに必要な資質。そう解釈し、アスターは言葉を続ける。

「しかもあのカティアめは往生際の悪いことに、一度捕まったにも拘《かか》わらずエルメスを使って強引に脱獄までしでかした！　だが安心しろ、この俺が自ら奴《やつ》らを――」

「……はい。そのあたりは、お聞きしていました。……その上で、お願いがあるんです」

言葉を遮って、サラは控えめに、けれど真《ま》っ直《す》ぐに彼を見て。

「カティア様たちを探す殿下に、わたしも同行させていただけませんか……？」

「……何？」

アスターが眉を顰《ひそ》めた。

「それは、何故だ？」

「この目で、見届けたいんです……アスター様たちと、カティア様たちの、決着を」

たどたどしくもはっきりと。今までとは違う、確たる意思を宿しての返答だった。

アスターは、それをこう解釈した。

「……なるほど」

やっと目を覚ましてくれたか、と。

「ようやく気付いてくれたか！　あの女の本性に！　そして、これまで自分を翻弄してきた悪魔たちをこの俺が討伐するところを自らの目で見届けたいというわけか！」

「……」

「自らを苦しめたものの苦しむ様を見たいのは当然だ、お前にはその権利がある！」

サラは何も言わない。まるでアスターがそう解釈すると分かっていたかのように、否定も肯定もせず何も口を挟まない。

「良いだろう、同行を許可する！」

そしてアスターは、高らかに宣言した。

彼は、サラという少女のことを気に入っている。

見目が美しいのは言わずもがな。加えてカティアと比べると体つきも大人びているのが良い。それは邪な欲望ではなく、単に自分と並んだ時に映えるという理由だけである。

何より、カティアと違って穏やかで従順、身の程を弁《わきま》えている。自分に意見するなどという愚かなことをせず、二重適性であることで調子に乗ったりもしない、二重適性の自分よりもアスターの方が優れた魔法使いであると理解している。

そんな彼女は、優しすぎるところが玉《たま》に瑕《きず》だった。何故か自分をいじめているカティアにさえ情を移していた。カティアがサラを己のそばに置いていた理由など、誰よりも近くで陰湿な嫉妬による嫌がらせをするため以外のなにものでもないというのに。

だが、ようやく目を覚ましてくれた。

この少女を、真に自分が寵愛《ちようあい》を注ぐに相応《ふさわ》しい女性へと成長させる時がやってきたのだ。

高揚と共に、アスターは宣言した。

「夜が明け次第出発するぞ！　国を乱す逆賊どもめ、覚悟するが良い！」

宣誓に周りの人間たちも高らかな声で応え、それによって。

「……これで、いいんですよね……エルメスさん」

サラの微かな呟《つぶや》きに、誰も気付くものはいなかったのだった。

◆

無事、監獄から抜け出すことに成功したエルメスとカティア。

そのまましばらくの間走り続けたが、いくらエルメスと言えど魔力と体力には限界がある。加えて近くにある大きな町に留《とど》まるのも追手を考えるとリスクが高いので。

「すみませんがカティア様、本日はここで野宿になります。劣悪な環境になりますが、早急に改善を考えるのでお許しを」

「……分かったわ」

彼女は流石に元気こそないものの、比較的はっきりとした様子で頷いた。早速エルメスは彼女を降ろし、近くの小枝をかき集めて魔法で点火、焚《た》き火《び》を作る。

それから持ち出してきた荷物の中より棒と布を取り出し、簡易なテントを作成。流石に公爵家のベッドには大きく劣るが、シンプルな寝床も用意する。

次は食べるものだ。調理器具と材料を取り出し、水筒の水を鍋の中に入れて温め始めた。

「……手慣れてるのね」

大人しく焚き火に当たっていたカティアが、少しの驚きと興味を持った顔でこちらの手元を覗《のぞ》き込んできた。

「ええ、それなりには。僻地《へきち》で泊まり込みの迷宮攻略をすることも珍しくありませんでしたから」

ローズの元にいた五年間。彼は戦闘経験を積み、魔法を習得するために多くの迷宮に潜った。その際にある程度のサバイバル技術も身につけたし、その時もこうして工夫した料理を師匠に振る舞ったものだ——と昔を思い返しつつ、彼は調理を続ける。

味のベースとなるのは安定の干し肉。加えて独自に発見した香草の組み合わせで臭み等の嫌な部分を消し、そして干し野菜を投入。これは出汁《だし》の味に深みを持たせるのに有用だと分かり、師匠にも好評だった。

後は塩をはじめとした調味料で味を整え、比較的安価だが味の良いスパイスをほんの少しだけ入れてアクセントに。

程なくして良い香りが漂ってきたスープをよそい、カティアに振る舞う。

「！……あなた、本当に料理上手なのね。うちのシェフが喜ぶだけのことはあるわ」

「こ、光栄です」

とは言っても保存性と手軽さを重視した簡易料理、公爵家で一流のコックが作るものに慣れている彼女の口に合うかは自信がなかったが。

カティアは一口スープを含むと目を見開き、若干の呆《あき》れを滲《にじ》ませた声で称賛してきた。

どうやら、少なくとも賞味に耐えうる出来のものは作れたらしい。

そして、彼女も落ち着いてきたようなので。彼は深く腰を落ち着け、現状を話し始めた。

「さて、カティア様。現在貴女《あなた》はアスター殿下の手によって冤罪《えんざい》をかけられ、それを口実に追われる状態になっています」

「……ええ」

「けれど、向こうのやり方は性急かつ杜撰《ずさん》だ。時間さえあれば必ず綻びが見つかるし、現在それを見つけるために公爵様が全力で動いてくださっています。だからそれまで貴女を守り、追手から逃がし続けることが僕の意思で、公爵様に与えられた役目です」

故に、この逃避行において人目のつくところに入るのは極力避けたほうが良い。アスターは仮にも王族、その権力を全力で用いれば捜査範囲は膨大なものとなるだろうから。

かなり行動は制限されるが、それでも彼ならば問題ない。サバイバル技術にも長《た》けているし、いざとなれば強力な血統魔法の数々で逃げに徹すればそう簡単には捕まることもないだろう。

「ご安心を。貴女にはしばらく不便な思いをさせてしまいますが、公爵様ならば必ず貴女の無実を証明してくださいます。だからそれまでのご辛抱を」

「そう、ね……でも……私は……」

けれどカティアは、尚《なお》も迷うように視線を彷徨《さまよ》わせる。

……無理もないのかもしれない。彼女がここまで逃げ出してきたのは、あくまで自分の死を避けるためであって。肝心の彼女が抱いた迷いは未だ答えが出ていないのだから。

だから、彼は。

「今は休んだほうが良いと思うよ、カティ」

「え？」

そう忠言する。彼女に言われたように、二人だけの時なので口調を昔のものに戻して。

「体が疲れている時はね、心も良くないことばかり考えてしまうものなんだ。心身相関、って師匠は言ってたかな」

そのような時に考えたことは、大抵の場合過剰なほどネガティブに寄る。真っ当な判断力もなくなっていることが多いのだ。

「だから今は、何も考えずに休むのが得策だ。大丈夫、きっとすぐに答えを出さないといけないわけじゃない」

「……うん」

カティアは素直に頷《うなず》いて、用意したテントの中に潜り込む。

「どうかな。流石に寝心地は良くないと思うけど、眠れそう？」

「大丈夫……だと思うわ」

「分かった。じゃあ、灯《あか》りを消すね」

布団の中に潜り込むのを確認してから、彼は焚き火に手をかざす。

明日になれば向こうも捜索に本腰を入れてくるだろう。その前にできる限り距離を離しておきたいので、早朝すぐに行動するためにも早めに休むのが得策だろう。

そう考えて焚き火を消した、その瞬間だった。

「ッ!?」

テントの中で、カティアが驚愕《きょうがく》と共に跳ね起きる気配がした。

「え、エルッ!?」

「え、ど、どうしたのカティ」

「い、いるのよね？　そこにいるのよね!?」

「そりゃあいるけど……？」

「い、いるならこっちに来て、早く！」

どうしたのだろう。周囲に魔物の気配もないし、テントの中に害虫等がいないこともきちんと確認したのだけれど。そう思ってテントの中に入り、声をかける。

するとカティアが近寄ってきた。あたりをまさぐるように手を伸ばし、その指先がエルメスの腕に触れる。

「!……エル、よね?」

「エルだけど……」

するとその瞬間——カティアが抱きついてきた。

「ッ!!」「!?」

唐突に至近距離で密着する柔らかく温かな感触に、さしものエルメスも動揺で硬直する。鼻先を掠《かす》める彼女の髪の芳香に若干思考を乱されていると、当のカティアが涙声で。

「エル! み、見えないわ、何も!!」

……ああ、とようやく理解した。

彼女は慣れていないのだ。本当の、純粋な、暗闇、というものに。

カティアは生まれてからずっと王都で暮らしてきた。王都では夜であっても街灯や見張りが使う魔法の灯りである程度の光源がどこにでもあり、多少の視界は確保できる。

けれど、この夜の森は違う。光源など当然なく、月明かりや星明かりも木々に遮られてここまでは届かない。故に王都では滅多にお目にかかれない、目を開けてさえ何も見えないほどの暗闇が出来上がっているのだ。

「だ、大丈夫よね!? 私の目がおかしくなったんじゃ……!」

「だ、大丈夫だから。ちょっと待ってて——」

エルメスは多少慣れているのでぼんやりと周囲の把握はできるのだが、カティアにとっては本当に急に目が見えなくなったようなものなのだろう。彼女のパニックを落ち着かせるために彼は再度焚き火をつけようとするが。

手を伸ばそうと体を捻《ひね》った瞬間。何故《なぜ》かカティアがぎゅっとより強く抱きしめてきた。

「……あの。動けないんだけど……」

「や、やだ……離れないで……」

「いや、ちょっと灯りをつけるだけだから」

「こ、こわいわ……お願いだから……！」

そう言って、さらにきつく力を込めて密着してくるカティア。

……どうやら、余程この夜闇が恐ろしいらしい。流石《さすが》にこのままだと色々とまずい。

仕方ないのでエルメスは抱きつかれた体勢のまま、強化汎用魔法で生み出した火球を後ろ手で放ってテントの隙間から放出。そこからカーブをかけて焚き火に着弾させ灯りをつけるという無駄にテクニカルな魔法操作を披露しなんとか光源を取り戻す。

「あ……」

「ほら、決して君の目がおかしくなったわけじゃ——」

そして光源が戻れば当然、現在の二人の位置関係的に至近距離で目が合うことになり。

焚き火に照らされた、不安げな色を湛《たた》え庇護欲《ひごよく》を掻《か》き立てる彼女の美貌。そして涙で濡《ぬ》れて輝く愛らしくも妖艶な瞳がぱっちりと視界に入り、息を呑《の》む。

だが次の瞬間。

「〜〜〜ッ」

灯りと共に正気も取り戻したカティアが、先ほどまでの自分の振る舞いを自覚して真っ赤になり、ぱっと体を離してその場に蹲《うずくま》った。

「いっそ殺して!!」

「今その言葉は冗談にならないからやめようか……」

しかし、焚き火を点《つ》けたまま休むのは延焼とかのリスクで色々と危ない。

かと言って何も灯りをつけないのは夜闇に慣れない彼女にとって眠るどころではないと判明したので、折衷案として。

「これくらいの光量でいいかな?」

「え、ええ……」

カティアが寝付くまでの間、エルメスが魔法を用いた光で軽く辺りを照らすことにした。

あまりに明るすぎると魔物に勘付かれるので、ぎりぎり夜目が利く程度に抑えてのもの。

そして、それに加えて。

「……」

「……何よ。笑うなら笑いなさいよ!」

エルメスが魔法を用いているのとは逆の、自身の左手を見やる。

その先には、毛布から出た彼女のほっそりとした指先が。

――つまるところ、彼女が寝付くまで手を握っていて欲しい、という要望である。

「いや、笑いはしないけれど……いいのかな、と思って」

「いいって……何がよ」

「その……女の子が、寝付く時に異性に見られるってのはあんまり落ち着かなかったりするんじゃ……」

「……なんだ、そんなこと」

こんな状況になっている時点で今更な問いだ。カティアは軽く呆れを滲ませて。

「別にいいわよ、今更だし。それにあなたなら……むしろ、安心するわ」

「っ」

普段は比較的勝ち気な彼女の、珍しく純粋に甘えるような声に軽く心臓が跳ねる。

けれど続けて彼女はこう言ってきた。

「それに……今は、こわいの」

「怖い？」

「一人でいると、私が分からなくなりそうで……このまま、夜闇の中に溶けて消えちゃうんじゃないかって……だから……」

「！」

捕まる前、彼女に何があったのか詳しいことは聞けていない。

けれど、大凡《おおよそ》の想像はついていた。きっと今まで自分がやってきたことを手ひどく否定され、自分を見失いかけているのだろう。

「……大丈夫」

呟《つぶや》いて、握った手に力を込める。

「君はきっと間違ってないし、僕はここにいる。……ほら、もう休んで。じゃないと僕が魔法を解除できない」

「……そうね。……あり、がと」

軽い苦笑と共に、彼女の瞼《まぶた》が緩やかに落ちる。

(……本当に)

何を言われ、どんな目に遭えばあれだけ真《ま》っ直《す》ぐだった彼女がこうなってしまうのか。聞いていない以上想像しかできないけれど、その原因の在処《ありか》だけは確信していたから。

小さな決意を込めた、彼の呟きと同時に。

「……許したくは、ないなぁ」

穏やかな彼女の寝息が、傍《そば》から聞こえてきたのだった。

◆

翌朝、目を覚ましたエルメスとカティアは早速距離を離すべく移動を開始した。

そこで問題になってくるのは――やはり、物資だ。

公爵家からある程度の食料や道具こそ持ってきたとは言え、カティアを救出するまでの行動が急すぎた。予想される逃避行の長さを考えると、十分な備蓄とは言い難い。

なのでどこかに補給に寄る必要があるのだが、追手の問題があるのであまり人の目が多い街に寄るのも憚《はばか》られる。

そこで、まずエルメスとカティアが選択したのは。

「おや、この村に何用で――って、貴方《あなた》たちは！」

守衛をしていた人間が、二人の姿を認めて驚きの姿勢を見せる。

二人が訪れたのは、以前ユルゲンからの依頼で大氾濫《スタンピード》の平定に向かった辺境の村だ。

ここならば流石にアスターの手の人間が潜んでいるとは思えないし、以前助けているため村人の心証も良い。それなりに協力的にはなってくれるだろうという打算もあった。

……カティアは思うところもあるらしいが、現時点では選択肢が少ない以上仕方がない。

「そ、その格好は一体……？　と、とにかく中へどうぞ！」

守衛はカティアの、以前来た時とは比べ物にならないほど簡素、正直に言うならばみすぼらしい格好に驚きを見せたものの――予想通り快く、中へと迎え入れてくれるのだった。

「……なるほど、事情は分かりました」

そうして案内された村長宅にて、簡単な事情を説明する。

村長は話の内容に驚きを見せたが、最後にはゆっくりと頷《うなず》いて。

「そういうことなら遠慮なくどうぞ。貴女《あなた》がたは我が村の恩人だ、好きなだけ持っていってください」

「……感謝します。この恩はトラーキア公爵家の名に懸けて必ずお返しするわ」

「そのようなことを仰《おっしゃ》りなさるな。むしろ御恩をお返しするのはこちら側なのですから」

人好きのする笑顔と共に優しく返す村長。その好意に甘え、必要なものをエルメスが告げようとしたその時だった。

「あ――!!　こーしゃくさまのお姉ちゃんだ！」

入り口から甲高い声。振り返ると、そこには見覚えのある小さな女の子の姿が。

「あなたは……ええと、リナ、だったかしら」

「そうだよ！」

この村に来た時、魔物に襲われていたところを助けた女の子だ。

その子、リナは一目散に駆け寄ってくるとカティアに飛びついて。

「今日はどうしたの？　遊びに来てくれたの!?　じゃあこっち来て！　見せたいものがいっぱいあるの!!」

「え、あ、えっと、その」

流石にこんな無邪気な好意を無下に振り払うこともできず、リナを受け止めた体勢のままエルメスに視線で助けを求めるカティア。彼はそれを見ると、軽く笑って。

「カティア様さえ宜《よろ》しければ、遊んで差し上げてください」

「えっ、でも、いいの？」

「物資の受け取りなら僕一人でもできます。多分時間もかかるので、その間だけでも」

それに、きっと今の彼女にはこういった触れ合いも大切なように思える。

エルメスの視線を受け、カティアは戸惑いつつも頷いて村長宅を出て行った。

さて、と振り返って村長に必要なものを伝えようとするエルメス。

村長はそんな彼に向かって、一言こう告げた。

「……あのお方は今、何かに悩んでおられるのですかな？」

「！」

驚いた。あの短いやり取りで分かるものなのか。

「人の調子を把握するのが村長たる私の務めですから。差し支えなければ、何の悩みなのか教えていただいても？」

「……恐らくは、自身の在り方についてでしょう。それ以上のことは、詳しくは」

それを耳にして、村長が微《かす》かに目を見張る。

「おや。直接聞いてはいらっしゃらないのですかな？」

「自分は、あくまで従者の立場です。……あの方の考え、想《おも》いはカティア様自身が答えを出すべきものですから」

その言葉を聞くと、村長はさらに瞠目《どうもく》し――突如、軽く吹き出す。

「？」

「ああ、失礼。……貴方は随分大人びた方との印象を受けていましたが、歳相応《とし》のところもあるのだなと思いましてな」

「ど、どういう――」

「大切なのですね、あのお嬢様のことが。だからこそ、自分の言葉でその考えが、想いが変わってしまうのが怖い。そうありありと顔に書いてありましたよ」

「え」

「珍しい方ですな。大切な誰かを望み通りに変えようとするのではなく、そのままで在ることこそを望むとは。……けれど、とても眩《まぶ》しい」

そんなに顔に出ていたか、と少し気恥ずかしくなるエルメスに、村長は微笑《ほほえ》みかけて。

「大丈夫だと思いますぞ」

そう、穏やかに告げた。

「人は多かれ少なかれ、誰かの影響を受けているものです。確かに何もかもを依存してしまうのは問題ですが、あの方の心はそう柔《やわ》ではない。……よく知らないくせにと言われるやもしれませぬが、私はそう感じました」

「……」

「心を聞き、貴方の望みを伝えることくらいは、問題ないのではないでしょうか。……案外、あの方もそれを待っているのかもしれませぬ」

「……ありがとう、ございます」

多分、今の言葉は大事なことだ。そう直感したエルメスは、素直に感謝の言葉を述べて。

気を取り直して、必要物資の要請を再開したのだった。


一方、リナに連れられたカティアは。

「それでね！　ここがユタくんのお家なの！　あそこにあるおっきな木は登るのがすっごい難しいんだけど、この間てっぺんまで行けるようになってね！」

「え、ええ……」

手を引かれるままに村のあちこちを案内されていた。

お気に入りの場所を楽しそうに紹介するリナ。つられて次々と目にする村の生活は――

（――すごく、楽しそう）

勿論《もちろん》カティアの暮らす王都に比べれば、生活水準の面では天と地ほどの差がある。

けれど。隣人と話しながら農作業をする老夫婦、畑の隙間を全力で駆け回る子供たち、その中に仲の良い友人の顔を見つけて手を振るリナ。

全ての人たちに、笑顔があった。

この生活を。この幸福を守ることこそが、カティアの責務。そう思っていた。

（でも、私は――）

そう、カティアがこれまでと同じ思考のスパイラルに入り込もうとしたその時だった。

「あとね！　最後に見せたいところがあるの！　来て！」

リナがこれまでと比べてもひときわ強く手を引いて、それにつんのめりながらもカティアが合わせて駆け出し……案内された、村の外側。

そこに――驚くべき光景が広がっていた。

「何……これ……」

濠《ほり》だ。

村の外周に沿って、大人が二人縦に入りそうなほど深い溝がぐるりと掘られていた。

そして上。柵上に建てられた木組みの装置に、横に積まれた籠に入る拳大の石の数々。

あれは――多分、石を投げるための機械だろう。

何のためにそれを作っているのか。その答えに辿《たど》り着いた瞬間、濠の中から声がした。

「おっ！　リナちゃんじゃねぇか！」

大人の男性だ。彼含め、何人もの男たちが農具を片手に濠を作る作業に勤《いそ》しんでいた。

「どうした、また穴に落っこちて泥だらけになりに来たのかぁ？」

「ち、ちがうもん！　今日は案内しに来たの！」

「案内って誰を――って！」

男の一人が、リナの隣に立つカティアを認めた瞬間驚きの声を上げた。

「カティア様じゃねぇか！」

「何だって!?　おお、ほんとだ！　なんでまたこの村に？」

「カティア様、ここにゃ面白いもんはありませんぜ！　お召し物が汚れまさぁ！ってあれ、今日は随分と簡素っすね？」

「な……何を、してるの？」

気さくに声をかけてくる男たちに、カティアはおっかなびっくり確認する。

「それは勿論、魔物対策ですぜ！　この濠に魔物を落っことして、上から石で押しつぶせばいくら魔物でもな！」

「ああ、これが完成すれば前の狼《おおかみ》もどきなんぞ怖くねぇ！」

やはりそうだったか。確かに、あの程度ならばこれがあれば問題なく対処できるだろう。

でも、彼らがそういう判断をしたということはすなわち——と考え始めたカティアの心を読んだかのように、男たちが声をあげる。

「あ、勿論カティア様やあの従者様が頼りねぇってわけじゃございませんぜ？　むしろあの魔法ってのはとんでもねぇ！　さすが貴族様だ」

「でもなぁ。……やっぱあんな小さい子供に守られっぱなしってのも情けねぇ話だ」

「……え」

小さい、子供。

村の民がカティアを貴族である以前にそう見たことが意外で、彼女は声を上げる。

そんなカティアに向かって、村の男たちは続けた。

「俺たちは平民ですがね。……それでも、小さな女の子が恐ろしい怪物に立ち向かってる中、何もせずにいるしかないってのは居心地が悪いんでさぁ」

「それに、あの魔物の大群に襲われて何もできずにくたばるのはひでぇ。あんな目に遭うのはもう懲り懲りだ。ならいっちょ俺たちも魔物を倒せるようになろうぜ！　とね」

「それは……」

違う。魔物に襲われたのは、村を危険に晒《さら》したのは私のせいで――

――と言おうとしたが、すんでのところで口をつぐむ。その言葉は、彼らの覚悟を、考えを軽んじ、侮辱することに近いと気付いたからだ。

カティアの反応をどう思ったか、村の男たちは最後まで好意的に。

「カティア様を頼りにしてるのは変わりませんぜ！　でも、ただでさえここは王都から遠く離れてる、一々来なきゃならないのもお辛《つら》いでしょうぜ」

「だから俺たちで倒せる魔物は対処しようって村長が決めてな！　まぁ勿論限界はあるから、俺らでもキツかったらそのときはよろしくお願いしますぜ！」

「――」

「ね、うちの村はすごいでしょ！」

驚きの表情を見せるカティアに、リナが得意げに胸を張る。

「わたしもね、魔法の勉強を始めたの！　わたしは貴族さまじゃないから、カティアさまみたいにできないかもしれないけど……調べたら、貴族さまじゃなくても使える魔法があるって！　はんよー魔法だっけ？」

「……ええ」

「だから、それを頑張る！　それで、カティアさまや、エルメスさまみたいなすごい魔法使いになるの！」

——守らなければならないと、思っていた。

でも、彼らは。自分が守るべき者と決めつけていた者たちは、想像よりもずっと強くて。

「……ええ、すごいわ」

今は、素直に。彼女はそう答えたのだった。

心にあった澱《よど》みが、少しだけ軽くなったような気がした。


しばらくして、エルメスはいくつかの荷物を手に、村の入り口でカティアと合流する。

アスターの追跡がどこまで正確か分からない以上、できるだけ早く村を出た方が賢明だ。

「では村長さん。万が一追手がここに来た場合、僕たちのことは包み隠さず素直に話して構いません。行き先は告げませんが、ここを出た日も聞かれれば正直に答えてください」

「……分かりましたぞ」

神妙な顔で頷く村長と、その隣で寂しそうにしているリナ。

村長にもう一度深く頭を下げ、リナにまた来ると約束した上で手を振って。

「ではカティア様、行きましょうか」

「ええ」

隣のカティアに声を掛け、村に背を向けて歩き出すが――

「あの。何かあったのですか？」

先ほどまでとどこか雰囲気が違うカティアに疑問を持って問いかけるエルメス。

「……そうね。少しだけ……考えてみようと思ったわ」

そう語る彼女は、微かだが今までにない前向きさが宿っているように見えた。

――きっと、良いことなのだろう。

「さ、早くしましょう、エル」

「はい」

自分も村長に告げられたことを考えるべきだろう。そう思って返事をし、共に歩き出す。

しばらく逃げ回れるだけの蓄えはできた。後はひたすら人気《ひとけ》のない場所を回るだけだ。

その気になれば自給自足も可能だし、本当に追い詰められたときは最後の手段として師匠に頼るという手もある。あまり使いたくはないが、保険としては有効だろう。

だから、ユルゲンが無実を証明してくれるまで逃げ回ることはそう難しくない――

――と、思っていた。


その日の夜のことだった。

テントの入り口近くで物音を感じ、エルメスの意識が覚醒する。

かつて身につけたサバイバル術で、怪しい音を感知したら目を覚ますように仕込まれていた彼。眠っているカティアからそっと手を離し、慎重にテントから這《は》い出る。

すぐに見つけた何者かの人影に背後から忍び寄り、戦闘態勢で声をかけた。

「どなたですか？」

「ッ――え、エルメスさま!!」

流石《さすが》に驚いた。

何故《なぜ》なら振り向いて名を呼んだのは、今日別れたはずの少女リナだったのだから。

どうしてここに。まずよくこの場を見つけられたものだ。いやそもそも何の用で――

という思考は、次の彼女の一言で全て吹き飛ばされたのだった。

「――たすけて！　村が、村がたいへんなの!!」

◆

エルメスとカティアが村を出た、数時間後のことだった。

「貴様がここの村長か？」

横に銀髪の青年とブロンドの美しい少女、そして背後に大量の物々しい兵士たちを侍《はべ》らせた赤髪の美男子。第二王子アスターが、村長に向けて傲岸な態度で問うてきた。

「はい、そうでございますが……」

「単刀直入に訊《き》く。ここに紫髪の女と銀髪の男の二人組が訪れたはずだ。いつこの村を発《た》ったか、どこに行ったかを答えろ」

質問ではなくほぼ命令に近いその問いに、村長はしばし黙り込んでから。

「——存じません」

きっぱりと、そう答えた。

「なに？」

「少なくとも私はそのような二人組が訪れた事実を知りませぬ。私に悟られぬようこっそりとこの村に入り、出て行ったか——或《あ》いは、そちらの思い違いかのどちらかです」

「——ほう？」

アスターの目が細まる。圧力が増し、クリスやサラ、背後の兵士たちが息を呑《の》んだ。

「この俺の、思い違いだと？」

「可能性があるというだけでございます。ひょっとすると、村の者ならば何か知っているやもしれませんな。聞いてきましょうか？　ただその場合、相応のお時間を頂戴してしまいますが……」

「……」

そんな中でも飄々《ひょうひょう》と答える村長に、アスターはしばし黙り込み。

「……分かった。下がれ」

「——え？」

疑問の声は、背後の兵士のものである。

それを誰も咎《とが》めない。何故なら全員内心は同じだったからだ。

村長の態度は、常ならアスターの逆鱗《げきりん》に触れてもおかしくない。何故——という疑問は。

アスターが兵士と共に村を離れ、村人に聞こえないところで放った一言で全て解決した。


「焼くぞ、あの村」


全員が一瞬理解できず黙り込み——徐々にその意味が冗談でも何でもないと分かった瞬間、一気に驚愕《きょうがく》が広がった。

「や、焼く、とはまさか——！」

「ああ、俺の魔法で全て焼き払ってくれる」

「何故です!?」

「勿論《もちろん》、この俺に対して虚偽を働いたからだ」

当然の疑問を呈した兵士に、逆に当たり前のことを聞くなと言わんばかりに彼は返す。

「貴様らにも説明した通り、あの監獄に収監された囚人には脱走防止のためとある魔法がかけられる。一定時間、特殊な魔力痕を周囲に流し続ける類のものだ。俺たちはそれを辿ってここまで来て、その魔力痕があの村にもある以上奴《やつ》らが村を訪れたことは確実。なのにあの村長は俺にそうではないと偽ったではないか」

「し、しかし！　村長の言う通り気づかなかっただけという可能性も……！」

「ない。あの男は俺を謀っている。目を見れば分かる、そうに違いない」

珍しく偶然にも、彼の推測は事実と一致こそしていたのだが。

だとしても村ごとという判断が理解できない兵士たち。それに構わずアスターが続ける。

「そもそも、あの柵の周りにある大穴はなんだ？　上に妙な機械まであるようだが」

「あれは……恐らくですが、あの村特有の魔物対策かと。あの大穴に魔物を落とし、上の――多分投石機でしょう、それで魔物を押しつぶして仕留める仕掛けなのでは……」

「ほう？　つまりあの村の者たちは平民の身で、血統魔法を持たぬ身でありながら自ら魔物を討伐しようとしている、と？」

「え、ええ。辺境で討伐が追いつかない時もあるのでしょう、妥当な自衛手段かと――」

「ならぬ」

的確な兵士の推察だったが、アスターはそれをばっさりと切って捨てる。

「何だそれは。魔物を倒すのは俺たち王侯貴族の役目、そして俺に守られるのが平民の役目であろうが。平民の分際で貴族の真似事《まねごと》をしようなど烏滸《おこ》がましい、つまり奴らは貴族の治世に文句があるということではないか」

「な――」

「思い上がるにも程がある。そのような危険分子、やはり今のうちに消しておくのがこの国のためだ」

正当化する。

あらゆるこじつけを駆使して、どのようなものでも貶《おとし》める材料にして、あの村の排除こそが正しいのだと刷り込む。

この村を焼くのはこの国のため。断じてあの村長の、誰かと比べてこちらを嘲るような視線が気に食わなかったわけではない。

そう思い込み、実行への決意を固めるアスター。

「で、ですが！　温情をお与えになっても良いのでは。そもそも現在の最優先はカティアの捜索、この村に関わらず魔力痕を追いかければ済む話では――」

「まだ殿下に口答えする気か、貴様ら！」

尚《なお》も意見を述べようとした兵士たちだが、別方向からの一喝によってそれが遮られた。

「殿下の仰《おつしや》ることだぞ、正しいに決まっているだろうが！　むしろ未《いま》だ貴様が処刑されていないことこそ殿下の温情と知れ！」

「く、クリス様……」

「差し出がましいぞ、クリス。だが此奴《こやつ》の言う通りだ」

アスターの肯定。それに気を良くしたクリスが恐悦の笑みで言葉を続ける。

「ありがとうございます！　それで、早速実行なさるのですか？」

「いや、今の時間は外に出ている者もいるだろう。やるならば村人全員が帰ってきた夜だ。そこを俺の血統魔法で気付く間もなく焼き払ってくれよう」

そうして、未だに戸惑いを見せるものの最早《もはや》アスターを止められる者は誰もおらず。

村は表面上平和なまま、外で作業をしていた村人がやがて帰ってきて、日が沈み。

そして。

◆

「……なに……これ……」

赤。

夜闇に煌々《こうこう》と光る残酷な炎の色。それが広がるのは、つい半日前に訪れた村がある場所。

炎の中、見覚えのある建物たちが黒ずんで崩れていく様がありありと展開されていた。

リナに連れられその現場までやってきたエルメスたちは、それをしかと目撃してしまう。

カティアが、絶望の表情で叫んだ。

「む、村のみんなは!?　まさか――!!」

「――落ち着きなされ、カティア様」

そこで、後ろから響く穏やかな声。振り返るとそこには――

「……村長、さん」

無事だったのか。いや、村長だけではない。更にその背後には、濠《ほり》を掘っていた男たちをはじめとした多くの村人の姿も確認できた。

「リナが勝手な真似をして申し訳ございませぬ。そしてご安心を、つい先ほど村人全員の無事を確認いたしましたぞ。怪我人《けがにん》はいるものの、死人は一人も出ておりませぬ」

「あ……そ、そうよね。いくら殿下でもここまで――」

「……いいえ」

アスターと言えどここまでのことはしないだろう、そんなカティアの希望的観測を、無慈悲に村長は断ち切った。

「かの王子殿は、紛れもなく我らを丸ごと焼き払うおつもりでした。そのために夜まで待つという徹底ぶりで。……ですがそこで……」

「金髪の別嬪《べっぴん》さんが、助けてくれたのさ」

「――え？」

村人の男からもたらされた、予想外の情報にカティアに加えてエルメスも驚く。

「なんか夕方に一人でやってきたと思ったら、必死の形相で『今すぐ逃げてください！』って言ってきてよ」

「このままじゃ殺されてしまうとか言ってて、流石に最初は信じられなかったんだが――」

「何でも聞いてみると、カティア様の友達らしくてな」

「！」

「あまりに必死すぎるのとその言葉でな、騙《だま》されたつもりでみんなでトンズラしたんだが――本当に、信じてよかったぜ」

「……サラ様、ですね。あの方がそんなことを……」

恐らくはアスターに同行しているのだろう。彼女のおかげで村人たちが助かったのならば、紛れもなく感謝をすべき事柄だ。

――けれど、裏を返せば。サラがいなければ、アスターは間違いなくこの村を村人全員諸共《もろとも》焼き消すつもりであったということ。

行きがけにリナから事情は聞いている。確かに王族に向ける虚偽は罪に問われる事柄だが――だからといって、ここまで。

それに、村人の命は助かったと言っても。

「ああ……俺たちの村が……」

「あの家……思い出だったのに……」

「畑もダメになっちまった……投石機だって、あんなに苦労して作ったのによぉ……！」

失ったものは、紛れもなく大きく。

「……また、だわ」

ぽつりと、カティアの呟《つぶや》きが響いた。

「また、私が……私が関わって、巻き込んだせいで、こんな……！」

「ッ、カティア様、それは」

まずいと思った。

確かにこの惨状がカティアを追う連中によって引き起こされたことは間違いない。

けれどそれは、こうまで正確かつ素早い追跡を想定していなかった自分のミスであり、カティアは悪くない。そうフォローを入れようとした、その時だった。

「ほう？　まさかこんな所で会えるなんてね」

喜悦に満ちた声。草むらをかき分けて出てきたのは、エルメスと同じ髪と瞳をもつ青年。

「村の残党がいるかもと思って来てみたんだけど……まさかまさかだ！　神は僕に味方しているようだねぇ！」

「……兄上」

「はっ！　何度も言っているだろう、お前に兄と呼ばれる筋合いはない！」

クリス・フォン・フレンブリード。

この光景を見てその顔。眼前の所業をどう思っているのか、表情が雄弁に物語っていた。

「……止めなかったのですか」

だから、エルメスは問う。

「何をだい？」

「アスター殿下がこのような所業をして、貴方《あなた》はなんとも思わなかったのですか」

「はは！　何だい、残酷だとか痛ましいとかかい!?　思うわけがないじゃないか！」

喜悦の笑みを崩さず、高らかにクリスは返答する。

何も考えていない――考えないことを決めきった笑顔で。

「いいかい、アスター殿下こそがこの国で最も優れたお方、そしてそのお方を誰よりも理解し、誰よりも近くで仕えるのが右腕たるこの僕だ！　悪いのは殿下に従わなかった君たちで、これは当然の罰なんだよ！」

「……」

「そもそも、こんな辺境に住んでいる平民《ゴミ》、しかも百人やそこら程度だろう！　死んで何の影響がある！　むしろ殿下に逆らったらどうなるかを身をもって示したんだ、殿下の覇道の礎となったことを誇ってもらいたいものだね!!」

「――ッ!!」

その言葉を聞いて。消沈していたカティアが、激昂《げきこう》と共に立ち上がった。

迷いはあるし、後悔もある。けれど今は怒るべき時。その心は、分かるつもりだ。

けれど――彼は、そんな彼女を手で制す。

「エル！　なんで止めるの、こいつは――！」

「カティア様。一つ、我儘《わがまま》を言ってよろしいでしょうか」

カティアが止まる。

彼が予想外の言葉を言ったこともそうだし、彼の様子が――あまりにも不自然に凪《な》いでいたから。そのまま、エルメスは告げる。

「あいつは、僕一人でやらせてください」

「――エル」

カティアが息を呑《の》み、クリスの瞳が更なる愉悦に歪《ゆが》む。

しばらくの沈黙の後――彼の意思を理解したカティアは一つ息を吐き、告げた。

「……分かったわ。ただし、必ず勝つ――いえ、後悔させるのよ。守るべき民に刃《やいば》を向け、あのような暴言を吐いたことも」

「お任せを」

何やら、クリスは自信満々な態度でこちらを待ち構えている。以前エルメスと戦った時にはあっさりと真正面から圧《お》し負けたのに、どうしてそこまで余裕を持てるのか。

恐らくは何かしらの勝算があるのだろうが――何であれ、負けるつもりは微塵《みじん》もない。

「うん、仕方ないよね……殿下は自分の後だって仰っていたけれど、今はお休み中だ。このままこいつらを殿下のところまで引っ張っていったら間違いなく迷惑がかかるし……うん、仕方がない、仕方がないんだよ」

クリスはぶつぶつと何事かを呟いてから、満面の狂笑で両手を広げて。

「さぁエルメス、元兄として最後の授業をしてあげよう！　君と違って、真に選ばれし人間との格の違いってやつをねぇ!!」

「結構です。貴方からはもう、十分に教わったので」

悪い部分を、反面教師として。

その言葉を飲み込んで、お互いに自身の魔力を高め。

「【六つは聖弓　一つは魔弾　其《そ》の引鉄《ひきがね》は偽神の腕《かいな》】！」

「【斯《か》くて世界は創造された　無謬《むびゅう》の真理を此処《ここ》に記す
　天上天下に区別無く　其は唯一の奇跡の為《ため》に】」

お互いの魔法を、顕現させて。

彼の人生で、最も長く続いた兄弟との因縁。その決着を付ける戦いが始まったのだった。

◆

互いの魔法を展開したクリスとエルメス。

続いてエルメスは、以前と同じように扱う血統魔法を決定する。

「――【六つは聖弓　一つは魔弾　其《そ》の引鉄《ひきがね》は偽神の腕《かいな》】」

「……」

おや、と思った。

エルメスが扱う『原初の碑文《エメラルド・タブレット》』の弱点として、血統魔法を再現する際に通常より時間がかかる点が挙げられる。

通常と違い『原初の碑文《エメラルド・タブレット》』を詠唱、起動してから更に再現する魔法の詠唱を行う必要があるので、当然手の内を知っているクリスはその隙を突いてくるものと思っていたのだが。

だが、クリスの挑発するような表情を見てすぐに分かった。

……なるほど、どうやらあの時と同じく真正面から撃ち合いをしたいらしい。

別に先制攻撃をされても強化汎用魔法でいくらでも対処はできたのだが、そう来るなら好都合だ。向こうの望み通り魔弾を展開する。

そうしてクリスとエルメスが同時に魔法を発射し、両者の中間でそれが衝突し――

――エルメスの方が、圧し負けた。

「！」

撃ち漏らした魔弾が自分の方向に飛んでくる。エルメスが咄嗟《とっさ》に横っ飛びでそれを回避するが、その後にはすでにクリスが次弾を用意していた。

クリスが哄笑《こうしょう》と共に叫ぶ。

「ははははは！　どうだいエルメス、これが僕の本当の実力だ！」

エルメスも移動しながら次弾を生成して射出。射撃戦が始まるが、確かにクリスの方が威力が強い。防戦一方になる。

以前戦った時と比べれば、より魔法を使いこなしている分エルメス側の威力も上がっているはずなのだが。クリスはそれすら超える強化がなされていた――不自然なほどに。

「一度撃ち勝ったからって調子に乗らないことだね！　あの時の僕はこれっぽっちも本気を出していなかったのさ！　分かったかいエルメス、これが僕と君の決して埋められない差で――」

「兄上」

調子の良い口上を断ち切って、エルメスが問いかけた。

「その懐に隠しているものは何ですか？」

「ッ！」

よく観察すれば、すぐに分かった。クリスの羽織っているローブの内側。

微《かす》かな膨らみがあるし――何よりその異常な魔力反応が全てを物語っている。

クリスは一度歯軋《はぎし》りしたが、すぐに気を取り直した様子で。むしろ見せびらかすようにローブを開けてそれを取り出した。

「それは――」

見覚えがある、杖《つえ》だ。銀の輝きを放つ杖本体に絡みつく蛇の彫刻、そして頭に光の翼。

「……古代魔道具《アーティファクト》」

「その通り！　銘はカドゥケウス、この僕が持つに相応《ふさわ》しい神の杖だ！」

紛れもない、エルメスとカティアがかつて迷宮で発見し、王家に献上した魔道具だ。

どうしてクリスがそれを持っているのかは不明だが、彼は仮にもアスターの配下。アスターが何かをしたのかもしれない。

そして合点が行った。あの杖を用いて魔力出力と魔法性能を大幅に跳ね上げているのだ。

古代魔道具《アーティファクト》ならそれくらいのことはできるだろう、それがあの異常な強化の正体だ。

それを理解した上で、エルメスが問う。

「……自分で見つけたわけでもない道具に頼り切って『本当の実力』と。それで僕を上回って満足ですか？」

「はは！　負け犬の遠吠《とおぼ》えにしか聞こえないね！」

純粋な疑問からの言葉だったが、クリスはもう開き直って誇らしげに杖を掲げてみせる。

「いいかい、この杖は僕を選んだんだよ！　これを持てるだけの力、器を含めての僕の実力だ！」

「……」

「羨ましいかい？　でも残念だったね、これに最も相応しいのは僕だ！　選ばれなかった君に同じことはできないよ!!」

「へぇ。じゃあ、試しに僕にも使わせてくれませんか？」

「――はっ、何を言っているんだい！　君のような人間はこの神器に触れることすら烏滸《おこ》がましい！」

エルメスが杖を自分以上に使いこなすことを恐れているようにしか見えないが、まぁ戦闘中なので当然そんな真似《まね》はできないだろう。

それに、クリスの言い分にも一理ある。

器だの何だのは知らないが、クリスがそれを用いても許される立場にあったのは確か。

それはエルメスになかったもので、使えるものを使うことに異議を唱えるつもりはない。

そう結論付けたエルメスを他所《よそ》に、クリスは手を広げて高らかに叫ぶ。

「さぁ、そして見せてあげよう！　君のような紛《まが》い物《もの》じゃない、真に神に愛されたものが扱う本当の魔法を！」

杖が光る。背後に魔弾を展開し、それを放つ――のではなく。

クリスはそこで、更にこう告げた。

「『魔弾の射手《ミストール・ティナ》』――属性付与《エンチャント》：火炎《フラメア》！」

瞬間。クリスの背後にある魔弾が――真紅に燃え上がった。

彼が手を振り下ろすと同時、その紅の魔弾が一気に殺到する。

「……まずいな」

防ぎ切れない。そう咄嗟に判断したエルメスが、襲い来る魔弾を紙一重で回避。熱波が頬を撫《な》でる。……明らかに先ほどまでと比べ、威力が大幅に上昇している。

クリスの顔が、更なる喜悦に歪んだ。

「手も足も出ないみたいだねぇ！」

試しに自分の魔弾を撃って対抗してみるも、先ほど以上に圧倒的に撃ち負ける。

これなら撃たない方がまだマシ。そう考えたエルメスは、一先《ひとま》ず回避と観察に専念する。

それを無様に逃げ回っているだけと捉えたか、先ほどまで以上に防戦一方となったエルメスの様子を愉《たの》しげな笑みで眺めつつ、クリスが嘲るように声をかけてくる。

「分かっただろう、この『付与《エンチャント》』こそが『魔弾の射手《ミストール・ティナ》』の真価だ！　僕だからこそ引き出せる魔法の本質、ただ弾を馬鹿みたいに撃つだけの君には到達できない領域だ！」

「……」

「これで誰が見ても明らかだ！　力においても、魔法の才能においても！　全て僕の方がお前より上だ！　お前は出来損ない、出来損ないだ！　僕の方が相応しい、上に立つべきは僕なんだよぉッ!!」

「…………」

喚《わめ》き続けるクリスの戯言《たわごと》を受け流し、魔法を躱《かわ》しつつエルメスは冷静に観察する。

……なるほど、恐らく彼の魔法の威力はここが上限。属性付与《エンチャント》以上の手もないだろう。もしあるなら彼の性格的に出し惜しみはしないと思うし。

そして判断する。

──余裕だ、と。

この程度ならば、勝ち筋はいくらでもある。彼の持っている魔法を駆使すればどうとでも崩せるし、何なら力押しだけで倒せる魔法にも心当たりがないわけではない。

だが、カティアは言った。『後悔させろ』と。そして何より彼自身、かつての挫折の象徴で自分を虐げ続けた兄に思うところがないわけでは決してないのだ。

だから、決めた。

この男は、『魔弾の射手《ミストール・ティナ》』だけで倒す。

エルメスの扱う魔法、『原初の碑文《エメラルド・タブレット》』は魔法を再現する。その過程において対象の魔法を詳しく解析し、魔法の構造、理念、本質を詳細に見抜く。生まれながらにして血統魔法として持っていた人間が、時に気づかないところまで。

そしてそれは、『魔弾の射手《ミストール・ティナ》』とて例外ではない。

『付与《エンチャント》』こそが『魔弾の射手《ミストール・ティナ》』の真価？

そんなことは、とうの昔に知っている。

同時に思う。

それを理解しているのなら——どうしてあんな一辺倒な戦い方しかできないのか、と。

さぁ、始めよう。あの魔法を、あの素晴らしい魔法の本質をあの程度で引き出している
などと宣《のたま》うクリスを。彼の魔法で上回るべく、エルメスは僅かな隙を突いて息を吸い。

こう、告げた。

「『魔弾の射手《ミストール・ティナ》』——属性付与《エンチャント》：水氷《アクエス》」

◆

「な——!?」

属性付与《エンチャント》：水氷《アクエス》。

確かにそう唱えたエルメスに、クリスが目を見開く。

まさかあり得ないと疑うクリスだったが、その疑念を裏切ってエルメスの背後の魔弾が、

クリスのそれとは対照的に蒼《あお》く染まった。

同時に射出。この戦い何度目か分からない魔弾同士の正面衝突が為《な》され。

――この戦いで初めて、エルメスの方が上回った。

「ッ!?」

クリスが慌てて転がってエルメスの魔弾を避《さ》ける。一瞬呆然《ぼうぜん》としたもののすぐに憤怒の視線を向け、再度火炎《フラメア》の魔弾を撃つ。

「この――ッ、ふざけるなぁッ!!」

けれど結果は先と同じく水氷《アクエス》の魔弾にかき消され、撃てば撃つほど不利になっていく。

「『魔弾の射手《ミストール・ティナ》』の属性付与《エンチャント》は、確かに魔弾自体の威力を大幅に上げます」

対処で手一杯になるクリスの元に、エルメスの冷静な声が響いた。

「けれど、これまで安定した無色の力であった魔弾に属性を付与した代償として、相性が悪い属性の魔法に対して極端に不利になる。このようにね」

「知ったような口を、利くなぁ!!」

まるで出来の悪い生徒に言い聞かせるような口調。激昂《げきこう》したクリスが更に魔法の勢いを上げるが、その程度で結果は変わらない。

そんな彼に追い討ちをかけるように、エルメスは告げた。

「だからこちらの属性付与《エンチャント》に合わせてそちらも属性を変更するのが定石なんですが――

やっぱり」

「ッ!!」

「貴方《あなた》、火炎《フラメア》以外の属性付与《エンチャント》ができないんですね？」

クリスが憎々しげにエルメスを睨《にら》みつけ、けれど咄嗟には何も言えずに黙り込む。

図星だった。

付け加えて言うのであれば、普段のクリスは属性付与《エンチャント》すら満足に扱うことができず。古代魔道具《アーティファクト》：カドゥケウスの力を借りてようやく辛うじて得意な火炎属性だけを付与できたのが現状なのだ。

だから、何もなしにそれをやってのけたエルメスを尚更《なおさら》認めるわけにはいかなくて。

「お、お前だってどうせ！　その属性しか――」

けれど、そんな苦し紛れに繰り出した反論ともつかない言葉。それすら否定するように、彼の言葉が無情に響く。

「――属性付与《エンチャント》：雷電《エレカ》」

「ぐ――ッ!?」

今度はスパークを放つ黄金の魔弾。

「――属性付与《エンチャント》：火炎《フラメア》。……弱点属性以外だと出力では劣るか、流石《さすが》は古代魔道具《アーティファクト》」

更には唯一自分ができる火炎《フラメア》の属性付与《エンチャント》さえもあっさりと行われてしまった。

弱点属性以外との撃ち合いではまだクリスの方が勝っていたが、そんなもの水氷属性に戻せば済む話である。再度蒼の魔弾でクリスを圧倒し始めるエルメス。

「こ、のッ‼」

火炎属性のままでは勝てない。そう瞬時に判断し、属性付与《エンチャント》自体を解除した決断だけは賞賛すべきだろう。

属性付きの魔弾は通常の魔弾よりも威力が上。けれどクリスの魔法出力は今の所エルメスよりも上だ。それで差を埋め、どうにか無色の魔弾で辛うじての拮抗《きっこう》まで持ち込んだ。

「まだだ、まだ、カドゥケウスの力をもっと引き出せば──！」

同時に叫ぶ。……ここに至っても尚《なお》、自分の内ではなく古代魔道具《アーティファクト》に勝機を求めて。

そんな彼に応えてか別の要因か、カドゥケウスが更に光り輝き魔法の威力が上昇する。

代償として凄《すさ》まじい頭痛がクリスを襲うが、エルメスに対する憎悪でそれをねじ伏せて前を向いた。これで、勝てると。

「──それと、もう一つ」

だが。対照的に落ち着いた口調で、エルメスは更に告げる。

「『付与《エンチャント》』こそが『魔弾の射手《ミストール・テイナ》』の本質。それが分かっているなら何故《なぜ》──属性の付与しかしないのですか？」

「──え」

あまりに予想外のこと。それを告げられ、そんなことなど考えもしなかったと言いたげな顔を見せたクリスに対し、エルメスは手本を見せるように。

まず何故か強化汎用魔法である光の壁を眼前に展開し──一息。

瞬間。

「『魔弾の射手《ミストール・ティナ》』――強化付与《エンチャント》：障壁《スラスタ》」

エルメスの目の前にあった壁が、凄まじい勢いでクリスの元に飛んできた。

「な――!?」

巨大な壁が超速で迫ってくる恐怖。壁に当たった魔弾の爆風すら巻き込みながらやってくる障壁に、直撃こそしなかったものの完全に体勢を崩されてしまう。

『付与《エンチャント》』こそがこの魔法の本質。それは『魔弾に属性を付与する』ことに留《とど》まらない。当然属性以外の特殊効果もやろうと思えば可能だし、何より――『魔弾自体を別の何かに付与する』ということもできる。

エルメスが今やったのはそれだ。魔弾を障壁に付与し、『飛んでいく大壁』というとんでもない攻撃で奇襲を行った。

この無限とも言える応用性こそが、『魔弾の射手《ミストール・ティナ》』の本領。属性付与など、本質の一部も一部に過ぎないのだ。王都にいる間この魔法を『原初の碑文《エメラルド・タブレット》』で詳細に解析した彼は、そのことを誰よりも理解していた。

そして彼の奇襲によって隙ができたクリス。ここがチャンスだとエルメスは判断した。

「こんな――子供騙《だま》しでぇッ!!」

しかしクリスも、体勢を崩しつつも残りの魔弾を撃ち放つ。エルメスは先ほどの攻撃で使った分弾幕が薄くなっている。これに撃ち勝つのは今この瞬間だけは難しい。

だが、彼はあくまで冷静に呼吸を落ち着けて――

「――強化付与《エンチャント》：脚式《スプリント》」

魔弾の、肉体に対する付与。

結果、爆発と見紛《みまが》うほどの勢いで地面を蹴り壊し、一瞬にして相手の攻撃軌道から逃れたエルメス。そのまま、それこそ魔弾もかくやの速度で一挙にクリスに向かって突撃する。

「そんな馬鹿な真似《まね》が――!?」

驚愕《きょうがく》の表情で、体を捻《ひね》ってどうにか突撃を回避するクリス。エルメスは勢い余って逆方向に進み、また少し距離が離れる。

「……っと、流石にまだ制御が難しいか」

けれどまた付与し直し、尋常ではない機動力で突撃を再開する。

彼の言う通り制御がやや甘いのか、クリスを決定的に捉えることはできていない。その隙を縫ってクリスがなんとか攻撃を仕掛けるが――

「当たら、ない……！」

そう、当たるわけがない。今の彼にとって、クリスの魔弾など止まっているようなもの。

かくして猛攻にさらされるクリスはまざまざと見せつけられる。

エルメスが、出来損ないと蔑んだかつての弟が自分を圧倒し。魔法に選ばれたと思っていた彼と同じ魔法を使い、どころか自分よりも魔法を使いこなしている様を。

それを考えた瞬間、クリスは思い至る。

「ふざけるな、ふざけるなッ！　お前にできることくらい、僕にだって――」

そう、同じ魔法を使えるのだから、自分も同じことをやればいいのだと。

天才的な発想だと酔いしれ、見様見真似でクリスは魔弾の一つを自分の脚に付与し――

――これが、決定的な敗着となった。

「あぎゃあああああああああッ‼」

右脚が爆発したかと思った。

事実彼の脚は皮膚がずたずたに裂け、見るも悍《おぞ》ましい血だらけの様相と成り果てている。

「こんな、なんで……ッ」

「やめておいた方がいい、と言おうとしたんですがね」

のたうち回るクリスの上で、エルメスの声が響いた。

「肉体への付与は、少しばかり、少しばかり複雑な魔力操作が必要になるので」

少しばかり、どころでないことはクリス自身が一番良く理解してしまった。

そもそもこの魔法は攻撃魔法、破壊機能に特化している魔法なのだ。それを自らに付与するなど、普通に考えれば自傷行為でしかない。クリスの右脚の惨状を見れば明らかだ。

その道理を捻《ね》じ曲げ、自らを傷つけることなく推進力だけを余すところなく採用し、しかもそれをある程度の方向性を持って制御するなど――どれほどの魔力制御、操作の技量があれば可能になるのか。

そんな神業を成功させたエルメスは、尚も戦意の消えないクリスに腕を振りかぶり。

「――強化付与《エンチャント》：腕式《アームズ》。お分かりいただけましたか、兄上」

「エルメスゥウウウッ!!」

クリスが再度撃ち放つより遥《はる》かに早く、正確に、強力な魔弾をその拳に付与し。


「貴方の魔法はね、こうやって使うんですよ」

決着の一撃を、躊躇《ちゅうちょ》なく腹部に叩《たた》き込んだのだった。

◆

クリスの鳩尾《みぞおち》に、エルメスの拳が深々と突き刺さる。

「ご――ッ」

魔弾による推進力を加味した一撃だ、いくら魔力で身体能力を上乗せできる魔法使いでも耐えられるものではない。

事実クリスは体をくの字に折り曲げて、完全に力が抜けた様子で地面へと頽《くずお》れた。

「ぐ……ぁ……」

驚くべきことに、意識は残したようだ。

けれど関係ない、もう立ち上がることはできないだろう。そう判断したエルメスは、無

造作にクリスに近寄ってまずは古代魔道具《アーティファクト》、カドゥケウスを回収。クリスの魔法はこの性能に頼り切ったものだった、これで仮に立ち上がってきたとしても負ける要素はない。

安全を確保し、絶望の表情で自分を見上げるクリスに視線を合わせて、こう告げる。

「さて、兄上。申し訳ありませんが拘束させていただきます。殿下たちを可能な限り足止めしておきたいのでね」

エルメスの視線とその宣言を受けたクリスは……直後。ぶるぶると体を振るわせて再度顔を上げ、こう言ってきた。

「──ずるいぞ!!」

その目には、どうしようもない嫉妬と憎悪が宿っていた。

「……はい？」

「いつもいつもお前ばかり！　生まれた時から高い魔力を持って、魔法の才能にも恵まれて！　僕の欲しいものを全て奪っていった！」

続けてクリスは、エルメスの左手に浮かぶ翡翠《ひすい》の文字盤を指し示して喚《わめ》き始めた。

「おまけになんだその魔法は！　血統魔法を持たない出来損ないなんて嘘《うそ》っぱちだったじゃないか！　知ってるぞ、それを使えばどんな血統魔法だって好きに使えるんだろう！　なんだそれ、ズルだ！　不公平だッ！　僕にも寄越《よこ》せよぉッ!!」

「──その不公平による恩恵に今まで浴してきたのも貴方でしょう」

なのにいざ自分が劣る側に回った途端に不公平だと喚くのは道理に合わない話だ。

……けれど。

「うるさい！　いい身分だなぁお前は！　そんな恵まれた魔法を持ってなんの苦労もなく好き放題できて！　どうせ僕たちのことなんて眼中にも――」

「そこまで言うなら、使ってみますか？」

生まれ持ってしまったものを嘆く気持ちは、分からないわけではない。

それに、一つだけ正したい勘違いもあったから、エルメスはそう提案した。

「……え？」

「訂正しますが、この魔法――『原初の碑文《エメラルド・タブレット》』は血統魔法ではありません。血筋など関係なく、望むならば誰にだって使える魔法。そのように創られた魔法です」

だから、クリスだって使いたいのなら使えば良い。

そう言う代わりに、エルメスは自身の文字盤をクリスの手の上にかざす。

程なくして、クリスの手の上にも同じものが浮かび上がってきた。

これで、一時的な魔法の譲渡が完了した。今なら、魔法を起動するための訓練だけはすっ飛ばしてクリスも『原初の碑文《エメラルド・タブレット》』が使用可能になる。

「――はは」

そうして、エルメスの言わんとすることを理解したクリスは、笑って。

「そうか、そうだったのか！　そうだよねぇ、こんなとんでもない魔法、君ごときが特別に使えるなんておかしな話だ！　さぁ、これで僕も――！」

嬉々《きき》として、己のものとなった文字盤を起動して——

「——は？」

固まった。

「見えますか？」

対するエルメスは、分かりやすいだろうと試しに『魔弾の射手《ミストール・テイナ》』を眼前に展開する。

『原初の碑文《エメラルド・タブレット》』を通した貴方《あなた》は今、この魔法の上に何が見えます？」

「な、なんだこれは。わ……訳の分からない文字と記号の羅列しか見えないが!?」

「それで合ってます。それが、常に僕が見ている光景です」

クリスが愕然《がくぜん》とする。

「こ、この文字がなんだと言うんだ!?」

「魔法陣ですよ、魔法を決定する根幹であり本質。例えばそうですね——上部に見える丸っこい文字の塊。これはルーン文字です。『魔弾の射手《ミストール・テイナ》』の場合はこれで『付与《エンチャント》』の特性を決定している感じでしょう」

「つ、つまり——そのルーン文字とやらを読めるようになれば使えると？」

「そうですね。新しい言語を一つ覚えるようなものと思っていただければ」

存外物分かりの良い兄に対して、エルメスはにっこりと笑って。

「ちなみに。それと同じような魔法特有の言語が、あと六十八パターンほど存在します」

「……は？」

クリスが再度固まった。

つまり、こいつはこう言っているのか。

『原初の碑文《エメラルド・タブレット》』を使いたければ、まず手始めに六十九種類ばかりの新言語を取得しろと。

「とりあえず、それで第一歩です」

その答えに辿《たど》り着いたクリスを更に叩き落とすように、エルメスが続ける。

「続いては記号ですね。魔法陣の縁や形状に当たる部分で、どの形がどういう意味を持ってどのように作用するのか。これは種類こそ言語よりは少ないですが、細かい形状の差分によるパターンの違いを見切るのが厄介です。時にはアドリブで製作された陣なんてものも存在するので、理論だけでなく直観で読み取る能力も必要になりますね。文字の配置も関係してくるので、こればかりは何度も解読による予測と実際の効果を照らし合わせて感覚を摑《つか》んでいく他ありません」

「な……」

「それができて、ようやく半分。続いて読み取った魔法を再現するための訓練が入りまして——これは今まで以上に大変です」

あまりの情報量。

もはや絶句することしかできないクリスだが、エルメスは尚《なお》も止まらない。

「血統魔法クラスになると、魔法陣を読み取っても百パーセント理解することはまず無理です。だから再現のためには即興で穴を埋めるセンスや先ほど以上の深い理解が要ります。理解と応用の間の壁は想像以上に厚くてですね、それこそ何千何万と再現の練習を積み重ねなければなりません。そもそも思った所に思った通りの陣を描くこと自体が相当に――」

「ふ――ふざけるなッ!!」

ついに耐えきれず、クリスは叫んだ。

「なんだそれは、意味が分からない！　たかが魔法を使うだけでどれほどの労力が必要になるんだ！　まだ何かあるんだろう、これを読み解くための秘密が！　出し惜しみするんじゃない！」

「ありません。今言った学習が全てです」

「そんなはずがないだろう！　これじゃ誰にも使えない！　これを解読だなんてそんなもの、何年かかっても――」

「そうですね。僕は五年かかりました」

クリスの言葉が止まった。

エルメスが王都から姿を消していた間、何をしていたのか今の一言で分かってしまったから。

「魔法の練習を、一日平均十三時間。それを毎日欠かさず五年間ほど続ければ、貴方の言う『どんな血統魔法だって好きに使えるようになる』領域の片端くらいに小指程度はかけられるかと。――素晴らしい、魔法でしょう？」

「……おかしいだろう、魔法を使うのにそんな、ふざけた労力が！　魔法はもっと奇跡的で、使い方なんて自然と理解できる……」

「違いますよ。魔法は地道な、泥臭い努力の果てにある叡智《えいち》の結晶です。おかしいのは血統魔法の方なんですよ」

「そん、な……」

その言葉を否定しようにも、今まざまざと結果を示された以上何も言うことができない。

クリスはもう一度、『原初の碑文《エメラルド・タブレット》』を通して眼前に表示された魔法陣を見やる。

……クリスにとっては吐き気を催すほどの、複雑怪奇な記号の羅列。

これを全て読解して、尚且《なおか》つ同じものを描けるようになるまでどれほどかかるのか。しかも――それだけの努力をしても再現できるのはこれ一つだけ。他の魔法にはまた他の複雑な陣が存在し、魔法の数だけ同じことを繰り返す必要があることは想像に難くない。

――無理だ、と思ってしまった。

生まれた時から強力な魔法を持ち、その使い方も自然と体の中にあるうちに理解できて。使いこなすための労力など一切必要なく、苦労なしに強力な魔法を操作する悦楽に慣れ切ってしまったクリスには。

魔法を使うためにここまでしなければならないなど――耐えられない、と。

取得してしまえば楽だと分かっていても、そこまでの道のりに心が折れてしまったのだ。

エルメスに、視線をやる。

彼は自分を見ていた。自分と同じ、けれど自分よりも美しく輝く翡翠の瞳。いつも通り感情の読みにくい――けれど、クリスにとってはどこか憐憫《れんびん》のような感情を覚える目で。

「……やめろ……」

その目は、何度も見た。エルメスがフレンブリード家にいた時。エルメスが神童と持て囃《はや》されていた時に、何度も。

「やめろ、やめろ、やめろぉ！　その目で、僕を見るなぁ!!」

彼は自分から何もかもを奪っていった。親からの期待も愛情も、次期侯爵としての立場も。そして彼が欲してやまなかった、魔法の才能さえも。

猛烈に羨んだ。凄絶に妬んだ。何より――そんな人間の興味が一切自分に向けられていないという事実が、取るに足りない存在だと言われたようで許せなかった。

「僕を見下すな！　僕を憐《あわ》れむな！　お前にその目を向けられるたび、僕がどんな思いでいたか考えたことはあるのかぁッ!!」

それらの感情が憎悪に変わるまでそう時間は掛からなかった。だから彼が無適性と判明した時は昏《くら》い愉悦と狂喜に満たされ、落ちぶれた彼を手酷《てひど》く扱っては悦に入り、心の底から思ったのだ。

――ざまあみろ、と。

なのに、今は。無適性だと思われた彼は凄《すさ》まじい魔法を身につけ、自分のものだったはずの血統魔法を自分以上に扱って見せて。

そんな魔法をずるだと喚いた自分にわざわざ同じ魔法を使わせて、才能だけでなく魔法に懸ける思いも努力も実力も、何もかも自分より上であることを完膚なきまでに証明して。

……もう、どんな感情を向けていいのか分からない。

けれど今までの惰性か、怒りだけは込めた視線で睨《にら》みつけるクリスに対して、エルメスは少し考えてから。

「……すみませんでした」

──あろうことか、謝ってきた。

「は？」

「貴方にされたことを、許そうとは思いません。でも──確かに僕はかつて侯爵家にいた時、貴方を蔑《ないがし》ろにしていた」

「ッ！」

「あの時の僕は、魔法の力を高めることが全てで。それ以外の興味が希薄──いえ、言葉を濁してはいけませんね。……どうでも、良かったんですよ」

二人の交流は、むしろエルメスが無適性と判明してからの方が多くなったほどだった。

それほどに、何もなかったのだ。……同じ家に生まれ、同じ屋根の下で過ごした、実の兄弟だったにも拘《かか》わらず。

「でも、僕はあれから学んだ。きっとそれだけじゃ――魔法だけを見ていては、魔法を極めることはできないと」

そして最後にもう一度、エルメスはクリスを見て。

今まで彼に向けていたものとは、どこか違う感情を宿した視線で。

「貴方が僕にしたことも、僕が貴方にしたこともなかったことにはならない。だから最後にこれだけを。……本当に、すみませんでした」

「……やめろ……やめろぉ……」

それは悔しさか、やるせなさか。

言葉にならない感情が涙となって溢《あふ》れてきたクリスが、吐き出すように告げた。

「ふざけるな、一番残酷じゃないか……今更お前が謝るなよ……そんなの、僕が余計に……惨めになるだけじゃないかぁ……っ！」

それきり、エルメスは何も言うことはなく。

ただクリスの涙が地面に落ちる音と、彼の嗚咽《おえつ》だけがしばらく響き渡っているのだった。

◆

エルメスという人間は、魔法以外に対する関心が希薄だった。

それによって引き起こされた悲劇は、紛れもない自分の罪だ。

……クリスにも、様々な葛藤があったのだろう。

彼なりの悩みがあって、苦しみがあって、きっとそれの多くは——自分がいたからこそ起こったもので。今のエルメスなら、それくらいのことは分かる。

もし、かつてエルメスがフレンブリード家にいた時。

彼と普通の兄弟のように話し合うことができていれば、こうはならなかったのだろうか。

けれど、今考えても詮なきこと。今の自分がクリスにできることはもうない。

「……」

一つの、大きな因縁を精算して。エルメスは息を吐く。

——けれど、まだ終わってはいない。

まだまだ、解決すべき事柄は残っている。アスターとの決着、直面したこの国の歪《ゆが》み。

そして何より……主人であるカティアの、未《いま》だ答えの出ない苦悩。

故に、立ち止まることはなく。その全てをきちんと乗り越えるのだという意志を持って。

無才の少年は、顔を上げ。主人の元へと歩き出したのだった。

次巻予告
兄クリスと決着をつけたエルメスは
ついに第二王子アスターと対峙する。
因縁に終止符を
打たんとするカティア。
迷いながらも
アスターに与するサラ。
様々な想いが交錯する中、
今代最強と謳われる
アスターの血統魔法が真価を発揮。
王国の未来を懸けた戦いは
苛烈を極めていき――!?

「――お前にとっての、
魔法は何だ？」
オーバーラップ文庫
創成魔法の再現者2
The Reproducer of Creation Magic
無才の少年と空の魔女〈下〉
2022年3月25日発売！
※書籍の内容及び発売時期は予告なく変更となる場合があります。

OVERLAP

創成魔法の再現者 1
無才の少年と空の魔女〈上〉

発　　行　2022年2月25日　初版第一刷発行

著　　者　みわもひ
発 行 者　永田勝治
発 行 所　株式会社オーバーラップ
〒141-0031　東京都品川区西五反田 8-1-5
校正・DTP　株式会社鷗来堂
印刷・製本　大日本印刷株式会社

Printed in Japan　ISBN 978-4-8240-0105-4 C0193